平白 著

人生悟语

下

新华出版社

图书在版编目（CIP）数据

人生悟语·下 / 平白著 . -- 北京 : 新华出版社，2020.12
ISBN 978-7-5166-5584-9

Ⅰ . ①人…　Ⅱ . ①平…　Ⅲ . ①散文集—中国—当代 ②诗集—中国—当代
Ⅳ . ① I217.2

中国版本图书馆CIP数据核字（2020）第255510号

写在前面的话

中国古代神话传说："往古之时，四极废，九州裂，天不兼覆，地不周载……于是，女娲炼五色石以补苍天，断鳌足以立四极。"又抟黄土做人。从此，世界上才有了男人和女人，有了人类的生生不息。

西方的《圣经·创世纪》则说：上帝先用黄土造了个男人，名之曰"亚当"。而后，又取亚当的一条肋骨造了个女人"夏娃"，二人住在伊甸园里，后因蛇精诱惑，偷食禁果，于是，两个人类最早的男女结成世间第一对夫妻。而后才有了瓜瓞绵绵的人类繁衍。

民间的传说：世界尚处荒蛮时代时，造物之神命人类最初的一对男女，将一盘石磨的上下两扇从山顶推下，告诉他们：倘两扇磨盘正好相合，二人即可结合一起。结果二人按照天意结为夫妻。噫！孰料人类之芸芸众生竟肇始于两扇滚动着磨盘的巧妙相合！

其实，那伊甸园中的亚当、夏娃，即使没有蛇精的诱惑，他们肯定也会偷食禁果；女娲娘娘用黄土造的那一对男女，只要女娲赋予了他们生命，他们就铁定会走在一起；当年那从山上滚下的磨盘，倘没有碰巧两扇相合，那对男女也会毫无顾忌地结为夫妻。因为他们是当时世界上唯一一对男女。所谓"饮食男女，人之大欲存焉。"（《礼记·礼运》）"人之甘食悦色者，人之性也"（《荀子·正命》）本性使然，上帝也阻止不了。

男女，人之始也。有男女然后有爱情，有爱情然后有婚姻，有婚姻然后有夫妻，有夫妻然后有家庭。人类之繁衍始于男女，人类之幸福发端于爱情，人类之伦理缘之于婚姻，人类之文明创自于家庭。爱情如梦中的陶醉，婚姻是心灵的融合；婚前男女相恋，婚后男女相守。恋爱检验着你们的眼光，走进婚姻则验证着你们的智慧。曾经在热恋中爱得痴迷癫狂、死去活来的男女，走进婚姻之后也可能折腾得飞沙走石、活来死去。婚姻自然不是爱情的坟墓，但也不会为爱情提供永久性的保险。没有爱情，只想图对方点什么的婚姻，一开始就危机四伏；只有爱情，相互间谁都不想图对方什么的婚姻，则可能如瓶中之花，水竭之日即花谢之时。

走进婚姻的男女，因婚姻有了他们的家庭。对于亚当和夏娃来说，天堂是他们的家；对亚当和夏娃的后裔们来说，家是他们的天堂。家是亲人，家是亲情，家是心灵的栖息地；家又是产生爱、储存爱、享受爱的地方。凡有意愿和智慧把家庭经营得真像一个“家”的男人和女人，都有圣人的智慧。明代李卓吾之《初潭记》说得很对：“夫妇正，然后万事万物无不正矣。”

20世纪90年代前后，吾时乖运蹇，罹患沉疴，“甚为造物小儿所苦”。养病期间，衰颓潦倒，但却多出不少闲暇功夫，于是就断断续续写了些谈论男女、爱情、婚姻、家庭方面的文章。

男女、爱情、婚姻、家庭原是千百年来被人们以不同方式从不同角度谈论过数百千遍的话题。旧话重说，或乏新意，但仍希望能引起一些朋友的兴趣。

平白

目 录

男人·女人

女人不是月亮

把女人比作月亮，大概是出于对女性的一种赞美。“垆边人似月，皓腕凝霜雪”——是赞其秀美的外貌；“皑如山上雪，皎若云间月”——是喻其贞美的品格。翻古今诗文，听民间俚曲，对女子的如此赞美之词俯拾皆是。因此，男人们都希望有一个如月的妻子，女人则多心甘情愿做男人的月亮。

然而，不知你想过没有，女人，实在不该是月亮。

女人不是月亮。因为，“月亮”意味着依附，对男人的依附。月亮无论怎样的皎洁，怎样的清华如练，那光也不是她自己发出的，她要依赖太阳的光。在我们国家，几千年来，女人的命运从来就祸福莫测，因为女人人生的基本轨道是依附男人。

女人的依附性是合乎中国伦理理念的。封建的婚姻伦理，专门为女人制定的条款，诸如“三从四德”“夫为妻纲”等等，说到底，无非两个字，曰“服从”。中国古诗文中赞美的女性，几乎无一例外的是“服从”的典型。据汪焕曾《史姓韵编》统计，二十四史中记载的有姓氏的女子除去重复的，为 839 人。但真正在事业上做出贡献的佼佼者却寥若晨星。充斥历代史书中女子传记的女人，大多是所谓贞妇烈女，其实是作为男人的“月亮”的牺牲品。即使被认为最具典范价值的“贤妻良母”式女子，也无非为男人的成名立业做出牺牲，作为陪衬——所谓“功名出于闺阁”。一个好听的名儿，谓之“贤内助”。自古以来就主张“女子无才便是德”，妇女的职责就是牺牲自己、成就男人，根本用不着弄什么事业的。女子的平庸、无所作为，那叫安分守己，是当称道的美德。历史上不少很有头脑的男人，也是以如此标准衡量和要求女人的。蒲松龄就说：“天道化生万物，重赖坤成；男儿志在四方，尤须内助。”近代著名学者章太炎先生，早年妻殁续弦，曾在报纸上登出过一个怪里怪气的“征婚广告”。他在广告里提出三条择偶标准：“一、须文理通顺，能做短篇；二、须大家闺秀；三、须有服从品质。”前面两条不说了，这第三条，直言不讳，他老先生是把“服从”视为女子德行标准的。

毋庸讳言，如此的“月亮”观念，直到今天仍在影响以至左右着男女青年的婚姻。“男怕入错行，女怕嫁错郎”。不是多数女子的择偶仍主张以门第、财富、地位等可否依附、有无因丈夫的成就而出人头地的机会为取舍吗？一种流行的说法是：越是追求事业的男人越不希望女人有事业的追求；越是事业上稀松的女人越理直气壮地要求男人事业有成。你看！一位名人津津乐道妻子的美德：“一个有伟大成就上的男人背后常常站着一个伟大的女性。”——为什么不讲“一个成功的女人背后，需要站着一个伟大的男性”呢？一位电影表演艺术家的妻子谈到她作为妻子的职分时候：“丈夫是红花，我愿做绿叶”。于是得到赞美。——为什么女人越是把自己放在陪衬的位置就越值得称道呢？我们很少见有人鼓励女子把自己置于“红花”的位置。事业上的并蒂莲，爱情上的连理枝，成功路上的比翼鸟，比之于“红花还要绿叶扶”岂不更令人向往？

女人不是月亮，因为月亮式的依附常常播下不幸婚姻的种子。一些本来有条件和机会获得美满爱情的姑娘，却把自己置于“月亮”的位置，唯盼夫贵妻荣，然而真如愿者几希。因为“依附”是一颗变异的种子，播进爱情的土壤，只能收获泪水和不幸。现实生活中这样的例子太多了，或者夫虽贵而心变，终而婚姻解体；或者始乱之而终弃，乃至遗恨终生。莎士比亚借丹麦王子哈姆雷特之口说：“女人啊，你的名字是弱者。”请记住一句话：女人不是月亮！不然，你永远改变不了因“弱者”名字导致的不幸命运。

生活中，或许有某些女子因攀着了如意的男人，小日子也过得称心如意。这，可能是真的。“偶倚一棵树，遂抽百尺条”，依附，也许得到一时的美满和陶醉，只是，月虽有圆，但难长久。因依附而得到的某种满足，倘称之为幸福的话，那只是一种被扭曲的幸福。古代有所谓“夫唱妇随”的和谐，但妻子只能“随”，而不能演奏出一个属于自己的音符；有所谓“举案齐眉”的敬重，但那“敬”是仆从式的，没有相互的味道。没听说过哪位丈夫把食案举与眉齐去礼敬妻子。那种自欺欺人的程式，透着一种虚假和做作。

爱情和婚姻，无论古今，只要有“月亮”的成分在，就难有可信赖的、真诚的、长久的爱。《西厢记》中张生和崔莺莺的相爱故事历来受人称道，但那位豪门小姐同样把自己的命运系在了丈夫的功成名就上，所以当她的心上人进京赴考时，同样是既盼望男人的成功，又害怕男人的成功：“他如今功成名就，只怕他撇人在脑背后。”一片痴情中隐藏着疑神疑鬼和惊恐不安。女人，只要甘于乃至安于“月亮”的地位，就难有平等、和谐、幸福的婚姻可言。

威名赫赫的拿破仑，曾把一束玫瑰花真诚地献给他的情人约瑟芬，约瑟芬也终于当上了皇后，称得上人世间最为尊贵的“月亮”了，然而也好景不长。约瑟芬曾对玫瑰花如此叹息：“我就是这种玫瑰！只要我还是这样美丽，我就高兴；如果到我生命的花瓣凋落时，我又奈之何！”叹息中蕴含着失落、哀怨、苦恼和悲凉。

女人不是月亮，理想和事业的追求从来是爱情稳固的大厦。女人，同样应该有她自己的事业。邓颖超曾说过：“真挚而纯洁的爱情，一定渗透着对心爱的人的劳动和职业的尊重。”其所指无疑是相互的。我国宋代著名女词人李清照和她的丈夫赵明诚因其共同的爱好和追求，使他们找到了心灵相通和感情相融的基本点。他们不只在事业上有着传之不朽的成就，也共享着甘之如饴的爱情。十九世纪俄国批判现实主义代表作家契诃夫和他的妻子——俄国杰出的表演艺术家科尼碧尔，也是以相互尊重对方的劳动和职业奠定了他们真诚相爱的基础。法国著名科学家比埃尔·居里最初向他的夫人求爱时，曾说：“我们若能彼此亲密地生活着，醉心于我们的梦想……我们的科学梦——那仍旧是极好的事。”同样是共同的志向和事业把他们结合在一起。那种要求对方或者情愿为对方做“月亮”的爱情，绝难享受到那种在事业的共同奋斗中得到的幸福和快乐。

爱情和婚姻的幸福，从来需要争取。对此，女子要比男人具备更大一些的胆识和勇气。女子只有自尊，才能得到别人包括自己丈夫的尊重；只有自强，才能在家庭和社会上自立。电视剧《雪野》中有个吴秋香，她对理想与婚姻就有一种始终如一的执着，也同时在事业上付出了顽强不懈的努力。她追求人格的自尊和生活上的自立，而不甘做依附男人的“月亮”才发出清幽的光。令人敬佩。

被誉为“棋圣”的聂卫平的妻子——当年我国围棋界唯一的八段女高手孔祥明，当丈夫名驰天下以后，她明确表示：“我不靠他出名。我是我，他是他”。她说：“明年的中日擂台赛将有女棋手参加，我力争去搏一搏！”欲自立者先要自强。不做“月亮”就要有到人生的激流中去搏一搏的勇气，在和艰难、阻力、陈腐观念的拼搏中锻炼出自己的胆识，显示出自己的价值。

女人不是月亮，也需要男人的见识。有一位女企业家叫高秀兰，是石家庄国棉二厂厂长。她和她的丈夫都是各自事业上的成功者。然而，丈夫对妻子事业的支持，却需要付出抵御某些世俗庸人讥讽的勇气。人们说女企业家的背后站着一个很有见识的男人。不可否认，这是在时代大浪的冲击下出现的家庭观念变革。作为丈夫，不是应真诚地欢迎和努力适应这样的变革吗？

挣脱旧观念、旧伦理的枷锁，海阔天空，同样为任何一位女子提供了劈浪弄潮、一逞豪情的环境和机会。但要记住——女人不是月亮！

（原载《婚姻与家庭》1988 年第 3 期）

男儿也有似水柔情

近来，“男子汉”成了热门话题，上海出了《寻找“男子汉”》，年轻的女性们都满怀兴致地探讨着关于“男子汉形象”的内涵，诸如志向恢宏、性格坚毅、阳刚之气等等。

但是，我见过一位年轻的女性，当初，她曾因心上人坚韧不拔的事业心而产生对他执着火热的爱。婚后，又因丈夫只迷恋自己的事业而怨艾和苦恼。她向人诉说：“生活上可能什么都不缺，事业上也很有成就，唯一缺的是感情。感情的空虚导致心灵的失落。你能天天面对一段木头生活吗？”

一位女大学生坦诚地表示：希望自己的爱侣：“他不要漂亮，因为我也不漂亮；他不要富有，因为我也不富有；他不要聪敏，因为我也不聪敏。不过，他一定要对我好，因为我爱他呀！我要他的感情，他的心灵，他的为人。”

……

于是，我想到了“情”。“男子汉”的内在品质中也需要丰富深沉的感情。电视连续剧《长江第一漂》的主题歌唱得好：“男儿也有似水柔情”。

“男儿也有似水柔情”与男儿的阳刚之气相辅而行。“力拔山兮气盖世”的项羽，“乘势起垄亩之中”，睥睨风云，逐鹿天下，堪配“男子汉”称号，但他与爱姬生离死别之际，同样发出“虞兮虞兮奈若何”的叹息，不是很有难舍之情吗？“上马击狂胡，下马草军书”的陆游，“亘古男儿”，铁骨铮铮，一生怀杀敌报国、收复中原之志，曾有过“提矛刺虎，血染战袍”的壮行，自然也称得上是“男子汉”，但他对被迫离弃的妻子始终怀有割舍不断的爱恋之情。一首《钗头凤》，倩影惊鸿，绿水含悲，凄楚绝伦。“无情未必真豪杰”。无情，不叫“男子汉”。

俗语谓“男儿有泪不轻弹”，其实并不。一位记者问“垒球王”史蒂夫·加夫：“你哭过吗？”“哭过”，他答道：“我觉得在某种场合掉眼泪更像个男子汉，因为这表现你是个实实在在的人，你是有人性的人，你懂得爱。”

男子汉也是血肉之躯，非木石之人。黄花岗七十二烈士之一的林觉民与妻遗书曰：“吾居九泉之下，遥闻汝哭声，当哭相和也。”我国杰出的新闻工作者邹韬奋与妻相爱甚笃，妻不幸病故，数月间，常独临窀穸，哀哀泣诉。以后每一念及，便泪如泉涌。“长江第一漂”的壮士尧茂书，当他踏赴征程，与妻子依依惜别之际，同样是潸然泪下。

男儿热爱事业，但不会因为事业而变成弃情绝义的铁石心肠。毛泽东一生献身革命，不同样写出“我失骄杨君失柳”以寄托对亡妻的悼念之情吗？周恩来于戎马倥偬中逢中秋团圆之节，寄柬夫人：“今日中秋节，对月怀人。”徐特立老人与夫人同甘共苦70余年，他对自己的夫人一直情意绵长，关心备至。家里的钢丝床坏了，他睡在坏的一边，把平稳舒适的一边留给夫人。科学家法拉第于古稀之年写给妻子的信还像初恋时那样充满着温情与火热。围棋国手聂卫平，在他身上同样充溢着男子汉的力与情的交织：包含着坚韧、果断、柔情。有记者问他：事业、妻子、儿子孰轻孰重？他不假思索：“棋第一，儿子第一，妻子也第一。”更展示出“男子汉”本色。

男儿的似水柔情，不是软绵绵的，不是阳刚之气的消弭，不是叹息和无所作为。柔情也是力。男儿的柔情同样恢宏而坚韧。春风是有柔情的，她从结冰的河面上悄悄走过，坚冰即开始融化；溪流是有柔情的，她悄悄抚摸着河底的石子，坚硬的石子日渐光滑；宽容是有柔情的，她使冷漠的心灵慢慢沟通，使“以勇气闻于诸侯”的名将廉颇积怨冰释，懊悔不已；爱恋是有柔情的，她使缠绵病榻的20余年的女诗人巴莱特神奇地站了起来，并在枯涸的心田萌生出爱的绿叶……男儿的似水柔情，寓于阳刚之气中，显示着胸襟和包容，给人以希望和信心，促人奋发和向上。

男儿的似水柔情源自于爱的真诚。一个女人，当她同自己爱着的人结为人生伴侣之后，在漫长的人生岁月里，会愈来愈欣慰地感受到：丈夫的似水柔情比那当初欣赏的粗犷的男人气概更为宝贵。武汉市有位李晔路，他与妻子范令棣1944年结为夫妻。不久妻子因病瘫痪在床，医生无奈地告知李晔路:

“她只能躺着，永远。”从此，他每天为妻子喂水喂饭、擦身洗脚、换衣换药……一日，一月，一年，一直度过了三十几个寒暑，李晔路从青春年华到鬓发斑白，由一个普通的店员成为市文化局党委办公室主任，他对妻子的柔情却一如既往，从未有过些许厌倦、嫌弃之念，受到世人的由衷称许。

男儿也有似水柔情，展示着男人的修养，检验着女人的眼力。

女人三论

据说，伊甸园里抵不住诱惑而偷食禁果是从女性开始的。夏娃首先犯戒并怂恿亚当。夏娃贪吃，以致她吃完两枚禁果之后，亚当还在咀嚼第一个果核。这时，耶和华上帝发现了并大喝一声，于是，亚当正在下咽的果核化作男性的喉结，夏娃吃下的两枚禁果变成了女性的乳峰。从此，世界上有了男女性别的差异。

一

在中国，做一个女人很难。

林语堂先生论说中国女性有一句名言："对中国人来说，女人就是女人。"女人一生到中国这块土地上，就受到同男人不一样的看待。"乃生男子，载寝之床；乃生女子，载寝之地。"男孩一出生就享受优厚待遇；女孩呢，她们一来到世界上就被置之地下。

在中国历史上，男尊女卑、上贵下贱的宗法观念壁垒森严。妇女的社会地位除去做花瓶般玩物就是传宗接代的工具。女人的价值，上者如西施那样被用作"美人计"之钩饵，下者如鸣凤那样被当作一件普通礼物送人。女子的美德，不是她们的自立，而是她们的服从。所谓"夫不御妇，则威仪度缺。"在封建制度下，男女婚姻的缔结，就意味着丈夫对妻子的占有和妻子对丈夫的隶属。

"女人就是女人"。女人永远不可期望有同男人一样的天地。在中国，男人的事业是宽广的，而女人总是被禁囿于狭小的天地。男人可以因治水"三

过家门而不入”受到世世代代的赞美，女人却会因为少带一天孩子、少烧一顿饭而受到责难，而且有口难辩。自己也深感内疚。中国传统社会的男女分工，不是专业和产业结构的分工，而是社会活动范围的分工，即所谓“男主外，女主内”。凡家庭范围内的事项，诸如洒扫、洗涮、烹调、缝纫等等，尽属女性承受。而同样的事项，只要超出家庭范围，则由男性独领风骚。比如，多数女性理所当然地承受着家庭的烹调任务，但社会的名厨却多为男人。这种男女活动范围的分工，被封建道德伦理化了。事实上，对女性选择权力的剥夺，在感情上却变成男人对女人的爱护和体贴——限制和干涉被罩上了温情脉脉的面纱。

低下的社会地位，狭小的生活天地，懦弱的群体意识，女人的选择只能依附。对男人的依附。“良人者，仰望而终身也”。女人最受称美的道德，是扮演贤妻良母的角色；女人最大的企盼，是丈夫的功成名就。即使今日，这种依附心理并没有根本性改变。女孩子一旦找到心目中的太阳神阿波罗，就自觉不自觉地把自己的人生命运全部依附于这棵华盖葱茏的大树下。电影《芙蓉镇》中的胡玉音，曾三次婚恋，每一次都是想找一个男性的保护神。一些女人叹息：“我要是个男人就好了。”妄自菲薄的精神网罗限制了女性奋发向上的心志，窒息了女性的才华和创造。许多在事业上有追求的女性，爱神又常在她们爱的杯盏中注入辛辣的浊醪。

“女人就是女人”，女人的悲哀。

二

西蒙·波伏娃也有一句关于女性的名言：“女人不是生为女人，而是变为女人的”。

女人不应自甘为弱者。在实现自我价值方面，女性同男人应该被付之以同样的条件和机会。所以比维尔强调妇女在社会的解放中应淡化女性意识，指出：“女人的全部机能不是定向繁育后代”。1975 年，冰岛曾发生过一次有趣的“罢工”。一天，全冰岛的妇女们同时“请假”。女总统维格迪丝·芬博加多蒂尔说：“那不是一次真正的罢工，妇女们只是 24 小时内拒绝为男人们服务”。那一天，妇女们用统一行动的方式让男人们认识到：自信，使女人们展示出同样的才干和气魄。撒切尔夫人给世界的第一信号，她首先是位政治家，同时，又是一个标准的家庭主妇。在苏联科学家中，有40%的女性；高级科学家中，有48%的女性。秋瑾诗云：“漫云女子不英雄”。命运女神对人的垂青，已不再看年龄和性别，而是才干和自信。著名女记者樊云芳如此表达女人的自信：“雪，有她自己的形状，自己的品格，才在大自然中占有一席之地”。女科学家修瑞娟喜欢车尔尼雪夫斯基的名言：“生命，如果跟时代的崇高责任联系在一起，你就会感到它能永垂不朽”。更有今天灿若群星的女改革家、女企业家……她们令人瞩目的成就，同样注释着女性的作为首先源于她们的自信。女人，一旦被付以同男人一样宽阔的大地，一样无际的空间，她们也会像麋鹿一样奔驰，像雄鹰一样翱翔，会像男人一样呐喊、一样拼搏、一样披荆斩棘，击浪弄潮，一展胸襟，一逞豪情！

今天，不断深化改革创造出前所未有的良好环境，使亿万女性找到适合自己运行的轨道成为可能。女人不能、不再是悲剧的角色。

自信，女性崛起的灵光。

三

不过，当一大批才华出众的女性们鼓荡着男化雄心的时候，她们却遇上未曾料到的新的苦恼。

努力争做事业竞争场强者的女人，往往在感情生活上出现难以补救的缺憾。一位颇有名气的女企业家，当她因事业的成功受到众人瞩目的时候，她的丈夫却因忍受不了感情上的失落而不得不同她默默地分手。还有一位在事业场中一向叱咤风云的姑娘，同样苦恼于爱情生活中屡屡受挫。因为，跟她熟悉和接触过的小伙子们都认为，她或许能做最好的朋友，却难成为理想的伴侣。因为她个性太强、太才华出众、太雄心勃勃。一向引以为豪的强项竟成为她成就婚姻的羁绊。

男女爱情之美，只在于男女特质差异的相互吸引。就生理差异和社会角色差异而言，男女二性在社会生存结构中共存互补，其利弊长短对于人的自

身需求是一个不计正负的等值常量。性别差异不是人为的，也非人的力量所能弥合。以男性的社会标准来框定自我的女性，往往怠慢了自身十分宝贵的特质。

另外，就爱情和家庭的幸福而言，“女人就是女人”的观念也丢却不得。正如女人之倾慕男人的男子汉气概，一般男人对女人的喜欢，同样因为她具有女人特有的气质。美丽、温柔而充满自信的女人，对男人总有着极大的诱惑力，为什么一定要把淡化女性意识看作自立和自强的标志呢？

当然，女人需要自立和自强。但女人的强是柔韧的，而不是一味模仿男人的刚强，不用非装成什么“女强人”。柔韧，同样有着百折不挠的气概和直面人生的豪迈。就如同撒切尔夫人既是一位杰出的政治家，又是一位贤淑的妻子和慈爱的母亲。她处理国家大事能举重若轻，对家庭琐事也料理得井井有条。她家里没有厨师和侍者，她常常晚上回家后要自己动手做晚饭，熟练地烹调出可口的菜肴。居里夫人在科学研究上成绩卓著，对菜谱也阅读得津津有味。长篇小说《凯旋门》的女作者赵冬苓曾说，她对那些为了事业不顾一切的女人很佩服，而她却做不到。她说，别人拥有的，都要拥有：天伦之乐，家庭温暖和事业。她们的强是柔韧的，强而不失女性的特质。

是的，对于男人来说，女人自身散发着一种清丽的春风化雨般妙不可言的气息。她们温柔、沉静、耐心，她们促使、帮助男人建功立业，同时也促使、激励自己坚韧但微笑着走向世界。

（原载《时代姐妹》1991 年第 6 期）

对“男子汉”的正误观

友人一妹，已近而立之年，虽几经朋友为之殷勤牵线搭桥，但一直择偶未就。原因呢？据她说，都是因为对方外表形象差劲，看上去不像个男子汉。

这似乎是一个很有意思的话题。因此，想到一些人——主要是一些姑娘们，对所谓“男子汉”形象的偏误。

即称“男子汉”，就要有剽悍奇伟的仪表，是误之一。

在一些姑娘看来，男子汉的形象应该是身材高大、仪表堂堂。因此，她们对意中人的模式，不只有相貌上的条件，而且有严苛的身量标准。“征婚启事”上几乎无一不特别注明身高尺码。有人甚至将身高不足某一尺度者贬入无望的“另册”，名之曰“一等残废”，或“二等残废”。曾听人说，有一姑娘择偶，在诸多条件都基本满意的情况下，却因为不足两厘米的身高之差掉头而去。其实，这是对“男子汉”形象的一种偏误。古今那些被认为有大作为的堂堂男儿，并不都那么“魁梧奇伟”。汉朝的张良，与萧何、韩信并称“汉初三杰”，年轻时散金求客，狙击秦始皇于博浪沙，以智勇胆识名天下，连汉高祖刘邦都承认：“夫运筹帷幄之中，决胜千里之外，吾不如子房（张良）”。史学家司马迁编纂《史记》时给他作传，猜想他一定相貌“魁梧奇伟”，及至后来见到他的画像，却恰恰与原来想象的相反，竟是形容娇弱，“状貌如妇人好女”。可是，谁能不说他是堂堂正正的男子汉呢！鲁迅先生身材并不高大，但他睥睨丑类、刚直不阿、学问道德为人钦敬；列宁身材只有 1.6 米，若以俄国人的身材标准衡之，大概很难称得上“男子汉”，但他领导建立了历史上第一个社会主义国家，被世界人民尊为革命导师；印度甘地，一个瘦干巴老头，但他以超人的智慧，伟大的胸怀，坚定的信念和自我牺牲精神，被印度人民尊为“圣雄”。高山景行，为人仰慕。

所谓“男子汉”，更主要的是显示在有勇有识，坚韧刚强的气质上。故人以“静如处女，动如脱兔”赞美胆识兼备的将帅，大概与身材是否高大魁梧无必然联系。

“以貌取人，失之子羽”，如果空有高大的身材，但才识贫乏、品格卑下，能称得上“男子汉”吗？

既称男子汉，就必然禀赋一种豪迈、粗犷的性格，是误之二。

“长江第一漂”的尧茂书，无疑是一个刚强的男子汉，他不只在与惊涛恶浪的搏斗中显示出一种出奇的刚毅、果敢和豪气，在与妻子惜别之际也流露出缱绻不舍的眷恋之情。“男儿也有似水柔情”，电视剧《长江第一漂》的主题歌正唱出了男子汉感情世界的基本色。

“似水柔情”，是男子汉阳刚之气的另一面。英国物理学家和化学家法拉第与妻子共同生活了50多年，对妻子的这种柔情从未淡漠过。甚至到了古稀之年，他写给妻子的信还是充溢着火热之情。爱情，“在这个只有两个人有份的特殊恩赐中，相互间有一种甜蜜的爱，是不能用笔墨，用言语来形容的”。

是的，一个女子在同自己爱着的人结为生活伴侣之后，在共同生活的漫长岁月里，会愈来愈真切地感到，丈夫的似水柔情，比那最初想象中的“男子汉气概”更为宝贵。当你在工作和生活中遇到困难和挫折时，多么需要他给你的关心和体贴；当你患病卧床之际，多么需要他给你的护理和照料；当你遭到意外的变故和不幸时，多么希望他的慰藉和支持……“无情未必真豪杰”，男儿同样有似水柔情，不会是粗狂豪气的单一色。

既称“男子汉”，就必须抱负远大而不屑于琐细之务，是误之三。

任何情窦初开的姑娘都希望自己的意中人有出息、有抱负、有大作为。因此，生活中那些不厌琐细之事的男人，常被讥为没大出息而难得姑娘的青睐。其实，不屑做小事的男人不一定就有大作为。东汉时有位陈蕃，年轻时，自诩有大抱负。有一次，他父亲的朋友薛勤来访，见他独居一室，灰尘蛛网满屋，庭院杂草丛生。问他道：“孺子何不洒扫以待宾客？”陈蕃回答：“大丈夫处世，当扫除天下，何事一屋乎？”薛勤反诘：“一屋不扫，何以扫天下？”

“一屋不扫，何以扫天下”，这反问得极妙。表面看，“扫天下”乃大丈夫所为之堂堂大业，“扫一屋”不过区区小事。但你说“志在天下”总比说“扫一屋”更容易得到姑娘青睐么。其实，一个有志者，既当有“扫天下”之远大抱负，又要肯于从“扫一屋”做起。离开“扫天下”之志向而埋头“扫一屋”，则“近视而无远谋”，自不足取；而离开“扫一屋”之实际而侈谈“扫天下”，则“空言不事事”。更何况，一个家庭的琐细事何止“扫一屋”而已。居家开门七件事，柴、米、油、盐、酱、醋、茶。煮饭、买菜、洒扫、洗涮，侍老抚幼，婚丧嫁娶，疾痛病患等等都要有人去做。若称不屑为此等琐务者即“男子汉”，那么，你几经挑剔的选择，说不定会为后来的生活播下苦恼甚至不幸的种子。

“要成就一番大事业，必须从小事做起。”古今中外许多大有作为的男子汉，并不鄙弃做小事的。法国大哲学家黑格尔，在思考和撰写深奥的哲学命题的同时，也津津有味地记着家庭收支的明细账。科学大师爱因斯坦工作室的屋梁上曾挂满过小孩的尿布。他经常一面思考着当时物理学中最艰深的“以太之谜”，一面推动着摇车哄孩子入睡。伟大的生物学家达尔文，在他已成为著名的大科学家和皇家学会会员时，照样跟妻子一起分担洒扫之类的琐事。著名历史学家吴晗，做起家务和写文章一样得心应手。无疑，他们都是出类拔萃的男子汉。

欲寻求一个称得上“男子汉”的人为终身伴侣的姑娘，您可曾想过，男子汉，不一定都有魁梧奇伟的身材，但必然有坚韧、深沉、自强不息的气概；不尽是粗狂豪气、刚直的性格，也要具备润泽爱人心田的似水柔情；不一定鄙弃家庭琐细之事，但肯定有坚如磐石的信念和对事业顽强不懈的追求。唯此，他才不会因一时的困难而沮丧，因偶尔的挫折而悲观，因小有成就而满足。他才是值得你爱恋和信赖的男子汉！

对男子汉的形象的寻求和认识需要有一个发现和共处的过程，且莫为传说和想象的橱窗式的“男子汉”模式所迷惑。

（原载《时代姐妹》1988年第2期）

关于男人

男子汉

所谓“男子汉”是对男人的一种赞美性称谓。当此称谓者，不在其外表怎样的高大威武，而是其内在素质真正具备男人应有的气魄、风度、胸怀。比如甘地，只看其外表，一个干巴瘦的老头，无大奇处。但他以坚定的信念、巨大的勇气、超人的智慧和自我牺牲精神，带领亿万印度人民，把强大的英国殖民者从印度赶走，被印度人民尊为圣雄。高山景行，树起为世人景仰的男子汉形象。

男人的性感

男人的性感，是蕴含于内的一种力量，一种直面艰难，敢于抗击、勇于拼搏的强悍，一种与生俱来的“敢拿生命赌明天”的个性魅力！如张学良将军那种“大丈夫不要让人怜，顶天立地男子汉”的硬气，如巴顿将军挥舞着手杖对士兵高喊“向前！向前！向前！”的英武，如拿破仑在全法国都在熟睡的深夜，独自伏案奋笔疾书《告法国全体同胞书》的豪情，如伟大的探险家哥伦布在人们非难、怀疑的目光中，毅然扬起风帆，驶向茫茫大海的一往无前！

男人的性感，小沈阳那样的扮相肯定不是。热衷小沈阳的多了，男人的性感会变得陌生和遥远。

男人的魅力

男人对女人的吸引，不只在其相貌、性感、地位或金钱，更重要的，是能展现出男人最本质的魅力。男人的魅力，主要是对事业执着的追求，对人生炽烈的热爱，对工作专注的迷恋，对未来精心的设计，对成功热切的向往。这样的男人，才有可能产生对女人最真实、最强烈、最有效地吸引。

男人的品味

一个男人，倘做人的功力不够，所有外在的讲究都会打折，产生不了能展示男人品味的风采。品味，如同成熟的果实散发出的芬芳，那不是靠装扮弄得出来的。那些无论处顺境还是逆境，都能显示出同样的淡定、自信和深沉的男人，总会给人一种可靠的安全感和亲和力，展示出让女人最可信赖、最喜欢亲近的品格。

男人的花心

坊间流传着一种有趣的男士的感叹：年轻时有贼心没贼胆；中年时有贼胆没贼心。等贼心贼胆都有了，贼没了。可见，“花心”乃男人之天性。多数男人都有见异思迁的本能，有“吃着碗里瞧着锅里”的妄念。任凭怎样美丽、贤淑、聪慧的女人，也无法保证一个男人百分之百的持久的爱，更何况世间美丽、聪慧又贤淑的女人也不多。因此，防范男人的想入非非，就几乎是所有女人在婚姻生活中始终萦绕于心又无计可施的永久性难题。

三言两语

一流的男人，既能让一个女人爱一辈子，又能一辈子爱一个女人。

男人，倘若不在性领域从事冒险活动，一生的麻烦起码减少五分之四。

当你看到一个男人为自己的老婆打开车门时，其原因不外两个：要么车是新的，要么老婆是新的。

男人对老婆有两种表现反映出他的心虚：要么是献殷勤，要么是耍无赖。

男人对所爱的女人说“我陪你”，是很温暖的话；“我爱你”，是很浪漫的话；“有我在”，是最实在的话。

男人应该像一棵树，只要主干向上，而且枝繁叶茂、绿荫如盖，自不失男人应有的魅力。如果你一定要求他绝无枝杈旁出，只留下一个直立的主干，如此，虽少了燕舞莺鸣与之亲近的忧虑，也必然失去他应有的从容、洒脱、亲和的男人风采。

关于女人

女人如花

花之美，不在颜色，而在其神韵；女人之美，主要的，不在其外表，而在其涵养。

漂亮的容貌和优美的身材是上天赐予女性的第一件礼物，也是上天从女性身上最先收回的第一样东西。

俗谚云：“十七八岁一朵花，二十七八豆腐渣，三十七八猫儿抓。”女人，最可自信的是美貌，最不可持的也是。娇美的容颜最先成为女人的幸运，也最早成为女人的沮丧。

哲人说，女人，只有通过一种方式使自己变得美丽，但他有一千种方式使自己变得可爱。是的，女人的出水芙蓉般的容貌之美令人赏心悦目，而靠美德、文化、修养、风度等所展示出的女性魅力则使人如沐春风。可惜，多数女人往往千百次地重复使用同一种方式展示自己。

女人之美，一半天成，一半人为。一天中，脸上总漾着晨曦的女人最美丽；一生中，内心总有着向往的女人最美丽。用文化修养和美好追求塑造自己的女人，一生的风景都如诗如画。

如今，整容成为一个热门行业，男女趋之若骛。殊不知这世间男女从来一般的多，而且各有其长也有其短。整容，小眼睛或许能整出个大眼睛，但绝整不出“横波入鬓，顾盼流光”的神采。更何况女人真正的美都是“清水出芙蓉，天然去雕饰”的那种，修短合度，秾纤适中，芳泽无加，铅华弗御焉。非人力所能为也。

是的，女人和花都美。自古以来人们就喜欢用花比喻女人。女人貌美叫“花容月貌”，更美叫“闭月羞花”，“花见羞”——连花看见了都自惭形秽。女子穿着美就说“花团锦簇”，打扮艳丽说“花枝招展”。女人微笑叫“笑靥如花”，大笑就说“花枝乱颤”，悲泣如“雨打梨花”，受惊则说“花容失色”。男女约会的理想去处是“花前月下”，祝福男女成婚说“花好月圆”，新婚之夜称“洞房花烛”。

女人性爱不专叫“水性杨花”，婚外情称“红杏出墙”。“满园春色关不住，一枝红杏出墙来”，很美的景致，不知怎么跟女人的出轨拉扯在一起。男人“吃着碗里瞧着锅里”则叫“花心”，在外面勾引女人叫“拈花惹草”、“寻花问柳”。男人出轨最不靠谱的理由是“家花没有野花香”，老婆反复告诫出门在外的男人：“路上的野花不要采”。男女苟合的传闻叫“桃色新闻”。性病俗称“花柳病”，男女私通犯事称作“花案”，不成器的男人喜欢说“宁在花下死，做鬼也风流”。

碎思录

女人要生活幸福，早期，美貌最重要；长期，智慧最重要；终生，美德最重要。

女人的姿色如稀有金属，是储量不多、开采期又极短的有限资源。一旦换取了金钱，很可能转瞬间变得一贫如洗，无所依傍。

容貌意识基本上是针对女人的，所以自古以来就有“女为悦己者容”的说法。在我们的生活中，说一个女人丑比说她愚蠢更有杀伤力。男人反是。所以，美容，基本上是女人的追求。如今有人造美女，没听说有人造美男。

美貌的女人是一道风景，宜远观不宜近瞧。远远地欣赏，很美。最好别把她娶回家，娶回家过不了几天就不是风景了。俗话说“近处没风景”，女人这道风景从来站在你可望而不可即的地方。越是可望而不可即，越是容易令你怦然心动。

美女最大的价值是赏心悦目，从苏小小到李香君都是。谁能把这样的美女娶回家柴米油盐的过日子？电视上展现的那种风姿曼妙、着比基尼、椰风海韵、踏沙逐浪的女人，只怕干不了喂猪放羊、涮干洗净的活儿。

女人是分类型的。你适合什么样的女人，得心里有个数。千万别见着美女就走火入魔、想入非非。

聪明的男人讨好女人常表现出少有的狡诈：貌美就赞之曰“靓”，不大美则谄之曰“气质好”，没气质就说她“温柔”。温柔也不温柔呢，得，那就莫名其妙地夸她“颇具风格”。可笑的是，多数女人对来自男人无论怎样言过其实、口是心非甚至近乎戏谑的称赞，都无一例外地表现出忘乎所以的幼稚和愚蠢。

关乎女人的命运有两种说法。一种是：干得好不如嫁得好；又一种是：干得好才能嫁得好。第二种说法更靠谱些：女人有了能力和智慧，才有底气和自信，才有可能把牵引命运的缰绳握在自己手里。

美籍华裔女名人陈香梅说：“女人要做一等女人，不要做二等男人。我不赞成一个女人变成一个男人，不要失掉女人那种温柔的个性。”

跟男人比较，女人之美，美在差别。

有人说，全世界女人一天的化妆消费，足以倒闭一家银行。不过话说回来，倘若全世界的女人突然同一天宣布不再化妆，只怕会倒闭几家银行。你说天下有多少人为女人的美活着，又有多少人靠女人的追求美活着呀！

女人之可爱，简单说，就在其具备有别于男人的特质。比如端庄，秀雅，温柔等等。什么样的女人不可爱？那些专跟男人比，跟男人较劲，自谓“女强人”的女人不可爱；那些大大咧咧，吆五喝六，什么都浑不吝，比老爷们还粗糙的女人不可爱。那些自以为是，不知天高地厚，动辄对男人指手画脚的女人不可爱。“小鸟依人”可爱，“老鹰依人”还可爱吗？

尘世观察（一）

有钱又有闲的女人都喜欢养狗。狗的好处一是通人性。狗不会说话，但日久了，“出去”，“过来”之类也能听懂。再深点，比如“君知妾有夫，赠妾双明珠，感君缠绵意，系在红罗襦”，虽然明白如话，只怕也不懂了。有钱又有闲的女人，一般都少爱，寂寞。有狗陪伴略胜于无吧。再一条，男人不在家，给情人打电话，它听不懂，不会去献媚给男主人打小报告。

女人往往更喜欢和一个与自己一样又不一样的男人完成从恋爱到婚姻的过渡。因为只有和自己一样，两个人处于同一个平面内，才有可能进行良多趣味的情感交流。只有和自己不一样，两个人的所长和所短正好互补，才有可能相互从对方身上得到有益的补充。

多数女人喜欢在出门、上班，特别是参加一个什么公众活动时才喜欢化妆和讲究穿着。而平时，女人回到家中则习惯把新衣服换成旧衣服，乱发粗服，边幅不修。好像她们在别人眼里，在领导眼里，比在丈夫眼里更重要。这是女人被丈夫冷落的一个原因，可惜她们很少有这样的警觉。

女人选择衣饰，两条标准：一是漂亮，二是舒适。二者不可得兼，则舍舒适而取漂亮者也。多数女人的哲学是：舒适是自己的感受，漂亮是别人的印象。

不只衣服、鞋子之类，选爱人亦如是。即使以后感觉不合适，只要大家都赞不绝口，那就得撑着。

女人多一半是生活在别人的视线里。

颇得上流女性青睐的高跟鞋、紧身内衣之类，虽知其害而乐此不疲者，大概，其一，反映出此类女性衣着的炫耀功能；其二，说明如今的女性大半仍处于依赖男人欣赏的地位。

一些很有本事也挣了很多钱的女人，却往往没有拥有美满幸福的婚姻。这大概因为赚到金钱和赢得爱情毕竟是不大相同的两回事。在商战中杀伐果断、挥洒自如的女性豪杰，在爱情温柔乡中难免茫然失措，表现低能。

世间有两种女人往往令男人魂牵梦绕：一种是妩媚型女人，一种是智慧型女人。

妩媚型女人，回眸一笑百媚生，夺魄摄魂。智慧的女人，明事理、知进退。最具魅力的女人，当然最好是妩媚与智慧兼具。有人说，这样的女人，放在家里是妖精，走在路上是风景，形象如画。

美国一家《男性健康》杂志做过一次涉及亚、非、欧43个国家，3万多名女性的调查。被调查者在回答“我希望人们认为我——”的问卷时，回答“自信”者占48%，“健康和快乐”占34%，“聪明智慧”占33%，“容貌漂亮”占17%，“性感”占17%。

曾被“小女人作家”津津乐道的所谓“三围国际标准”看来不行了。如今，女人的美、吸引力，或者说性感，已远非“三围”概念所能包揽。一些女性，以她们过人的精力、出众的智慧、卓越的才华和自信的魅力，正改变着传统“性感”的定义。性感，可以不是女性的曲线，而是女性的力量。

男人和女人

一种说法：男人是一座山，女人是一泓水。男人是山，有山的挺拔，山的雄伟；女人是水，有水的温柔，水的亮丽。没有山的依傍，女人会变得憔悴；失去水的润泽，男人会变得枯萎。

其实，世间男女千形百态，男人并不都是一座山，有的男人就很窝囊，很猥琐，很不争气；女人也不都是一泓水，有的女人动辄暴跳如雷，河东狮吼，母夜叉般骇人。准确地说是好男人像一座山，有山一般的雄浑和大气；好女人像一泓水，如水一样柔情千种，仪态万方。

男人的志向是创造世界，女人的志趣是装饰世界。男人追求强大，女人追求浪漫。强大是男人的梦想，浪漫是女人的太阳。

跟魅力、能力、财力比起来，男人最重要的是担当；跟聪慧、美貌、温柔比起来，女人最重要的是眼光。

女人厌倦了男人，会变得越来越挑剔，总是瞪着眼，这也不好、那也不好地喋喋不休；男人厌倦了女人，常常变得敷衍，闭着眼说这也好那也好地不冷不热。

男人的皱纹叫沧桑，女人的皱纹叫苍老。沧桑是男人的骄傲，苍老是女人的悲哀。

越是追求事业的男人越不希望女人有事业的追求；越是事业上稀松的女人越理直气壮的要求男人事业有成。

男人用智和力改造世界，女人用爱和美滋润世界；男人眼里的世界是对立的，女人眼里的世界是和谐的——两个世界合一起，才会生生不息、欣欣向荣。

男人应是“骏马秋风塞北”，女人应是“杏花春雨江南”。男人有男人的标准，女人有女人的天性。男人欣赏女人的妩媚，女人喜欢男人的刚强。

对于男人来说，再丰富的感情生活，也只是他生活的一部分；对女人来说，再乏味的感情生活，也会视之为她生活的全部。

每一个男人都有各自不同的注释心仪女人的词汇；每一个女人都有一把衡量心目中好男人的尺子。在爱情和婚姻的王国里没有标准计量。

男人对女性的吸引，包括事业追求上的执着和毅力，为人处事的坦诚和魄力，个人修养方面的风度和魅力。

女人对男性的吸引则只有美貌和温柔。

男人重义，推崇“士为知己者死”；女人重情，记住了“女为悦己者容”。但历史上和现实生活中真“为知己者死”的男人少见，而“为悦己者容”的女人满大街都是。

男人在浪漫的生活中有意装出平实，女人在平实的生活中喜欢制造出意想不到的浪漫。

有才华的女人走投无路时会想到和一个男人结婚；有才华的男人走投无路时，一向爱着他的女人会想起跟他离婚。两种境遇下的男人和女人都很无奈。

男人的成功往往显示在他事业的成就上，女人的成功常常显示在她遇上了一段美好的姻缘。

聪明的女人因男人而美丽，智慧的男人因女人而精彩。

爱情是一种男女相互猜测的游戏。女人猜测男人的未来，男人猜测女人的过去。

恋爱中的女人看上去最美，恋爱中的男人看上去最傻。

女人缠住男人的本事是撒娇，男人把女人缠住的本事是撒谎。

有才华的男人爱上心想着的女人会作诗，有才情的女人爱上心仪的男人会做梦。

做情人的女人一发呆会让男人心疼，做妻子的女人一发愁会让男人头疼。

女人对心上的男人朝思暮想，男人对爱着的女人朝秦暮楚。

真心相爱、真诚相守的男女用真情写出一段佳话；春风一度、各自东西的男女因轻浮传出一阵闲话。

聪明的男人要吸引女人，最常用且有效的手段不外两种：一是冒充有钱人，二是冒充认识有钱人。

聪明的女人要吸引男人，最常用且有效的手段也有两种：一是假装正经，二是假装不正经。

男人最大的遗憾是年轻时没拥有吸引女人的权力；女人最大的沮丧是随着铅华退尽不再保持吸引男人的美丽。

一个成功男人的背后，通常会站着一个落寞甚至失败的女人。女人对成功男人的付出是付出失败和落寞。

一个成功女人的背后，一般有一个荒唐的男人。男人对成功女人的付出是荒唐的干扰，并赚回得以继续荒唐下去的满足。

走进婚姻的男人潜意识中会想到爱情的结束；走进婚姻的女人，心灵中悄然等待更甜蜜爱情的开始。

一个朴实的男人像是家庭的一棵大树，使家人有可信的依靠和安全的庇护；一个贤淑的女人如同尘世的天堂，使全家享受到春风般的适意和拥抱中的温暖。

俗世的观点，男人的本事和气魄都表现在钱上。《双响炮》里的丈母娘说得最形象："男人最潇洒的动作是什么？就是掏钱的动作。"

男人不喜欢自己的女人穿的暴露出门，但他们自己出门时却喜欢睇视穿着暴露的女人；女人不喜欢自己的男人偷看街上别的女人，但她们自己走在街上却喜欢有更多的男人偷看自己。

男人就像风筝，线拉不紧他会飞了，太紧又容易拉断。聪明的女人懂得恰如其分又游刃有余地把男人紧紧抓住，又收放自如。

俗谚云："情人眼里出西施"。是"出"西施，并不真是西施。"出"者，想象、虚构、朦胧之谓。那西施般的美，是情人眼里看出来的，离开情人就什么也不是。西施多美？不知道。能说出来的美不是真美，看出来的才是。

中国传统文化的习惯思维，给男人的定位是高山，是大树；女人呢，则是馥郁芬芳的花，是柔弱的小草，是绕树而生的藤萝。女性的依附形象给了中国男人一种虚幻的满足和轻薄的自信。

新时代的中国女性形象大变。女诗人舒婷在《致橡树》诗中扬眉吐气地描述："我必须是你近旁的一株木棉，作为树的形象和你站在一起。根，紧握在地下；叶，相触在云里……"

进入新时代的中国女性,终于发出了像大树那样与男人比肩而立的声音。

对男人要近看，不深入的男人的思想深处，就不能认识他的全部；对女人要远看，当她走进你，毫无顾忌地剖白她的所思所想时，你看到的可能是一副纯真的情怀，也可能是浅薄和平庸。

男人之于女人，犹如大海之于美丽的小溪。有海一样的魄力和胸怀，就能吸引小溪来归。在深沉的海的怀抱，听浪吟涛歌，看碧水白帆，小溪感觉到从来没有过的安全和惬意。

女人之于男人，就像冬天屋子里的火炉。冬天了，屋子里没有火炉不好，别人去你家，没生火炉，就问：冷不冷啊？于是你想，应该有个火炉才好。就是这样。

男人在是不是美丽上挑剔女人，希望他衷情的女人妩媚温柔、婀娜多姿、苗条秀美、光彩照人；女人在是不是智慧上苛求男人，希望她爱着的男人具备执着和毅力、坦诚和魄力、风度和魅力。然而正如维纳斯之举世罕见一样，柏拉图同样千古难寻。因此几乎所有世间婚姻都有缺憾。

男人粗心，女人细致。粗心是男人的一种优势，他们在人生路上常常省略一些在女人看来很有用的东西，而毕其一生完成他们省略的艺术。细致构成女人的魅力，她们用心描画着男人省略的空间，给男人一个没有遗憾的人生。男人的粗心和女人的细致，创造出从爱情到婚姻的和谐与美丽。

灯下小语（一）

关于男人和女人的絮语

男人的魅力。男人的魅力当主要显示在对事业执着的追求，对人生炽烈的热爱。对工作专注的迷恋，对未来精心的设计，对成功热切的向往。这样的男人更容易产生对女性最真实、最实际也最有效地吸引。

男人的性感。男人的性感是蕴含于内在的一种力量，一种敢于抗击，勇于拼搏，体现生命原始美的野性，一种与生俱来的“敢拿生命赌明天”的个性魅力。

男人的品位。一个男人，倘做人的功夫不够，所有外在的讲究都会打折，产生不了能施展男人品味的风采。品位，如同成熟的果实散发出芬芳，那不是靠装扮弄得出来的。那种无论是顺境还是逆境，都能显示出同样的淡定、自信和深沉的男人，总能给人一种安全感和亲和力，展示出最可信赖最可亲近的品格。

男人的花心。坊间谐语云：年轻时有贼心没贼胆，中年时有贼胆没贼心，今儿个贼心贼胆都有了，贼没了。“花心”，男人之天性欤？或许，多数男人都有见异思迁的本能，有“吃着碗里地瞧着锅里”的妄想。任凭怎样美丽、贤淑、智慧的女人，也难保证一个男人百分之百持久的爱。更何况世间美丽、贤淑又聪慧的女人也很多。因此，防范男人的想入非非，就几乎是所有女人在婚姻生活中始终萦绕于心又无计可施的永久性难题。

一流的男人，既能让一个女人爱一辈子，又能一辈子持之以恒地只爱一个女人。标准不高，做到不易。

男人的两种表现都反映出他的心虚：要么是献殷勤，要么是耍无赖。

当你看到一个男人为老婆打开车门时，原因不外两种：要么车是新的，要么老婆是新的。

一个男人倘不在涉性领域内惹是生非，他一生的麻烦起码减少五分之四。

男人像一棵树。只要主干向上，而且枝繁叶茂，绿荫如盖，就不失男人应有的魅力。如果你一定要求他绝无枝杈旁出，只留一个直立的主干，如此，虽然少了招致燕舞莺歌乃至与之亲昵的麻烦，也必然失去他应有的从容、洒脱、亲和的男人风度。

女人要生活美满，早期，美貌最重要；长期，智慧最重要；终生，美德最重要。

美貌的女人是一道风景，宜远观不宜近瞧。远远地欣赏，觉得很美；最好别把她娶回家，娶回家过几天就不是风景了。俗话说“近处没风景”，女人这道风景，从来站在你可望而不可即的地方。

美貌意识从来是属于女人的。生命中说一个女人丑比说她愚蠢更有杀伤力。男人反是。

女人的姿色如稀有金属，是储量有限、开采期又极短的有限资源。一旦把美貌换取了金钱，很可能转瞬间变得一贫如洗，无所依傍。

美女的最大价值是赏心悦目。从苏小小到李香君都是。你能把她们娶回家柴米油盐地过日子？电视上常展现风姿曼妙，着比基尼，椰风海韵，踏风逐浪的女人，只怕干不了那种蹲猪喂狗、洗干涮净的活儿。

女人是分类型分档次的。你想要什么样的女人，得心里有数，千万不要见着美女就走火入魔、想入非非。

聪明的男人讨好女人常表现出少有的狡诈。貌美的赞之曰“靓”，不大美则谀之曰“气质好”，没气质则说她“温柔”。温柔也不温柔呢？得，那就莫名其妙地夸她“颇具风格”。可笑的是，多数女人对来自男人无论怎样言过其实，口是心非，甚至近乎戏谑的称赞，都无一例外地表现出忘乎所以的幼稚和愚蠢。

可爱的女人或女人之可爱，简单说，就在其具备有别于男人的特质，比如端庄、秀雅、风致、温柔等等。什么样的女人不可爱？那些专跟男人比、跟男人较劲、自谓“女强人”的女人不可爱；那些大大咧咧、吆五喝六、什么都浑不吝、比大老爷们还粗糙的女人不可爱。那种自以为是、不知天高地厚、动辄对男人指手画脚的女人不可爱。“小鸟依人”可爱，“老鹰依人”还可爱吗？

多数女人喜欢在出门、上班，特别是参加一个什么公众场合时，才喜欢化妆和讲究穿着。而平时，她们回到家中则习惯把新衣服换成旧衣服，乱发粗服，边幅不修。好像她们在别人眼里，在领导眼里，比在丈夫眼里更重要。这是女人被丈夫冷落的一个原因，可惜她们很少有这样的警觉。

女人对衣饰的选择，两条标准：一是漂亮，二是舒适。二者不可得兼，多数则舍舒适而取漂亮者也。她们的理念是：舒适是自己的感受，漂亮是别人的印象。选择爱人亦如是。即使以后感觉不合适，只要大家都赞不绝口那就得撑着。女人多一半是生活给别人看，活动在别人的视线里。

颇得时髦女性青睐的高跟鞋、紧身衣之类，虽知其害而乐此不疲者，大概，其一，反映出此类女性衣着的炫耀性功能；其二，说明眼下的女性大半处于依赖男人欣赏的地位。

世间有两种女人常令男人魂牵梦绕：一是妩媚型女人，一是智慧型女人。妩媚型女人，回眸一笑百媚生，夺魄摄魂；智慧型女人，明事理，知进退，应对自如。当然，最好是妩媚与智慧兼具。有人说，这样的女人放在家里是妖精，走在路上是风景。形象如画。

一些很有本事挣钱也挣了许多钱的女人却往往没有同时拥有美满、幸福的婚姻。这是因为，赚到金钱和赢得爱情毕竟是不大相同的两回事。商战硝烟，杀伐果断。挥洒自如的巾帼豪杰，往往在爱情温柔乡中茫然失措、表现低能。

女人如花。花之美，不在颜色，而在其神韵；人之美，不只在其外表，更在其涵养。

漂亮的容貌和优美的身材是上天赐予女性的第一件礼物，也是上天从女性身上收回的第一样东西。俚语云："十七八岁一枝花，二十七八豆腐渣"。女人，最自信的是美貌，最不可恃的也是。姣美的容貌最先成为女人的幸运，也最早成为女人的沮丧。

女人之美，一半天成，一半人为。一天中脸上总荡漾着晨曦的女人最美丽；一生中，内心总装着向往的女人最美丽。用文化和追求着意营造自己的女人，一生风景都会如诗如画。

一种说法：男人是一座山，女人是一泓水。男人是山，当有山的挺拔、山的雄浑；女人是水，需有水的温柔、水的亮丽。没有山的依靠，女人会变得憔悴；没有水的润泽，男人会变得枯萎。

其实，世间男女千形百态，男人并不都是一座山，有的男人很窝囊、很猥琐、很不争气。女人也不都是一泓水，有的女人就动辄暴跳如雷、河东狮吼、母夜叉般骇人。准确地说，是好男人像一座山，有山一般的雄浑和大气；好女人像一泓水，有水一样柔情千种、仪态万方。

跟魅力、能力、财力相比，男人最重要的品格是担当；跟美貌、聪明、温柔相比，女人最重要的依赖是眼光。

越是追求事业的男人越不希望女人有事业的追求；越是事业上稀松的女人越理直气壮地要求男人事业有成。

男人对女性的吸引，包括事业上追求的执着和毅力，为人处世的坦诚和魄力、个人修养方面的风度和魄力。女人对男性的吸引则只有美貌和温柔。

男人重义，推崇"士为知己者死"；女人重情，记住了"女为悦己者容"。但历史上和现实生活中，真"为知己者死"的男人少见，而为"悦己者容"的女人满大街都是。

聪明的女人因男人而美丽，智慧的男人因女人而精彩。

有才华的男人爱上心爱的女人会作诗，有才情的女人爱上心仪的男人会做梦。

女人对心上的男人朝思暮想，男人对爱着的女人朝秦暮楚。

爱情是一对男女互相猜测的游戏，女人猜测男人的未来，男人猜测女人的过去。

男人之于女人，犹如大海之于清澈的小溪。有海一样的魄力和胸怀，就能吸引得小溪来归。在深沉的海的怀抱，听浪吟涛歌，看白帆碧水，小溪感觉从未有过的安全和惬意。

女人之于男人，就像冬天屋子里的火炉。冬天了，屋子里没有火炉不好。别人去你家，见没生火炉，就问：冷不冷呀？于是你想：真该有个火炉才好。就是这样。

情恋细语

爱是一种感觉

一

一位结婚刚满一年的小伙子，向笔者诉说他从恋爱走进婚姻后的烦恼——

爱情，真怪得让人琢磨不透。她在你面前蹒跚而行时，有着那么神奇的魅力：一个眼神会告诉你一种深情，一抹微笑能传递她内心的惬意……终于水到渠成，婚姻成就，如何呢？往昔的恋人成了今日的妻子，眼睛里没有了灼人的火热，言谈间失去了曾有的温柔。一切都变得平淡乏味，没意思极了。你说，爱情是什么？莫非她只出现在丘比特弓满待发的瞬间？还是我们的爱的种子碰巧撒进了一块贫瘠的土地？

这位年轻朋友的困惑，使我想了许久，想了许多。

二

爱情是什么？

苏联霍姆林斯基讲过一个有趣的故事：

上帝创世初，给了男人一把铲子，给了女人一把谷粒，说："你们去生活吧，我还很忙。"一年后，上帝带着天使来到人间，在一个草舍旁，看到了那个男人和女人，他们身旁是一片成熟的谷穗，一个摇篮和一个婴儿。在他们相互对视的目光中，上帝发现了一种从未见过的美。天使说："那是爱情。"

“爱情是什么？”上帝茫然发问，天使哑然失对。

看来，“爱情是什么”，这是个看似极浅显实则很深奥的问题。浅显到人人都能说出一个满是那么回子事儿的答案，深奥到连上帝也难明白它的真谛。

三

从一对男女对视的目光中蕴含着的爱情，是含蓄的深情？直露的火辣？抑或娇波中蕴含的喜悦？闪烁中表达的叮咛？

这目光中的语言，那般复杂，又那般微妙，不是爱着的一对人儿中的一个，有谁能读得懂，解得透？更何况爱情的表达最多只有百分之一显露于目光中。

爱情是什么？演义起来是《红楼梦》那样的大书，概括起来是振聋发聩的警句。

雨果说：爱情是花的蜜。

莎士比亚说：爱情是一种甜蜜的痛苦。

别林斯基说：爱情是生活中的诗歌和太阳。

泰戈尔说：爱情是充实了的生命，正如盛满了酒的酒杯。

格言说：爱情是诗一样的谜。

其实，依我看，生活中更多人的爱情，首先是一种感觉。当你感觉到从心灵深处爱你的情侣，或被你的情侣爱着时，爱是甜蜜的；而当你同情侣间相互没有了这种感觉时，爱情则变得虚伪、淡漠，甚至悄然离去，不复存在。

四

爱是一种感觉。它几乎充溢于你内心体验到的一切，而绝不仅仅在你阅读情书时的激动和枕边悄声细语的陶醉；不仅是会意的眉目含情和销魂的颠倒床笫。真心诚意相爱着的夫妻所感觉的不仅仅是这些。爱情生活有远比这复杂得多的内容。

你能感觉到爱人对你成功的喜悦，可曾意识到那隐于眉宇间的忧虑？此刻，喜悦和忧虑表现着同样的爱的分量——因为，在你爱人的思虑中，成功也许比失败更能考验你的意志。

你当然高兴爱人同你的种种默契。是的，夫唱妇随（或妇唱夫随）的爱情最容易被人敏锐地感觉到。可是，当爱人同你发生偶尔争吵时，你可曾想过其中同样有爱的成分？——情侣间常常越是爱得热烈和真挚才越容易挑剔和苛求。

你无疑得意于爱人对你诸多可爱之处的赞美。因为，夫妻间的相互赞美常出现在爱得炽烈的时刻。可是，任何相爱的一对男女也难以满意对方的一切，爱的长河中会时而出现怨艾的漩涡。怨艾，很大程度上表达着对情侣的信赖——有谁愿意对陌生人诉说自己的抑郁？夫妻间的赞美和抱怨常表达着同样的爱的内涵——因为你成为一个什么样的人，对于你的情侣来说绝不是无所谓的事。

一对心心相印的夫妻，甚至嫉妒也是一种爱的尺度。试若嫉妒的火焰全部熄灭，爱的心灵准会变得麻木；看似无所谓的家庭小事，也同样传递着爱的信息，使你们爱情生活的每一个细节都回味无穷。

总之，爱情会从眼神中，从语言里，从行动上，甚至不从什么地方，你只是感觉到。爱情是实在的又是无形的，朴素的又是神秘的，是双方心理的共鸣，感情上、气质上的一点灵犀。

五

爱的感觉，在于你真诚地接受爱的同时，也欣然地付出爱。付出也是一种至美的感觉。苏联婚姻学专家尤里·留利柯夫说：“在爱情中，只有当你得到了幸福，你才能够给别人幸福。”你对情侣的爱，同你被爱着的感觉，都是一种甜蜜的享受。

爱的溪流之潺潺不息，需要夫妻双方共同对源头的开掘。只求爱的获得而吝啬给予，日久天长，会使爱的源头阻塞甚至涸竭。

只想得到而吝啬付出的恋人，对“得到”的感觉也常常是麻木的。而一旦爱的付出与爱的接受相互对接，新的爱意便会油然而生，夫妻间的绵绵之情也会像山泉溪水一样长流不息。

六

一首为许多年轻人所喜欢的流行歌曲很有意思："跟着感觉走。"爱情美满的真谛或许正是这样吧！

爱是一种感觉。那感觉不是表面的和浅显的，它是挚爱着的一对男女心灵的融合，是如饮甘露一样的心舒意畅的体味，是探宝寻金一样孜孜以求的发掘……

不要把浅尝辄止的收获视作永恒的爱的甘醇，盲目的陶醉之日常是爱河的干涸之时。"痴到深处，三宝忽现；迷到终极，另有天地。"真正爱的感觉，正是这样的迷恋。

爱，是一座开掘不尽的宝山，愿忠诚于爱的情侣能开掘得更深一些、更细一些。

（原载《婚姻与家庭》1990 年第 9 期）

爱情表达的艺术

当你躺在床上，走在路上，或坐在车上，那个使你产生好感的她（他）的影子，时时浮现在你的脑海，既令你欣喜，又使你慌乱……这，大概就是爱神已悄悄地叩击你的心扉了。

爱的信息如何传递到意中人的心上，使思恋的燧石爆出爱情的火光？你思索、苦恼，坐卧不安，爱神给你出的第一个题目，就是怎样向意中人表达思慕之情。

恋情的表达是个有趣的学问。一些初涉爱河的青年男女，在表达埋于心底的恋情时，或误之于迟疑，或失之于简单，更有的以虚伪亵渎了爱情纯真。结果，爱情的幼芽无可奈何地枯萎了。

爱情的表达，当有三忌——

一忌迟疑。生活中有这样的小伙子，尽管他们平时挺机灵，在许多“大场合”都能应付自如，但在向意中人表达恋情时却瞻前顾后，犹豫不决，迟迟不敢向对方表露恋情。有些姑娘则信奉刘三姐唱的那种观点：“山中只有藤缠树，世上哪有树缠藤？”“终日劈桃瓤，仁在心儿里”，违心地把爱情之火禁锢于心底。

年轻的朋友，请记住：当丘比特的金箭射中你们双方的时候，你的意中人等待你的是勇气而不是矜持。两千多年前的《诗经》中就记述了这种充满焦灼的等待：“摽有梅，其实七兮，求我庶士，迨其吉兮！”用今天的话表达出来就是：“梅子纷纷落地，还有七分在枝。有心求我的小伙子呀，好日子可别耽误。”恋情的表达需要勇气，怯懦和迟疑常使美好的爱情失之交臂。当然，爱情表达的勇气不一定只能发自于男士，生长于新时代的姑娘，何须还悄悄地低唱《摽有梅》呢？只要能获得幸福的爱情，何妨先点燃自己心中的爱火花！

二忌简单。单有勇气仍不够，当你准备向自己的意中人吐露爱恋之情时，当思考好既文明又得体的表达方式。

有的青年朋友,以为爱情表达的勇气就是鼓足劲儿扔出那简单的三个字，那真是再糟糕不过了。因为无论任何人，第一次听到那三个字的时候也会大吃一惊的。请你牢记，千万不要把那三个字就那么赤裸裸地扔出去。情恋的表达要讲究一点艺术。唐朝诗人皇甫松有一首诗是这样说的：“船动湖光滟滟秋，贪看年少信船流，无端隔水抛莲子，遥被人知半日羞。”诗的末两句写采莲少女向意中的少年抛掷莲子表达爱情，“莲”和“怜”同音，“子”是古代的敬称，有如“您”。“莲子”意即“爱你”。你看，这位古代少女在向意中人吐露那三个字的时候，不只有火辣的表达勇气，也有极美的表达艺术。

现代诗中也有不少描述恋情表达的篇章。诗人流沙河早年有一首诗这样写道：“五月端阳节，家家起身早。姑娘去河边，河边寻艾草……艾草送给他，看他要不要，这是啥意思，也许他知道。”姑娘选择端阳节的时候，采撷艾草送给意中人，“艾草送给他，看他要不要”，做出了投石问路的试探，很聪明。

总之，第一次恋情表达很需要动一番脑筋。因为这也是你在意中人面前对自己才华和智慧的展示。当然，绝没有一本教科书规定出恋情表达的固定模式。人们所处时代、环境的不同，所受教育程度的区别，兴趣和性格的差异，表达恋情也常因人因时而异，这就需要“爱至心灵”，以能拨动意中人的心弦为得体。

三忌虚假。爱情贵真挚，第一次恋情的表达要以真诚为准则。有些初涉恋情的年轻人给意中人写表达心意的情书中，喜欢从别人的情书中抄写一些美妙的词句，意在打动对方的心弦。殊不知这样做反而会弄巧成拙，因为那些被别人用过的套话，并非是你的肺腑之言。俗话说，“感人最是衷心曲”。司马相如的一曲《凤求凰》，以真挚之情拨动了卓文君的心弦，成为他们的定情之曲。

年轻的朋友，当你决定向意中人表达你的爱慕之情时，一定要表达你的真诚。把爱情的种子播进真诚的土壤里，从此，你就有理由满怀欣喜地等待爱情花朵的开放，收获甜蜜的果实了。

说“般配”

“般配”这个字眼，是许多人一向评说和衡量爱情、婚姻是否理想的常用尺度；而不少本来可望十分美好的婚姻，却为世俗“般配论”所误而遗恨终生。现实生活中常见这样的现象：倘一个风度翩翩的男士与一位相貌平平的女子相恋，或姑娘端庄秀丽而男人长相寻常，往往有人会为之惋惜：“这才叫好汉无好妻，懒汉娶花枝，看着多不般配呀！”对此不难设想：倘那相恋的男女还只是初交，谈不上真正了解的话，他们听到这样的议论会做何感想？能有明智的见识和勇气对此“般配论”漠然置之吗？看来，正确认识“般配”二字，对于现实婚姻和家庭的美满是必要的。

其一，任何堪称幸福的婚姻也并不绝对“般配”。

就说为许多人称羡和向往的“年貌相当”，也只不过是男女双方的一个方面——甚至是不太重要方面的相近而已。即使这某一方面的般配，倘若苛求，也很难十分满意。有一位姑娘，当年，豆蔻年华，青春正茂，发誓要寻求一位年龄、相貌、身高都能跟自己绝对般配的男士为侣，甚至眼大眼小，眉毛神态都有自己心目中的模式相鉴，一二厘米的身高之差也不肯通融……结果呢，岁月蹉跎、年华流逝，直至如梦方醒般地发觉自己已步入大龄行列，才不得不一再降低标准。“般配”的标准固已水落船低，别人却又以“般配”的尺度衡之于她了。“般配”的世俗观念，使这位本来有很好条件的姑娘错过了成就美好婚姻的时机。虽向往犹存，惜风光不再，至今，年过而立，仍踽踽独行。

相貌，还只是世俗对“般配”要求的一个方面。此外，还有门第、出身、财产、地位、学历等等。要样样“般配”，也真难。世界上没有两片绝对相同的树叶，这一方面般配了，另一方面可能会不大般配。诸葛亮慕黄氏才学而不嫌其貌陋，卓文君与司马相如倾心相爱而不问门第高低，恩格斯学问渊博，但他的夫人只是个普通的女工；鲁迅与许广平虽有年龄之悬殊，却以共同的追求和信念结为志同道合的伴侣……他们都有般配的一面，也都有不般配的一面，但都不失为被人赞许的幸福婚姻。古今所有堪称幸福的婚姻，并非样样般配，而只有主要的、根本方面的般配。

其二，看似“般配”的婚姻不一定是幸福的。

贾宝玉和薛宝钗门第相当，才貌相配，又有“金玉良缘”之说，按世俗眼光看，自然够般配的了，但贾宝玉终于弃家出走。贾母、凤姐等费尽心机拉就的“般配”，正好为他们埋下了不幸婚姻的种子。俄国大诗人普希金，才华横溢，他的妻子冈察罗娃号称“莫斯科第一美人”，可谓“郎才女貌”。在一些人看来，当称得上无与伦比的“般配”了。殊不知冈察罗娃这个美女的品性却十分差劲，最终使这位天才的诗人年仅 37 岁时死于决斗——为了那个美貌的女人而引起的一场决斗。

凡在人生伴侣的选择上特别注重外表的般配者，多数都忽略内在的品格、情操、信念、志趣等方面的不般配，而追求的不同，信念的各异，思想的分歧，常常成为导致婚姻的不幸之源。

其三，“般配”也有变化。

多数夫妇都很难永远地“般配”。疾病之灾，会使风度潇洒的美男变成呻吟于卧榻的病夫；风云多变，今朝的春风得意也许变成明日的穷困潦倒。一个人的身份、地位、学识、健康等等，都会变，此时的“般配”也可能成为以后的不般配。如以表面的“般配”为取舍，生活就很难免与痛苦和叹息相伴随。吾熟悉的一对青年男女，他们幼时青梅竹马，长大后自由相爱、情书往还、感情融洽，双方家长也都支持满意。婚后几年，男的提升到让人看上去和他的妻子不再“般配”的领导位置，于是出现了“般配危机”，后来终以分手告终。

生活中许多堪称幸福美满的婚姻都有一个正确对待发展中出现的某种“不般配”问题。《凯旋在子夜》中的童川，由一个英武豪迈的年轻指挥官成为一个步履艰难、双目失明的残废，而他当年的女友江曼却依旧清丽秀美。从相貌上看，还称得上般配吗？著名电影演员许还山，19岁，正是意气风发的青春年华，鬼使神差般被错划成“右派”。患难中他与一个叫彩云的农家女结合为夫妻。许多年后，他得到平反继而成为海内知名的电影演员，妻子呢，仍是一个没什么文化的普通家庭妇女。我国著名音乐家刘天华，幼时家境贫寒，21岁成婚，妻子勤劳俭朴又善良贤惠，称得上是一对般配的夫妇。后来，刘天华成了大学教授，而妻子依旧是一个没文化的女子，从学问和地位上自然都不再是般配的了。然而，江曼对童川依旧爱的那般赤诚火热，彩云面对功成名就的丈夫无些许惶恐和自卑之感，成了名教类的刘天华对妻依旧敬重如初。他们一直爱得深沉、爱得热烈、爱得真挚。因为他们看重的是内在的般配，而不是身份、地位、名声等外在条件的变化。刘天华教授曾深情地对妻子说：“学点东西容易，可是如你一样善良、贤惠的品性，却不是容易找到的呀！”

朋友，或许你在选择和确立人生伴侣的过程中，有过因世俗“般配观念”的影响而产生的苦恼。我想，正确认识当是解决苦恼和拥有持久幸福婚姻的妙方——

一、不要向往或有意寻求绝对“般配”的婚姻伴侣——它容易使你错过爱的时机，而与美好的爱情失之交臂；

二、努力追求根本方面的般配——它能使你们爱的大厦打下牢固的根基；

三、正确对待般配中的不般配因素——白璧微瑕从来是生活中常有的事；

四、勿为爱情发展过程中出现的某种不般配因素惶恐不安——信任的甘霖一定能使你们心头的爱情之花常开不谢。

（原载《时代姐妹》1988年第3期）

花开堪折直须折

她是我妻子的学生，已逾“而立”之年，尚未觅到一位意中的恋人。前不久，一位热心人又为之介绍了一个年龄相当，条件也还说得过去的小伙子，会晤两次、雁往鱼还之后，她心中悄悄跟以往结识过的男士进行比较。因比较而惆怅，她犹豫了。

是的，她曾有过美丽的憧憬和甜蜜的陶醉，曾有过不止一次将成而终失的爱情。对此，她在自己的记忆深处刻下了懊悔。我们除去为她惋惜之外，不禁想到了这样两句唐诗：“花开堪折直须折，莫待无花空折枝。”她的懊悔，或许是叹花开堪折之未折吧！

花开堪折直须折，需要勇气。

至今，她还向闺中密友娓娓述说着她曾有而终失的爱情。当她第一次发觉埋藏在心底的爱的种子悄然萌发的时候，那是怎样的甜蜜哟。羞涩的甜蜜！她倾慕他的品德和才识，佩服他的能力和气概，男子汉的气概！她说，她没有写日记的习惯，当从那时起，她开始写日记了。翻阅往昔的日记，常使她寂寞的心田泛起那一段美好回忆的波澜。可惜，因为姑娘的矜持和羞涩，以及传统礼数的无形影响，使她当爱情的花朵在心底悄悄绽开的时候，却没有伸手折取的勇气。她退缩了。

哦，姑娘们大多是矜持的。在她们看来，爱情的主动追求者应该是男人。其实，任何美丽的花儿都需要自己去伸手摘取，怯懦和等待，会使你在难得的“花开堪折”之时贻误时机。英国浪漫主义诗人布莱克说得好：“假如你一旦把成熟的时机错过，无尽的痛苦将使你终生哭泣。”（《布莱克诗选》

152 页）历史和现实生活中，凡是获得爱情幸福的女人，几乎无一例外地都有着足够的追求爱的勇气。汉代卓文君冲破礼教的束缚，与司马相如结为夫妻，当垆卖酒，成千古佳话，需要怎样的勇气啊！法国著名作曲家舒曼与他的妻子克拉拉相爱时，曾有过来自不只一方面的百般阻挠。克拉拉说："尽管我只是一个柔弱的女子，可是我具有一颗坚强的心灵。对待爱情，我的这颗心是坚定不移的。"（《欧洲近二百年名人情书集》）"世界上没有任何东西可以动摇我。"（《舒曼传》第 57 页）同样是勇气，使他们获得了幸福的爱情。

莫要消极等待爱神之箭射向自己吧。爱情，不是什么"千里姻缘一线牵"的巧合，不是"红绳系足"的天赐，不是"占凤""抛彩"之类的碰运气。它是感情的迸发，它如火的炽燃，它需要主动、大胆地追求。你读过燕妮致马克思的情书吗？她是以那样华美炽热的语言、纯真而笃定的情意，表达出她内心的爱恋和欢乐："卡尔，卡尔，我多么爱你呀！今天我无法并且几乎没有叙述的力量，我的所有心及所有的想法和念头，一切一切，过去，现在，将来，只归结为一个声音、一个象征、一个语调，如果它响起来，那么它只能是：我爱你！"这是何等热烈、奔腾的爱的激情啊！一点儿也不忸怩作态。那些"花开堪折而欲折"的姑娘，可曾有过这般的激情和勇气么？就说本文开头提到的那位姑娘，在她不得已才写的情书中，总是那么寥寥数语，且从来避讳"爱"字，甚至连信末署名也如签订合同那样郑重及地冠以姓氏。"千呼万唤始出来，犹抱琵琶半遮面"，真叫人怀疑爱神会有那么大的耐性。

我们这个国家是个讲了数千年传统礼教的国家。我们的一些同志，一面对那些落花流水般年华逝去但仍"待字闺中"的姑娘惋惜和叹息，一面又对低眉顺眼的"木头人"赞之曰"贤淑"，而对无所顾忌的爱情追求则斥之曰"邪荡"。似乎，男女青年的爱情只能寄希望于好心人的"拉郎配"。还是听一听马克思对他的恋人燕妮述说过的对爱情的见解吧："爱情，不是对费尔巴哈的'人'的爱，不是对摩莱岗特的'物质的交换'的爱，不是对无产阶级的爱，而是对亲爱的即对你的爱，使一个人成为真正意义上的人。"（《马克思、恩格斯全集》第 30 卷）你想得到爱情的幸福吗？那你就该有足够的爱的勇气。当绚丽的爱情之花在你心头绽开的时候，只管用至诚和勇气去折取。

花开当折直须折，也需决断。

许多美好的爱情，常因优柔寡断而失之交臂，遗恨终生。我国近代文坛上曾有过一位才华卓越的女作家叫石评梅，她与党的早期革命活动家高君宇有过密切的交往。高是她父亲的学生，又是同乡，她从内心敬仰、爱慕自己的这位好友，并在文学创作上接受了他不少积极的影响，但因性格上的游移和多虑，尽管高君宇对她表露出火一般的爱慕之情，她却一直没做出明确的抉择。后来，高君宇因病猝然去世，她才如大梦初醒般感到自己失去了无比美好和珍贵的爱的机会。追悔莫及。

决断，是对自己认准的爱情选择不可或缺的坚毅。男女青年处理自己的婚姻大事，无疑需要认真考虑父母、师长的意见，但更重要的，是要听一听自己内心的声音，做出最符合自己意愿的抉择。现代著名作家蒋光慈同他夫人宋若瑜相恋时，曾坦诚相告自己的爱人："君妹若爱我，则斩钉截铁爱我可耳，遑问其他！"（《纪念碑》第 219 页）。斩钉截铁！此不正是诚挚专一的爱情所需要的吗？ 19 世纪后半叶俄罗斯最伟大的作家列夫·托尔斯泰向索菲亚求爱时，也如此希望自己的心上人："您，作为一个正直的人，请告诉我：您想做我的妻子吗？只要用心地考虑过，你就大胆地回答：可以；或者是假如您自己还有怀疑的影子，那么就说：不行。"（《托尔斯泰传》第 171 页）这种对爱情的理性和坦诚的态度，对那些择偶如买一件物品那样，喜欢在琳琅满目、相同而又稍异的商品中进行挑剔、比较、选择、退换的人来说，不是仍有某种启示吗？

决断，并非一见倾心的仓促，也非东食西宿、朝秦暮楚的轻率，不是担心"过了这村，就没了这店"的将就，而是出于对爱情的真诚所应具有的态度。当年，许广平与鲁迅先生相爱，曾招致许多旧礼教的卫道士们的责难。但许广平坚持自己的选择，她认为，爱情，需要"男女双方把一切对自己有利的一面，都去牺牲了，来寻求至高无上的建立，这才是真爱。"你希望与你的情侣建立起一种"真爱"，那就当付之以真诚的决断。

花开堪折直须折，还需见识。

因未折"堪折之花"而生无限烦恼的姑娘，她们开始都有着诸如年轻、貌美等自信为优越的条件。她们对自身的条件看得太重，又习惯预先设计好一个模式去选择情侣。仪表的些微缺憾她们会不屑一顾，一二厘米的身高相差会掉头而去。苛刻的条件，常使她们“满地里挑瓜，越挑眼越花”，姻缘难就。前面提到的哪位姑娘，曾认识过一个颇有作为的男青年，小伙子顽强进取的精神使她折服。但菲薄的收入和难向人夸示的职业又令她遗憾。迟疑难决。后来，那小伙子考上了“电大”，两年后，得到了文凭，有了令人羡慕的职业。她看到了小伙子的出息，但爱情的花儿早已未开先萎，追悔莫及。有什么办法呢？十全十美的人，十全十美的爱情，世上或许不大多见吧？随着年华的流逝，她的条件虽如步阶而下般地一磴一磴降低，惜岁月蹉跎，终而未能如愿以偿。

看人，重在看其本质。择偶亦是。十全十美的人从未有过，所谓“子建之才，潘安之貌”还是两个人各自出类拔萃的方面合成的呢！人，总有不足。彭雪枫烈士说得好：择侣，“只要对方基本是可爱的，那就够了。”“基本上是可爱的，”应该包括一个人的品德、情操、志向和能力。你能在你的情侣身上发现这基本上可爱的方面吗？能，那你就有选择的眼力，你就一定会爱得真诚，爱得执着，就一定能获得爱情的甜蜜和幸福。缺乏识人的见识，恰恰在于不能发现这基本上是可爱的方面。表面的东西易见，内在的品格难识。花开堪折只未折，多半是外在的东西看多了些，比如相貌、财富、关系、地位等等；内在的东西看少了些，比如品德、才华、勤奋、智慧等等。见识的低下，或是导致不美满的婚姻的主要原因。旧谚说：“会择的择才郎，不会择的择田庄”。旧时代的农夫农妇，尚且有如是结缘择婚标准，新时代的青年男女，所追求的何以只是金钱、门阀、地位耶？彼此志趣相投、向往一致，人品好，作风正、积极追求，努力向上，方为婚姻成就的根本尺度。

靠什么打动你的意中人

一位正处热恋中的姑娘，与情侣的几次约会，总是欣然而往，怏然而归。因为凭着姑娘特有的敏感，她发现自己着意的梳妆并未如她期待的那样，引起对方的格外惊喜。古语说“女为悦已者容”。对于身沐爱河的姑娘来说，也许没有比自信的美貌未能点燃对方爱的火焰更为沮丧和失落的了。

其实，这位姑娘除去心理的过敏之外，也许更主要的是她不太懂得靠什么才能真正打动意中人。

女人，打动异性的动人之处，当然不尽是婀娜身姿和嫣然笑貌；一个被情侣“一日不见，如隔三秋”地爱恋着的姑娘，也许并不太了解自身所具的对情侣的吸引点。她们对容颜的刻意修饰说不定与她意中人的倾心爱慕之处恰恰南辕北辙。因此研究一番“靠什么打动意中人”这个恋爱中的有趣的话题，相信会有助于你获得美满、甜蜜、巩固的爱情。

其一，需要质朴。

一个真正懂得美的男人，对情侣的要求，一般说来不是“摩登”，而是秀丽端庄的质朴。一位穿着雅洁、行为大方的姑娘，比一个浓妆艳抹却透着娇柔和慵懒的女人会更可爱动人。因为质朴显示的是一种天然的美。一个聪慧的女子一定懂得朴实的价值，从而矜持地保持自己的本色，而不是盲目地追逐风行一时的摩登，或模仿别个富有以致能使一些男人趋之若鹜的女人的妆饰。“清水出芙蓉，天然去雕饰”，与其矫揉造作地模仿他人，不如耐心地保持自己的个性。假如你性格沉静，不那么圆通，你只管坚持做你自己，你的尊严会比轻佻更为动人。

妖艳冶容的美貌，可能一时打动某些男人，但多数是表面的或暂时的。它像木柴点燃的火焰，柴尽火熄，时去容衰，绝难维系爱情的永恒。

质朴，首先是一种心灵的美德。所谓“荆钗布裙，不掩其美”，不仅指不掩其美的外貌，尤其遮掩不住的是其慧美的心灵。莎士比亚的《威尼斯商人》中有一句话说得最好：“质朴，比任何的言辞更能打动我心。”一个有理想、有追求、有作为的男人，会从情侣的质朴中发现其蕴藏于内心的淳厚、庄重和沉毅的品格，从而生出发自内心的爱恋。

第二，重在充实。

“充实之谓美。”（孟轲）充实对人的打动是深刻的。女人魅力的展示，主要的，也许不是美的外貌，而是其蕴含于内的充实。包括：充实的向往和追求，充实的感情与思考，充实的品格与情操。思想、感情、追求的充实，必然会使其精力充沛、容光焕发、生气勃勃，从而展示出一种别具一格的神韵和风采。

而只具外表的明眸皓齿，纤腰秀颈之类，是图画式的，虽也被人欣赏，却难使人爱慕。而内心充实的女人，她的眼睛往往荟萃着她内在丰富的精神世界，反映出睿智的思想，表达着纯真的感情。而精神的空虚往往使人表情冷漠和反应迟钝，她的眼睛少有明澈的智慧，她的形象会因变得模糊而失去诱人的魅力。一个思考型的少女的美比一个游惰无度的女人更容易占据男人心灵的位置。

充实，不只能从根本上拨动你意中人的心弦，也能帮助你选准理想的人生伴侣。

第三，心灵真诚。

最上乘的爱的交流说到底是心灵的相通，而打开心灵相通的渠道则主要靠相互间的真诚。凡浓妆粉黛的娇柔、自作多情的卖弄、指天誓日的表白，以及猜谜式的试探等等，在真诚面前，都显得那么黯然失色。感人最是衷心曲，有心的真诚才有情的信赖，才能拉近你和恋人间的距离。

真诚是朴素的。不要把真诚理解为“一辈子”之类的表白和“死呀活呀”

的誓言。小说《大河东流去》中的徐秋斋对梁晴讲夫妻情义说：“什么叫夫妻情？……夫妻情就是你放上一块瓦，我放上一块砖；你放上一根檩，我放上一根梁！你放上一腔血，我放上一个头！有情有义的房子就是这么盖起来的。”俗话说：“人心换人心”，真诚就是一片赤诚的心的交流与融合。

“一种真心的爱慕发出的时候，常常激起别人的爱慕。”（但丁《神曲》）付出真诚，一定会得到信赖的回报。人与人之间的各方面关系，包括友谊和爱情，都这样。

莫恃美貌而自误

笔者熟悉一位姑娘，曾是乡里遐迩知名的美女，也因其美貌而一度使“镜台自献”的小伙子们趋之若鹜。可惜的是，美貌既被姑娘视为待价而沽的资本，也成为她姻缘蹉跎的重要因素。当美貌伴随她自信满满地度过了十几个年华而悄然离去时，她才如大梦初醒般发现，自己已归属于“剩女”之列。条件虽已降到“有婚史无子女亦可”，但丘比特之箭仍屡发不中。她不禁流露出难言的怨艾和苦恼。美貌，原本是少女觅求如意郎君上好条件，但始于以貌美自恃而终为美貌所误者亦比比也。

美貌难自恃，是因为以美貌为财富者常因美貌而播下婚姻不幸的种子。那些感到自己美貌的姑娘，也喜欢将相貌作为寻求和检验情侣的重要甚至首要条件。她们往往苛刻地挑剔对方的长相，头脑里预先装上个举止潇洒、仪态风流之类的模式。然而，现实生活中求德才兼备者可得，而觅才貌两佳者则难，因为相貌是自然的禀赋，而品行和才华则源于后天的修养。美貌者往往并不都兼具才高德劭的优势。造物主向来是吝啬的，他往往赐人于此就不再赐于彼。许多容颜清丽俊秀者常常一无所能，甚至“金玉其外败絮其中”者也并不乏见。由于“仪表堂堂”的第一印象而一见钟情甚至以身相许，随之春风一度，弃如敝屣，以致遗下终生悔恨与教训的，不时有所闻吗?

女子的美貌有如鲜花，虽令人赏心悦目，但花开一时间，不会成为永恒的财富。只看重女人的美貌而发的赞美和誓言都难以置信。法国中世纪诗人瓦尔特写过这样的诗句：“憎恨常常和美貌住在一起”。汉武帝喜爱阿娇貌美而许以“金屋贮之”，怎么样呢？颜衰容减之时即贬入长门冷宫。美貌是一种快速递减的资源，“以色事他人，能得几时好？”希图以貌美获得爱情的女人，最终常咽下苦涩的果实。

美貌难自恃，还因为以美貌为条件者很难得到志同道合的伴侣。真正有才识，有抱负的男人对情侣的选择不一定太在乎相貌的妍媸。汉朝文学家梁鸿娶妻孟光，“矮胖黑丑”，但二人相敬如宾，成千古佳话。诸葛亮有“逸群之才”，却看中“黄发黑肤”的黄承彦之女，后来成为他建功立业的贤内助。

女子自惑于貌美者，常易忽视对自身品学才干方面的追求，所以世间多见美貌女子除美貌之外再难有令人可圈点的长处。老话说：“天道化生万物，重赖坤成；男儿志在四方，尤须内助”。对于真正有理想有作为的男儿来说，他们更看重的是女人的美德和见识，自然不会因相貌如何而取舍。同样，许多有作为或有潜质的男子也不一定同时有潇洒风流的仪表。没有璞中识玉的眼力，常会使美好的爱情失之交臂，克雷洛夫在一则寓言中发出过这样的告诫：“年轻的姑娘们，……必须知道好名誉比任何修饰都来得宝贵。”女人最可宝贵的财富不是青春的美貌，而是品格、知识和能力，是自尊、自信和自强，是朝气蓬勃的青春活力和奋发向上的进取精神。清醒地认识自己和自己的意中人，请记住古希腊大哲学家柏拉图说过的一句话：“应该学会把心灵的美看得比形体的美更珍贵。”

（原载《时代姐妹》1988 年第 7 期）

当你求爱被拒绝的时候

一个小伙子向笔者述说了这样的苦恼，他认识并痴迷地爱上了一个姑娘，他悄悄渴望着爱情的甘甜，独自想象着未来的幸福。可是，当他终于鼓起勇气向姑娘表达了他隐藏于内心的火热的爱恋之情时，姑娘竟大为惊诧，说："你怎么会这样呢？真是的！"轻轻地拒绝了他的追求。

小伙子苦恼了，寝不安席、食不甘味，为他一盆火似的追求而遭冰冷的拒绝。失魂落魄，一蹶不振，陷入沉闷惶惶的境况之中。为安慰这位青年朋友，笔者坦诚地告诉他："姑娘直言相告，说她不爱你，也许不一定是坏事。"小伙子茫然，笔者同他讨论了这样的看法——

如果她（他）说不爱你，也许并不是坏事。因为，说不定因此避免了一桩不幸福的婚姻。是的，在别人看来，你和她（他）可能称得上天造地设的一对。但是，在通常的情况下， 别人看的只是诸如年龄、相貌、门第、职业等外在条件，而爱情毕竟不能像戏剧角色那样的搭配，外在条件的般配不等于两心的相契和志趣的相投。历史上和现实生活中那些被人们称羡不已的爱侣，有许多表面看去并不怎么大般配，不过，他们却都得到了他们所希望得到的幸福。而生活中也时见看上去很般配的夫妇，却常常在他们结合之后，则因追求相背、志趣相抵、性格相迕，很快情意不在、各自东西。革命家彭雪枫与他的夫人杜颖相恋之初，曾这样谈过他对爱情的理解："爱乃是由于同志关系、政治条件、工作利益、双方前途，特别是性格与品质相互印象等诸多复杂因素而自然促成，进而逐渐浓厚起来的。"如果她（他）说不爱你，你可曾静下心来理智地分析过你们之间的这诸多因素是否一致？如果你有过这样的分析，你也许发现，对方有着同你很不一致的追求和志趣。在此之前，你们也许曾萌生出爱的芽儿，但因为带有先天不足的病态，很难开出绚丽的爱情之花。

如果她（他）说不爱你，也许并不是坏事。因为，这或许使你能理智地发现，你真正的爱之所衷、意之所属。是的，你对她（他）的追去或许出之于一片挚诚，但是，你可想过：爱情，从来不是一厢情愿的痴情，而是两颗挚诚的心撞击的火花。古人常以琴瑟喻爱情，《诗经·小雅·常棣》：“妻子好合，如鼓琴瑟。”琴与瑟是古代的两种乐器，常用以合奏。音调相谐，才能弹奏出美好的乐章。若只琴弹而瑟不合，或瑟鸣而琴不应，能和成爱恋的协奏曲么？真诚的追求而得到冷漠的回绝，这并非什么奇怪的事，现实生活中，一次求爱成功的事并不多见，一见钟情者更难保证爱情之火的长燃不熄。更多的情况下， 并非你投之以桃人家就报之以李。初恋的失意“非战之罪”，而是你对你拼命追求的意中人并没有真正地了解：你一盆火似的看中的人儿并没有一盆火似的看中你。

也许，你看中的她（他）对你有着某些方面或某种程度的好感，比如尊重你的人品，钦佩你的学问，称羡你的能力。甚至因此而同你保持着一定程度的友情。不过，尊敬、钦佩、好感乃至友情都不是爱情，敬佩一个人跟爱上一个人是完全不同的两码事。任何一朵花儿都有它独特的美，但一个人却执着爱着自己所钟情的花儿，陶渊明爱菊，林和靖爱梅，周敦颐爱莲……你自有可矜持的、令人敬佩的美，但难说就因此获得敬佩你的人的痴情。你说呢？

如果她（他）说不爱你，也许并不是坏事。因为，这或许会提醒你重视自身的不足和弱点，更激起奋发向上的志气。据说，1932 年诺贝尔医学奖金获得者谢灵顿，早年废学、游荡无度，一事无成。后来，他曾向一个奶牛场的女工求婚而遭拒绝。由此他一改恶习，立志攻读，终于成为英国著名的生理学家，先后任教于伦敦大学、利物浦大学和牛津大学。美好的爱情，肯定是幸福人生的重要方面，但不是唯一方面。人活一生，需要做许多事，不能因为爱情上的偶然失意就自暴自弃、一蹶不振。英国著名哲学家弗兰西斯·培根说：“在一切伟大的人物中（无论是古人、今人，只要是其威名仍在人们记忆中者），没有一个是在恋爱中被诱到狂热的程度者，因为伟大的事业抑制了这种狂热的感情。”（《培根论说文集》第 30 页）满怀热情地着力于事业是战胜各类消极情绪最有效的方法，因为知识的充实会使你感情充沛，事业的追求会使你充满生活的信心。请相信“天涯何处无芳草”，积极向上的生活理念，必然会帮助你用更多的智慧和更大的热情去追求理想的人生伴侣，获得纯真、美好的爱情。

（原载《风流一代》1987 年第 6 期）

爱路多歧

一

也许，你们婚前，曾希望你们的婚姻生活会有无忧无虑的欢乐；也许，你们曾那么盼望你们婚后的道路会是无坎无坷的平直。然而，爱情如花——花惹蝶昵，也招虫啮；婚姻如月——月有星捧，也遭云遮。随着时光的推移，生活会告诉你：爱情之路，不总是铺满鲜花。它，有顺畅也有挫折；有美好也有失落，有愉悦也有苦恼……

爱路多歧。婚姻歧路上的失慎，有可能带给你们不可挽回的遗恨。

不同夫妻所曾经历的爱路之歧不会尽同，但多数夫妻曾为之苦恼不已的问题则可以借之为鉴。

二

倦怠

多数夫妻都会有一段婚后生活的倦怠期。

一位年轻的妻子如此倾诉，她对婚姻感觉到的迷惘和沉重：在甜美的恋爱期，她曾悄悄编织过温馨和迷人的梦。后来，期待变成了现实，但现实与期待相去甚远：婚后生活失去了曾有的激情，日子的单调如守时的钟表；感情的阳光变得渐渐微弱，时光使爱情褪去了那令人陶醉的绚烂。

感情的倦怠源于心神的疲惫。他们不知道，婚前的热恋和婚后的相守毕竟不是一回事。恋爱时曾是那样的轻松、愉悦和了无牵挂：那娓娓情话的沉醉、心洪倾泻的激荡、月白风清的缠绵和小径携手的难舍……那是从未感受过的新鲜和回味不已的甘美。西班牙谚语说：“爱情是一根魔杖，能把最无聊的生活美化成黄金。”然而，结婚了，这一切似渐去渐远，不是爱情不复存在，而是不再那样新鲜和回味无穷。侍老抚幼、衣食住行，包含不进恋爱时那种特有的如火如荼和甘之如饴、美若微醉。最初踏进婚姻门槛的男女，常常手足无措地把婚后生活弄得焦头烂额、疲惫不堪和烦乱不已。

看来，对于那些只有结婚愿望却不谙婚姻经营智慧的人来说，婚姻这根魔杖，很可能把他们曾有过的黄金般爱情生活淡化殆尽。于是，在躁动不安中徘徊着的男女，开始有意无意间觊觎“城外”的别样风光甚至别个园圃中并非更艳丽的花朵。只是为追求新奇便悄悄踅进歪歪斜斜的小径。

导致婚姻走上歧路的不是别的，正是单调的婚姻本身。大概爱神是位从不知满足的神祇，她总是要求着新鲜、活泼和充实。世间万事万物，变是永恒的，与其让外界的诱惑动摇你们婚姻的稳固，何如夫妻进行自我更新，用你们自己的智慧和热情，创造焕然一新的生活和焕然一新的自己。

在爱的十字路口，要谨慎地打开你的感情绿灯。不然，一旦有“黑车”闯入你们家庭生活的感情区域，很容易打乱你们平稳的生活秩序，甚至出现意料不到的变故。已婚的男女，当然不应拒绝异性的友谊，但对异性的关心当谨慎地把握允许之则而绝不轻越雷池半步。许多人就因为未把握这一原则而轻易把家庭引向毁灭之径。羊儿亡于歧路而难寻，爱路之歧也会使曾爱得痴迷的人变得迷惘。

三

变化

恋爱是短暂的，婚姻是漫长的。共同生活几十年的夫妻，会碰到多种意想不到的变化。哪些踟蹰于爱情歧路上的夫妻，许多是因为缺乏应对变化的准备。

在我熟悉的年轻朋友中，有这样一对夫妻：当初，丈夫以事业上足以骄人的成功赢得了妻子专注的爱。婚后，他仍十分看重用事业的砝码继续加重爱的分量。可是，爱神并非只相中一点而闭眼不看其余。当他在妻子的心目中变化到“可敬而不可爱”的地步时，那么，站在爱情的立场上看问题，他的“可敬”就成了失败的标记。于是，他们终于默默地分开了。

夫妻一方社会地位的陡升或陡降，也往往引发夫妻关系的震荡。当年，上山下乡知青的婚姻中，一个“回城潮”，不知道导致多少桩婚姻解体。今天，某些个体富豪，因金钱划开的沟壑，同样引发了无数富家婚姻的危机。变化，使一些夫妻们驾驶的爱情之舟，无可奈何地落下了爱的风帆。

再有，文化层次的差异，同样会成为某些家庭的隐患；追求档次的高下，使得千百夫妻生出无计弥补的隔膜。为生活压力的挣扎，使许多夫妻错过了丰富爱情生活的机会，且不断增加着婚姻危机的魔障。

是的，爱情是坚韧的，又是脆弱的。坚韧时可抵御障碍他们相爱的雨骤风狂，脆弱时却经受不得婚后生活中的小小挫折。有的家庭，工资微薄时，夫妻二人过得生活简素但情和意畅；当他们一下子变得富有时，虽然有了可供恣意挥霍的金钱，却没有了其乐融融的家庭情趣。

爱，到底不是轻松的许诺，而是沉重的担子。牢固的爱情，不只是情意绵绵的相互注视，而在于共同注视着同一个方向。

四

争吵

在婚后琐屑的家庭生活中，总短不了马勺碰锅沿的小争小吵，但千万不要形成惯性。聪明的夫妻懂得争而有让、适时而止，让小小不快如过眼云烟轻轻飘走。最可怕的是让无端无谓的争吵成为一种心理定式，任何一件微不足道的小事都可能成为借题发挥、胡乱指责的由头。大吵三六九、小吵天天有，争吵的无休无止会使双方的心灵罩上一层灰暗的阴影，把本来可期美满的婚姻导入磕磕绊绊的歧路。美国作家特鲁·赫伯说过：“在家庭生活中，我们不仅需要温柔的感触，不断激荡的热情，也需要充沛的感情智力。这种感情智力表现你的灵巧、有趣，富有生气，它使生活得到平稳的发展。”这位作家提倡让幽默的愉快始终充满家庭。

夫妻争吵常缘于那些微不足道的小事。在居家小事上原是讲不得是非也无是非可讲的，富兰克林讲过一句很耐人寻味的话：“婚前要睁大眼睛，婚后半闭眼睛就可以了。”夫妻间，最好不要说“不准”两个字。大自然还有偶尔的天旱水涝，甚至陨石雨，何况活着的人呢！无论丈夫还是妻子，谁也难做到无论对什么事都永远“不准”。

五

占有

占有心理会驱使爱神颠倒感情走向的路标。

生活中也时见这样的丈夫或妻子，他们的内心深处，把自己的人生伴侣视为自己的私产。为此，他们会因丈夫或妻子与异性的偶尔接触而惶惶不安，为丈夫或妻子收到的一封来信而疑神疑鬼；悄悄窥测着枕畔人的内心隐秘，算计跟踪情侣的日常活动，把爱的专一变成爱的专制，将感情的体贴化作感情的操纵。爱河因阻塞而干涸，心灵因禁锢而冷漠。他们不懂得夫妻因相爱而结合，既有着感情的相通处，又有着各自的不同点：对问题不同的见解，对事物不同的判断，对变化不同的态度。失去了独立的个性，也就失去了独具的魅力。那些令人羡慕的婚姻，夫妻双方必定都站在同一地平线上拥抱爱神，妻子不是可怜兮兮的小鸟，丈夫也无须充当庇护妻子的大树。他们应携手并肩注视着前方的朝阳，只偶尔交换一下会心的微笑。

是的，世间万物都须有各自生存的空间。作为万物之灵的人类，既需要生理发展的空间，也需要心理活动的余地。现代科学告诫人们：不重视创造双方心理活动的良好环境，最终将导致精神和感情的病变。爱的甘美不一定就是须臾不离的厮守，夫妻间也须有一定的距离。相距太远不好，太远，“听”不见对方爱的呼唤；也不宜太近，太近了，“看”不到对方情的流盼。中国画讲究疏密得当，要留出一定的空白，让人更感觉到意境深远，给人留出更多的想象余地。夫妻的感情建设也可做如是观：

一、夫妻，不一定事事都要求一致。丈夫和妻子一般都有各自的追求。对同一事物，讨论可，争论可，各抒己见或各持己见都没什么不好。千百年来被人们异口同声赞美的：“夫唱妇随”的家庭，十之八九也难“随”得如意。天长日久，会使人忍耐不了感情持久倾斜的沉重。

二、夫妻，即使怎样的恩爱，也不一定终日形影不离。夫妻如果是比翼鸟，既要有相依相偎的啄颈亲昵，也当有自由翱翔的长空振翅；如果是并蒂莲，既需同开同谢的枝扶叶衬，也更要迎风沐雨之斗妍争娇。终年累月的形影不离，神仙也抵御不了日久恍惚的精神疲劳。

三、夫妻间，也应允许保留内心一角的隐秘世界。不愿他人窥探的秘密不一定就是怎样的不堪。或是已深埋心底的隐痛，或是只想自己珍藏着的私美。“允许”也是一种尊重，尊重是宽厚和善良的美德。它犹如大海的魅力，是大海，才有江河来归，海鸥翱翔，才会赢得更牢固、持久的爱。

（原载《婚姻与家庭》1991年第2期）

天涯何处无芳草

任何花朵都难免有未曾绽放即行枯萎的时候。爱情如花，因此有爱情就难免有失恋。初涉爱河的青年男女，本欲尽享爱情的甘甜，却不幸品尝的是失恋的苦涩。因失恋而寝不安席、食不甘味，失意、失望、失魂落魄者常有。如何正确对待失恋，只怕是青年男女都难免碰到的问题。如果你正为此事而苦恼、焦虑、彷徨而不知所之，愿你记住苏轼《蝶恋花》词中的这一名句："枝上柳绵吹又少，天涯何处无芳草。"

"天涯何处无芳草"，一次失恋并不等于爱情就此远离你而去。世间几乎所有美好的姻缘，少有一见倾心、一锤定音、一战告捷者，如果你冷静下来进行一番理智的分析，会慢慢悟到：失恋，更多的时候也许不一定是坏事，因为说不定因此而避免了一次不幸福的婚姻。爱情的基础从来是两颗心的相通和相融。发生在不同男女的失恋，具体原因可能不尽相同，但其根本点，恐怕还是心的相隔。英国著名科学家牛顿，23 岁时曾热烈地爱上过他的一位美貌的表妹，他们经常一起散步、谈心。虽然牛顿讲的都是她不懂的物理王国里的话，但她总是静静地听，似乎觉得有滋有味。牛顿很高兴，想象着他们结合后的美满和幸福。可是，两个完全没有共同语言的男女的恋爱，必然难有完美的结果。她无论如何也不会理解牛顿所痴迷的事业。他们终于分手了。不过，牛顿对他的失恋并没有多大的苦恼，因为他想到相互不理解的爱情只会给生活带来痛苦和不幸。可见，并不是一切失恋都值得惋惜。

在局外人看来，很般配的一对，为什么最终走不到一起呢？惋惜不已。其实，别人看到的只是诸如年龄、相貌、门第、职业等外在条件，不过恋爱毕竟不能像戏剧角色的搭配，无论外在条件怎样的"般配"，也代替不了心灵的相通。普希金的才华卓绝和冈察罗娃的容貌出众，表面看上去是何等般配啊！然而，这一表面般配的爱情，带给这位天才诗人的竟是丧生的悲剧。现实生活中，不是常见看上去很“般配”的夫妇，却因追求相背、志趣相抵、性格相忤，终至分道扬镳的吗？18世纪法国启蒙思想家卢梭说过：“真正的爱情，在爱好、脾气、感情和性格方面是如此严格地要求双方相配……这样一对彼此相配的夫妇是经得起一切可能发生的灾难的袭击的。”当失恋这个题目使你焦灼不安的时候，你可曾冷静下来认真地分析过：你和你的恋人之间，这些方面有着多大程度的一致？如果你有过这样的分析，也许清楚地觉察到对方同你有着完全不同的追求和向往。在这样的前提下，即使你们因某种机遇偶尔萌生了爱的芽儿，也会有先天不足的病态，绝对开不出绚烂美丽的爱情之花。

“天涯何处无芳草”。对于理智者来说，遭遇失恋，有失落，也能从中查找出自己的不足，使自己变得更为清醒，更加成熟，为采撷真正属于自己的爱情之花准备好条件。法国著名文学家罗曼·罗兰也曾遭遇过失恋的苦恼，失恋中，他在日记中写下过这样一段很有名的话：“我明白，我能创作，我是自由的。一切属于我，包括我的那些锁链，我是我自己的痛苦的主人！”失恋后的他，把这段话作为自己的座右铭，坚定而理智地从失恋的痛苦中挺立起来，精心于文学创作事业，写出了《信仰喜剧》以及三部英雄传记等大量作品，并以10年构思，10年创作的心血完成了轰动世界的文学名著《约翰·克理斯朵夫》，从而跻身于世界杰出作家的行列。你热爱生活，热爱自己的事业，有理想、有追求、有抱负，你就不会为自己爱情上的偶尔失意便一蹶不振、自暴自弃，而是以更大的热情和更坚定的意志，去热爱生活，追求你向往的爱情以及与爱情相伴而生的事业。

（原载《婚姻与家庭》1991年第2期）

对爱之根的思索

一

赞爱情之美好者，常喻之以花。

确实，花卉之美一如爱情之美。或绚丽，或雅致，或清香淡远，或馥郁芳菲。五彩纷呈，各具姿色……给人以美的享受，唤起对生活的热爱和追求。古往今来，曾有过多少咏花的篇章啊！但是，却少有对那深扎泥土下的根的赞美。初涉爱情的青年男女，谁不希冀爱情坚贞，企盼爱情的美满啊，但又常常疏忽了对两性相爱的基础——爱情之根的思考和培植。

二

花赖根以生。成语“根深叶茂”“根深蒂固”形象地说明着这样的因果。

花之美因根而存。因为有根，才有红花绿叶的相映相衬，才有枝撑茎扶、疏密有致，才有花的经风沐雨、谢而复开……

世间美好的爱情也无一不因为有着坚贞不移的爱的基础。爱情之根，是男女双方思想的一致、感情的共鸣、志趣的相投，是两个心灵的相通和相融。

三

所有的根都是朴素的。正是有了深扎于土壤的花木之根，默默吸收着大地的营养和水分，才保证了枝的茁壮、叶的繁茂和花的艳丽……

爱情之根也如花木之根的朴素。它也许不像美丽的外貌那样使你心醉，不如绵绵情话那样让你神驰，不像潇洒风度那样使你迷恋，不像聪敏的才华那样使你倾慕。然而，它却是那样的朴素和深沉！也正是有了它的朴素和深沉，才赖以保护了你们心目中的美的一切。

四

根又是坚实的。生活，不总是风和日丽，有时也难免有风狂雨骤，甚至霜剑风刀；人生之路，不总是平平坦坦，也难免有泥泞小路，甚至荆棘丛生。当此时，唯根才给你们信念与希望。它不只赐你们花间月下畅饮爱的甘醪享受，也赋予你们淫雨霏霏时咀嚼多样苦涩的力量。哪怕是立根破岩，它也毫不灰心、不动摇、不嫌弃，默默地维系着爱的生命，依旧奋发向上，照样开放出笑意盈盈的花。

五

只倾心于外貌而忽视内心相通的爱情是脆弱的。对爱情之根疏忽，也许能得到一时的陶醉，但难得终生心心相印的美满。那炽如烈火的爱恋转眼间变得冷若冰霜，指天誓日的表白顷刻抛到九霄云外，所谓“白头偕老”的愿望竟成“恩爱一时间”的悲剧。满怀希望地酿制爱情的甘醪，尝到的却是难咽的苦酒。每一对不情愿地咀嚼着婚姻苦果的青年男女，具体情节也许各异，但仔细考察，原因只怕多出于根之不固。

六

爱情之花最无望的萎落多缘之于根的损害。中医论病用药，讲固本而去疾；农民查看秧苗，并不只看枝叶，而是拔下几株着意查看根部有无病害。婚姻双方的信念多异，心灵阻隔，十之八九会导致爱情之花的萎落。即使以传统道德的绳索勉强维系着夫妻的名义，也只僵死的躯壳而已。

欲花之美者，求根之正；欲花之久者，求根之固。古人论植树，说：“凡植木之性，其本欲舒，其培欲平，其土欲固，其筑欲密。”舒本，培平，土固，筑密，四条都是对根的保护。

韩非说：“柢固则长生，根深则视久。”

老子说：“深根固柢，是谓久视之道。”

也许，你刚刚播下爱情的种子；也许，你的心田正悄悄萌生爱的幼芽；也许，你已经惊喜地看到了爱的蓓蕾……那么，请用你的心灵去陪护爱的根吧！唯此，你才能获得爱的美满、和谐和持久。

（原载《时代姐妹》1989 年第 9 期）

关于爱情的闲话

爱情大概是造物主对世间男女最无可比拟的恩赐。它能使两个各有缺憾的生命变得美丽而充实，使两个迟钝的心灵变得智慧和聪颖。贫困的人因为爱情的愉悦有了精神的自信，自卑的人因为爱情中的互敬有了人格的自尊；使消沉落魄者懂得了奋进，迷失于昏暗者看到了光明。它驱逐寂寞，排除忧愁，化解烦恼，播种幸福。它如大漠中的甘泉，冰国里的阳光，心灵安顿的乐土，凡尘俗世的天堂。人，因为有了爱情，在花样年华时尽享爱情的春光明媚；在人生岁晚时仍慢慢品尝着醉人的陈酿。

爱无理由

一对男女，从相遇到相恋，必定有相互吸引或接受的一点灵犀。但那点灵犀是什么却不一定说得出。当年，李凤白流学法国与戴妮丝相恋，李凤白问戴妮丝：“亲爱的，你为什么会爱上我呢？”戴妮丝回答：“因为你是凤白，我是戴妮丝呀。”不是个中人，难解其中味。爱无理由，真的爱，原是不能言说也说不清楚的。

爱无定式

100对恋爱中的男女，会有100种对爱的理念、爱的方式、爱的过程和爱的感受。有人把爱情摆上第一排中间的位置，有人则悄悄置于不太显眼的角落。这与恋爱中人的家庭出身、父母影响、文化修养、经历及性格等密切相关。男女情恋之美大概跟自由体操相仿，其最动人心魄处是他们的“自选动作”，至于一些人热衷的“访谈”之类，十之八九无大用。

且说“姻缘”

男女相遇是一种缘分，相识是一道风景，相知是一种幸运，相系是一种奇迹。当你有幸进入爱的风景深处时，看到的未必是你欣赏的美丽。矜持的季节所有的花期都会推迟，此时你需要的是等待而不是沮丧。一生的错过往往源于一时的过错。

唐朝女诗人鱼玄机有诗曰：“易求无价宝，难得有情郎”。美好的情缘可遇而不可求。回眸一笑，竟成一世情缘；等待十年，也许瞬间错过。徐志摩说：“得之，我幸；不得，我命。”区区八个字，很明白。

爱情更多的时候是瞎碰。爱情就像一朵空中飘逸着的云，有时你越追，她离你越远；有时，你没在意，她就悄悄挨近你的身边。爱情的美，就在其既不能强求也难以智取。有个很神秘很难琢磨很难解释很难把握的字眼叫“情缘”。爱情，一讲情，二讲缘。情是真心，缘是瞎碰。有情未必有缘，有缘的未必有情。“众里寻她千百度，蓦然回首，那人却在灯火阑珊处。”一对男女，相遇并相爱，是生命旅程中的一次幸运，偶尔的错过，很可能成为终生追悔的过错。而有幸相携着走进风景深处时，你看到的也许不再是曾令你心向往之的美丽。一个痴情爱着的女人，不一定能得到同样爱的回报；一个糊里糊涂的男人，也难免歪打正着撞上令其陶醉不已的爱情。

男女姻缘，平平常常又莫名其妙。男人说：我很帅，但我很无奈。女人说：我很丑，但我很抢手。每一对有情人都有他们自己相爱的理由和相爱的方式。所以爱情是个永远说不完的话题。

茫茫人海，大家都来去匆匆，偏偏他与她相遇，继而相知、相爱、相许、生死相托，然后共同面对那不可预知的未来，开始了一生一世的牵累。古人有词曰：“问世间情为何物？直教人生死相许。”对于曾感受过爱的甜蜜的人来说，任何解释都属多余，对于未曾感受过爱情的人来说，爱情大概是一个永远说不清楚的美丽。

也许你碰上过许多人喜欢你，但没一个你喜欢；而你真正喜欢上的人，人家又不喜欢你，于是你失落和孤独。这很无奈，这大概就是人们所说的没有缘分。

缘是因缘，分是情分；缘由天定，分在人为。相信因缘，不舍人为，爱之成也，十之八九。

爱情的感受

沐浴爱河中的男女，会有各自不同的感受。或甜蜜，互苦涩，或苦涩中的甜蜜以及甜蜜中的苦涩。如鱼饮水，冷暖自知。

爱情是双向的，爱情的感受也是双向的。如果你喜欢的人不喜欢你，哪怕全世界的人都喜欢你，你也会感到孤独。因无望而孤独，因孤独而苦恼。

爱情由萌生到成长，男女由相遇到相恋，其过程中诸多纤细变化，常常只可意会而不可言传。无论爱得多么执着、多么狂热的恋人，也回答不出怎样才是最佳的爱的方式。爱是心灵的创造。

“金风玉露一相逢，便胜却人间无数。”“情”之一字，高下各不相同。有春风一度各自东西的露水姻缘，也有一生相守、不离不弃的海誓山盟。崔莺莺与张生在普救寺后院的一见钟情，“怎当她临去秋波那一转，便是铁石人也意惹情牵”。爱情，真有那样看一眼就销魂夺魂的魔力？反正让人们傻乎乎地激动了几百年。

尘世观察（二）

男女之爱，许多经得起挫折却耐不得平凡。能在风雨中拼命搏击，誓死风雨同舟者，一旦风平浪静，竟因倦生厌，各自东西。生活中，生长于贫瘠土壤中的爱情之花，不枯萎于贫穷却凋谢于富贵。

爱情并不像热恋中男女想象的那样容易守护以至坚贞不渝。当爱情与世俗、社会和各种生活现实狭路相逢时，落荒而逃的多半是爱情。

“有女怀春”，大概是女子智商最低时节。几朵打折玫瑰就足以使之遇人不淑，终日陶醉在琼瑶外婆假想的爱的迷魂阵中神魂颠倒，不知所以。再看那些曾在追星族的喝彩声中五迷三道、无限矜持和娇柔的“星”们，当她们很不情愿地面对美人迟暮时，几乎一大半“天后”老大嫁作商人妇，没听说哪位嫁给了有才有貌但阮囊羞涩的士子。

情人节。万千人中，她只得到一朵玫瑰，但这已令她心跳不已、激动不已。因为，在玫瑰流动的海洋中，只有这一朵是属于她的。从这一朵小小的花中，让她似乎读出了万千内容，让她心动、让她心慌、让她生出无限遐想。此时，即使你给她一座玫瑰园，让她坐拥花城，也必淡漠处之。百花园中的花开花落似乎再与她无关，因为她知道再不会有哪一朵属于她。

太多的金钱不叫富有，太多的美食佳肴没有滋味，太多的玫瑰没有爱情。“出其东门，有女如云。虽则如云，匪我思存”，穿行于美女如云的闹市，不如携手一个爱得深沉而又执着的女子。

情人节时，一朵玫瑰能卖到 99 元，一杯红酒卖 999 元。但爱情呢？人们发现，爱情并没有随着玫瑰和红酒的价码那样如火如荼。玫瑰只能拿爱情凑热闹却交换不来真正的爱情。玫瑰送出了，爱情却照样在原地纹丝不动、无动于衷。甚至哂然一笑，悄然远去。这是常有亦无奈的事。爱情与玫瑰大概关系不大。

时代变得节奏快了，爱情之火热和快速尤其变得匪夷所思。时下男女的爱情生活，常如电石火花般倏忽而来，飘忽而去。没有了柳暗花明，峰回路转，没有了柔肠百结，无尽相思。就如电影“大城小爱”中说的：“我们太快地相识，太快地相爱，太快地接吻……然后太快地厌倦对方。”

一热恋中女人，闺蜜问其感觉如何？女沉思片刻，陶醉地说：“就是他在电话那边问你吃饭没有？你在这边就幸福得一塌糊涂。心花怒放地想：'呀！他对我真好，问我吃饭没有！'"或问恋爱的特点为何？那就是迷失自我的虚幻和几近疯狂的浪漫，以及花前月下不胜其烦地海誓山盟，莫名其妙地如痴如醉。彼此都喜欢用丰富的想象去创造、充实和美化对方，总是把生命中最温柔的部分拿出来无条件地奉献给对方。

恋爱的本质性特点是不真实。

爱情没有固定的模式

男女之两情相悦，无论怎样甘之如饴，也只可意会而不可言传，可回味而不可复制。不然，即使食有鱼、出有车、居有别墅、穿有华服、饰以金玉，但心已出租，身已出轨，情已出线，能有几多甜蜜？

爱情的特征

一、本能性。"异性相吸，同性相斥"乃动物之本能。男女爱情之最初萌发，多包含异性相吸的成分。正因为这种本能性诱惑，常导致选错婚姻的伴侣。

二、主观性。所谓"情人眼里出西施"，并不真是"西施"，那只是"情人"眼里看出来的。

三、虚伪性。相爱的男女双方，都如孔雀开屏那样，竭力把自己装扮成对方所希望的那样，而又最大可能地掩饰起自己的弱点和不足。

四、动态性。爱情是变化着的。所谓"海枯石烂"、"天长地久"之类的誓言，你别太信实，一般很难兑现。

初恋季节

青春是生命中最美好的时光，爱情是青春中最美好的时光，初恋是爱情中最美好的时光。

初恋只有一次。一次倏忽而去、电光石火般美丽，却可以让你回味一生。

初恋之美，朦胧而含蓄。云雾一经拨开，初恋之美就会慢慢淡去。朦胧大概是上帝赐给情窦初开男女的一种美的体验，一经失去，再难重现。

失恋

失恋是常有的事。无论你怎样的失落，也不会失去你人生的全部。你一生肯定有几件比一次失恋更要紧的事。钱海燕有一句话说得最妙："失恋就像患感冒，无论你吃药不吃药，半个月总会好起来。"人生，跟"失"字沾边的事，像失机、失策、失业、失败等等，哪一件都比失恋大，用不着失魂落魄。

碎思录

男女间的爱情：始于相遇，生于相思，成于经营，死于算计。

忠诚是爱情的酒曲，年月愈长愈显得芳香浓郁。

爱情的平等不是爱情的平均。平等是爱情牢固的基石，平均则是一种交易。爱情拒绝交易。

相爱中的男女，最忌苛刻的挑剔和无端的猜忌。苛刻挑剔，人生路上无美景；无端猜忌，人群范围无好人。

爱和可爱不是一回事。看上去可爱，不一定产生爱情；让你爱的神魂颠倒的人也许在别人看来一点不可爱。可爱是赞美，爱是心许。

生活告诉我们，最富生命力的爱情，不只是一对男女相互凝视，而是共同向一个方向眺望。

鲜花是爱情，面包也是爱情；生活可以一时没有鲜花，但不能没有面包。爱情像是两只快乐的小鸟，经济上的拮据不堪，小鸟浪漫不起来。

别叫傻瓜吻你，也别叫人吻一下变成傻瓜。后者比前者更糟糕得不可收拾。

爱情，常常是，梦中的都比醒着时的好，神仙的都比人间的好，别人的都比自己的好，得不到的都比得到的好。

爱情是心灵的融合，但爱着的心灵需要物质的保护。多数情况下，一无所有时往往一无所求。吃不上饭时，就是燕雀也爱不起来。

爱情有甜蜜也有苦恼。恋爱的苦恼莫过于你喜欢的人和喜欢你的人不是同一个。

一般人的心理，往往越容易得到的东西越不怎么珍惜。聪明的女子很懂得把爱的成本抬高一些，“子不我思，岂无他人？”矜持从来强于轻许。

恋爱中男女，宁要争吵也不要冷漠。争吵有时走向进一步融洽，而冷漠则可能把爱情引向难以拔足的沼泽。

表白

热恋中的男女都喜欢表白。比如“你是我心中的天使”、“我的心在为你燃烧”之类。你千万别太认真，别忘乎所以地激动起来没完。要明白那很不着调的表白跟昏睡中的梦话差不了多少。你是不是天使，他的心里是不是在燃烧，醒着的人心里明镜儿般清楚。

匹配

如何得到你“心想往之”的爱情？秘诀不在于你如何的痴心不改、坚定不移、穷追不舍，最重要最有益有效的做法是提高自己、优化自己、强大自己。世间男女从来喜欢在相互匹配的条件下相互吸引和相互欣赏。你见过雄孔雀信心十足又激情奔放地开屏吗？有自己的美丽，才能追求到你向往的美丽。

爱情的一般规律是，越是丰富和完善自己，吸引对方的优势就越多。而丧失自我，也就丧失了吸引对方的魅力；削弱自我，也就削弱了爱情成就的基础。

爱情和金钱

这是一个用金钱衡量一切又一切拿金钱衡量的时代，自然也包括恋爱和婚姻。没有足够的金钱也就没有充裕的恋爱资本。大半男女恋情的无果而终，很可能是在金钱这一紧要关卡前面无奈退却的。

容纳遗憾

几乎所有人的爱情都有不同程度的遗憾。男女相爱，最初总会在心里升腾起美好的梦，瑰丽而迷蒙。而现实却没有梦的甜蜜。世上任何一对恋人或夫妇都有心底深处的遗憾，或才，或貌，以及性格、家庭等等。凡相爱之深者，很重要的，是能容纳遗憾，能从想象的梦中走出来。

一见钟情

现实生活中，只“一见”就能“钟情”的不多，一见钟情又能白头偕老的更少。因为一旦成为夫妻，还有“一见”时的怦然心动吗？

黄昏时节

年轻恋人的旁若无人的依偎，很难吸引路人的目光；一对老年夫妇相挽相扶的蹒跚而过，则不免令人生出一种肃然的感动。真正美好的爱情，总耐得住时光的考验，经得起生命的吟读。

某翁，耄耋之年，目眊耳聩，诸事皆忘，与之交流已大不易。唯当年恋情细事，俱能清楚记忆。何日提亲，何日下定，何日迎娶，叠指细数，历历如昨日事。众大奇之。

老年健忘。“忘”者“心亡”之谓。翁虽暮年，爱心未亡耳。白居易诗云：“老年多健忘，唯不忘相思。”歌德说：“哪里有兴趣，哪里就有记忆。”

对极了。

爱情是什么

靳羽西说："以前所有追求我的男人，几乎都这样对我说'羽西呀，你整天这样忙，哪有时间陪我呀！'唯有这位马明斯先生这样对我说'羽西呀，你每天这样忙，我能帮你吗？'这一句话打动了我的心，我成了他的妻子。"

爱情是对心的打动。男女从相识到相爱，能走进对方心里有时只是一句话。

爱情是一对男女的分担和共享，痛苦分担，幸福共享。人世间，真能心甘情愿、无怨无悔地分担，又你心有我、我心有你地共享的两个人，只有夫妻。

真心的爱情是一种不计回报的付出。爱是相互的，但爱情毕竟不是天平。恋人或夫妻间对爱的付出，不可能绝对和永远的相等。你付出了，而且付出的心甘情愿，这是爱情生活的"周瑜打黄盖"。最纯洁最神圣最无私的爱情是个永远的不等式。

"爱情"二字始终与"心"相伴（繁体"爱"字有心字居中）。两心相融，心心相系。

爱情能用语言交流的其实并不比心领神会、"不说也知道"的多多少。相爱的情景常常是可意会而不可言传。恋人之间固然有绵绵情话的声声入耳，更是"天知地知你知我知"的心心相印。

爱情是一面镜子。高尔斯华绥说："观察一个人，最好观察他怎么恋爱。"这"怎么"二字很有学问。一个人，可能在官场上道貌岸然，在商场上纵横捭阖，在文坛上声名赫赫，在舞台上光彩照人，但只要站在爱情这面镜子前，就会反映出灵魂的真实。一个勇敢的人可能在爱情上表现出拘谨，一个粗犷的人可能在爱情上表现出细心，一个一向潇洒的人可能在爱情上暴露出内心的卑琐，一个颇有才华的人可能在爱情上反映出心灵的芜鄙，等等。即使能有一时的遮掩，但绝难长期的伪饰。因此，有知识的人不一定懂得爱情，有地位的人不一定能守住爱情，有金钱的人不一定拥有爱情。爱情的单纯一句话就能说清，爱情的深刻需要用心灵参悟。

《犹太法典》中说："人，不能隐藏三种东西：咳嗽，贫穷，恋爱。"

记住，一个不忠诚于自己生活伴侣的人，不要轻信他会忠诚于自己的朋友；一个在爱情上始乱终弃者，在政治上也可能朝三暮四。在爱情和婚姻上的态度，有时可做为一个人道德和品格高下的测试剂。

爱情和友情，理想的最高境界一样：历久弥新。

没有办法可以使鲜花永不凋谢，也没有办法可以使凋谢了的花再恢复鲜艳和美丽。

爱情如花。

爱情最热烈的感觉就像一锅烧到沸点的水——烧开容易，但要让它一直保持沸点状态很难。莎士比亚有一句名言："最甜的蜜糖会使味觉麻木，不太热烈的爱情才能维持久远。"

爱情之最美只在其恒久的温馨。

爱情就像织毛衣。织的时候，一针一线，耐心、小心、细心。而一旦厌倦了旧毛衣的式样，想拆掉重织，只需轻轻一拉，转瞬间，一座"城堡"就成一堆废毛线。

爱情如同写诗。诗的灵感不知什么时候来。铺开稿纸，直眉瞪眼地等灵感，多数会以一无所得而告终。

爱神和诗神一样，常常在你不经意间，悄然叩响你心灵的门扉。而在专门经营爱情的派对或网站上，多半找不到令你怦然心动的爱情。

爱情的基础是一对男女的彼此倾慕。如同两条都以对方为彼岸的行进中的船，当它们终于相遇并系在一起时，下限是安全感，上限是幸福感。

爱情一如看雪，飘飘扬扬，爽神悦目。却不想化雪之后，会是一地泥水，一片狼藉。

男女之相恋，多数的，想象比现实中的更陶醉，回忆比经历更美好，传说比真实更感人。当他们从“月上柳梢头，人约黄昏后”的迷恋、迷狂、迷失中醒来，走进朝夕相处、利害与共、柴米油盐、平平淡淡的状态时，才发现对方令人惊诧的弱点和难以相容的短处。他们终于知道，恋爱，特别是那一见钟情的恋爱，就像是一片沼泽地，踩上去舒服，陷下去不觉，终于明白过来时为时已晚，只好由它去！哲人说，热恋中男女的智力近于零。就多数男女说，大概不错。

爱情就像吃饭。

其一，人离不开爱情，就像离不开吃饭一样。“饮食男女，人之大欲存焉”。没饭吃，生命就枯竭；没爱情，精神就会委顿。“食、色，性也。”人活世上，两样都离不开。

其二，人都吃饭，但喜好各异，或嗜肥甘厚味，或喜清淡素净。爱情也是一眼看高一眼看低，要不怎么会“情人眼里出西施”呢。

其三，爱情就像吃饭，一日三餐，粗茶淡饭；爱情观也是“三十亩地一头牛，老婆孩子热炕头”，暖屋热炕，乐在其中。有的则习惯挑食，吃着碗里瞧着锅里，有了老婆还想找个情人，“家中红旗不倒，外头彩旗飘飘”。虽然正餐很讲究，但又偏好吃点夜宵，弄点零食，招猫逗狗儿，寻求点婚外情。食之太贪，惹病招灾；情之过滥，丧身败家。不可不慎。

突然而至的幸运

一个叫韦格的奥地利女孩，天生丽质、聪明可人，在一所大学专修油画。她十分渴望办一次个人画展，但苦于经济困窘，一筹莫展。她的男友鼓励她参加世界小姐选美，因为初赛奖金高达 5000 美元。她去了，而且一路选到拉斯维加斯，成为 1987 年度的世界小姐。

韦格不需要画展了。成了世界小姐，她有了荣耀和金钱。

可是，天有不测风云。意想不到的是，她得了一种叫“克里曼特综合征”的疾病。这种病的危机在于双目视力逐渐下降，直至失明。当她几近绝望时，一个叫帕迪的非洲小男孩给她寄来一包土，说他们那里的人用这种土治此病有效。韦格不相信，死马权当活马医，姑且一试，竟神奇般康复。

后来，她先后嫁了三个美国富翁，继而又嫁了六次。她自杀了。还很年轻的年纪。

呜呼！一个人，很可能用自己不喜欢的方式赚到钱，也可能用自己不相信的药治好病，但绝难从自己不爱的人那里得到幸福。

黄山有个情人谷

黄山有景观曰翡翠谷。1988 年，上海 36 名男女青年游览黄山，被困于此。山道坎坷，十分艰难。他们相互鼓励，互相帮扶，经历磨难，终于幸运地走了出来。回到上海后，竟有 10 对青年男女结为终身伴侣。之后，翡翠谷改名为“情人谷”。

由古及今的大量事例表明，同患难比共富贵更容易建立起相互信赖、相互扶持的爱情乃至成就婚姻。

灯下小语（二）

爱情，一个永远说不尽的人生话题。

《犹太法典》中说：“人，不能隐藏三种东西：咳嗽、贫穷、恋爱。”想一想，很对。

初恋季节

青春是生命中最美的时光，爱情是青春期最美的时光，初恋是爱情中最美的时光。

初恋只有一次。一次倏忽而去、电石火光般的美丽却可能让你回味一生。

初恋之美，含蓄而朦胧。朦胧大概是上帝赐给情窦初开男女的一种至纯至美的体验。一经失去，再难重现。

初恋是人生感情世界结下的第一枚青苹果，悬挂在人生之树最低的枝头，散发出醉人的清香。因其尚未成熟，第一次品尝时会感到别样的酸涩。愈是酸涩就愈是回味无穷。

爱情，大概是造物主对人世间男女最无可比拟的恩赐。它能使两个有缺憾的生命变得美丽而充实，使两个迟钝的心灵变得智慧而聪颖。因为爱情，穷困潦倒者会因之激发起精神的自信，自卑者会由此焕发出人格的自尊；消沉者懂得了奋进，昏聩者感受到光明。她驱逐寂寞，排除忧愁，化解烦恼，播种幸福。它如大漠中的甘泉，冰国里的阳光，安顿心灵的乐土，凡尘世界的天堂。因为有了爱情，在花样年华时，尽享春光之明媚；在人生岁晚时，仍静静品尝着百年陈酿般的甘醇。

爱情的真谛是一种不计回报的付出。爱是相互的，但相互间也非天平之两端那样分毫不差的对等。恋人乃至夫妻间的爱的付出，从来是不计回报的心甘情愿，这是爱情生活中的“周瑜打黄盖”。最纯洁、最神圣、最无私的爱情是个永远的不等式。

爱情是一面镜子。高尔斯华绥说：“观察一个人，最好观察他怎样恋爱。”一个人，可能在官场上道貌岸然，在商战中纵横捭阖，在文坛上声名赫赫，在舞台上光彩照人，但他只要置身于爱情这面镜子前面，就必然映现出灵魂的真实。一个勇敢的人可能在爱情上表现出拘谨，一个粗犷的人可能在爱情上表现出细腻，一个一向潇洒的人可能在爱情上暴露出内心的卑琐，一个颇有才华的人可能在爱情上反映出心灵的芜鄙，等等，即使有一时的遮掩，但绝难长期的伪饰。

姻缘

唐朝女诗人鱼玄机有诗曰:“易求无价宝,难得有情郎。”美好的男女情缘，可遇而不可求。回眸一笑，竟成一世情缘；等待十年，也许瞬间错过。徐志摩说：“得之，我幸；不得，我命。”区区八个字，很明白。

爱情就像一朵空中飘逸的云。有时,你越追,她离你越远;有时,你没在意,她却悄悄挨近你的身旁。爱情之美，就在其既不能强求也难以智取。有个很神秘也很难捉摸、很难解释又很难把握的字眼叫“情缘”。爱情，一讲情，二讲缘。情是真心，缘是瞎碰。“众里寻他千百度，蓦然回首，那人却在灯火阑珊处。”一对男女，相遇并相爱，是生命旅程中的一次机缘。偶尔错过，可能成为永远的过错。而有幸相携走进风景深处时，你看到的也许不再是曾令你心向往之的美丽。一个痴情爱着的女人，不一定能得到同样的爱的回报；一个少心没肺的男人，也许歪打正着正撞上令其陶醉不已的爱情。

没办法使任何一朵鲜花永不凋谢，也没办法使凋谢的花再恢复鲜艳和美丽。爱情如花。

爱情最炽热时的感觉，大概就像一锅烧到沸点的水。只是，烧开容易，但想让它一直保持沸点状态不变则肯定很难。莎士比亚有一句名言说得最好：“最甜蜜的糖会使味觉麻木，不太热的爱情才能维持久远。”

爱情之最美只在其持久的温馨。

男女之相恋，多数的，想象中比现实中的更陶醉，回忆比经历的更美好，传说比真实的更诱人。当他们从“月上树梢头，人约黄昏后”的迷恋、迷狂、迷失中醒来时，走进朝夕相处、利害与共、柴米油盐、平平淡淡的状态，才相互发现对方令人诧异的弱点和难以容忍的短处。他们终于发现，恋爱，特别是那一见钟情的恋爱，很像一片沼泽地，踩上去舒服，陷下去不觉，终于明白过来时为时已晚，只好由它去！哲人说：热恋中男女的智力近于零。就多数男女说，大概不会错。

爱情的选择，没有一个标准，常常是一眼看高，一眼看低；萝卜青菜，各有所爱。男人看女人，女人看男人，都这样。

两个男人先后看上了同一个姑娘，姑娘犹豫不定，很苦恼。其实大不必。这说明，两个人你都不爱。如果你铁定爱一个人，肯定没苦恼。真正的爱情，从来有很强的排他性，从来“一心不得二用”，不会“吃着碗里，瞧着锅里”两头都占着，不会“这山望着那山高”、“不知道哪头炕热”。贾宝玉爱林黛玉，就没犹豫过，“任凭弱水三千，我只取一瓢饮。”你看！

男女之爱，许多时候，经得起挫折却耐不得平凡。能在风雨中奋力搏击者，一旦风平浪静，竟因倦生厌、各自东西。生活中，生长于贫瘠土壤中的爱情之花，不委顿于贫穷，却凋谢于富有。

太多的金钱不叫富有，太多的美馔反没有了滋味，太多的玫瑰换不来爱情。“出其东门，有女如云，虽则如云，非我思存。”穿行于美女如云的闹市，不如携手一个爱得深沉而又执着的女人。

热恋中男女都喜欢表白。比如“你是我心中的天使”“我的心在为你燃烧”之类。你千万别太认真，别忘乎所以地激动起来没完。要明白那很不着调的表白跟昏睡中的梦话差不到哪里去。你是不是天使，他的心是不是在燃烧，醒着的人心里明镜儿般清楚。

匹配

欲得到你心向往之的爱情，秘诀不在于你如何的坚定不移，抓住不放，穷追不舍，痴心不改。最重要最有用且最有效的做法是努力提高自己、优化自己、强大自己。世间男女从来喜欢在相互匹配的条件下相互吸引和相互欣赏。你见过雄孔雀信心十足又激情奔放的开屏吗？有自己的美丽才能追求到你心向往之的美丽。

失恋

恋爱中男女由聚合到分开就像织毛衣。织的时候，一针一线，耐心、细致、漫长。你一旦厌倦了即将织成或已织成的毛衣的花样，想拆掉重织，只需轻轻一拉，转瞬间，一座“城堡”就成一堆废毛线。

男女间的爱情一如看雪，飘飘扬扬、爽神悦目。却不意化雪之后，竟是一地泥水，一片狼藉。

失恋是男女爱情生活常有的事。无论你怎样失落，也不会失去你人生的全部。钱海燕有一句话说得最妙：“失恋就像患感冒，无论你吃不吃药，半个月总会好起来。”人之一生，跟“失”沾边的事很多，像失策、失机、失业、失误、失察、失败等等，哪一件都比失恋大，所以说用不着失魂落魄。

碎思录

男女间的爱情，一般看，都是始于相遇，生于相思，成于忠贞，失于算计。

忠贞是男女相爱的酒曲，年月愈久，愈显得芳香浓郁。

爱情关系的平等不是平均。平等是爱情稳固的基石，平均则是一种交易。爱情拒绝交易。

猜忌是爱情生活的暴君，常常导致对忠诚的反叛。太苛刻挑剔也不好。苛刻挑剔，人生路上无美景；无端猜忌，人际范围无良人。

爱和可爱不是一回事。看上去可爱，不一定就产生爱情；让你爱得神魂颠倒、刻骨铭心的人，在别人看也许一点不可爱。可爱是赞美，爱是心许。

生活告诉我们，最富生命力的爱情，不只是两个人相互凝视，更重要的是共同向同一个方向眺望。

你一旦把自己的爱情托付给金钱，金钱便为你的爱情生活拉开悲剧的序幕。

鲜花是爱情，面包也是。生活中可能一时没有鲜花，但绝不能没有面包。

从爱情到婚姻生活的男女像两只小鸟，经济上的拮据不堪，小鸟就飞不起来。

记住别叫傻瓜吻你，也别跟人吻一下就变成傻瓜。后者比前者更糟糕得不可收拾。

爱情，常常是，梦中的都比醒着时的好，神话的都比人间的好，别人的都比自己的好，得不到都比得到的好。大家都这样想，也没人解释为什么。

一个不忠诚于自己生活伴侣的人，不要相信他会忠诚于自己的朋友；一个在爱情上始乱终弃的人，在政治上也会朝秦暮楚。对待爱情生活的原则，许多时候可作为对一个人品格高下的测试剂。

从爱情到婚姻

月有阴晴圆缺

——关于婚姻和家庭中的不完美

我知道这样两件事。

头一件：一个姑娘，择偶数年不就。近日，友人为之介绍一男青年，见了两次面，姑娘就犹豫了。小伙子文化、工作、相貌、性格都好，但言谈迟缓，且嗓音略显沙哑。在姑娘看来，这似乎有失男儿气概。

再一件：一对结婚刚一年的小夫妻，对长辈和家人都挺不错，但在他们的小家庭中，二人却时有龃龉。原因呢，小伙子性格木讷，妻子则快言快语。于是，在“家庭进行曲”中常跳出不和谐音符。

于是我不由得想到苏东坡词中的两句：“人有悲欢离合，月有阴晴圆缺，此事古难全。”人如是，月如是，世间事无一例外，包括婚姻和家庭。看来能悟得“月有阴晴圆缺”的道理，对于寻求婚姻、家庭中的美满和幸福是有益的。

其一，在于理解。

有阴晴圆缺，也不一定就不完美，这主要在于你怎么想和怎么看。

倘若留心，你会发现生活中这样的现象：不少人都羡慕他（她）婚姻的美满和家庭的幸福，而他（她）本人却时而抱怨自己婚姻和家庭的种种缺憾。你说完美，他（她）说不完美，这实在是很有趣的事。看来，在人生这部内容庞杂的大书中，爱情和婚姻大概是甜蜜而又艰涩的一章。别人的注疏终究替代不了自己的理解。

其实，世上任何完美的事或物都是相对的。月满中天，是美；如果挑剔，月中还有朦胧的阴影呢！也是完美中的不完美。嗓音沙哑、口齿木讷之类，也可说是满月中的阴影吧！环肥燕瘦，但都未影响她们成为历史上公认的美人。诸葛亮的妻子德才兼备而貌丑，黑格尔的夫人美且慧但不谙家计。然而他们都十分满意自己的婚姻和家庭。任何人的婚姻和家庭也都像月的阴晴圆缺一样，有明亮也有阴影，有圆满也有遗憾。最好的办法是理解并接受婚姻家庭中存在的某些方面的不完美。“鱼，我所欲也；熊掌，亦我所欲也。二者不可得兼，舍鱼而取熊掌者也。”不也很美满吗？

再者，事物都有变化。月，“十五不如十六圆，十七十八少一边。”此刻，“又疑瑶台镜，飞上青云端”；彼时，“新月曲如眉，未有团圞意。”没有天天一样的时候。一个人，年龄、体质、容颜、地位、经济状况等等，都会有变化。“说什么脂正浓，粉正香，如何两鬓又成霜？”今日心目中的完美，会成为明日生活中的不完美。晏子的妻子老了，齐王说：“休了吧，寡人给你找个年轻的。”晏子说：“不能。我的妻子现在老了，但我看过她年轻的时候。她在我心中依旧很美。”爱因斯坦说他和妻子间，“年轻的时候我们相互爱慕，年老的时候我们相互理解。”月有阴晴圆缺，他们都未能因变化而影响家庭的美满和婚姻的幸福。

第三也难比。我们说这一个婚姻、家庭是美好的，只是指“这一个”。爱情，最忌预先设想一个什么完美的模式去衡量自己的伴侣。性情的温柔是美，开朗、豁达也是。请记住，美就在你的身边。也许，你正在享受着的有某些缺憾的美满，正是别人享受不到而羡慕不已的。

其二，在于追求。

任何美满的爱情都离不开美好的追求。因为美好的追求能把人的眼光引向崇高。故事说，一个战士在对敌战斗中负了伤，很重的伤。当人们把这一消息告之他的爱人时候，她问道：“他倒下的时候是头向前呢，还是向后？”那战士伤愈后，当闻知妻子的第一句问话时，是怎样的激动不已啊！妻子理解自己的事业，自己的性格——即使听到了关乎丈夫在战场上受伤的不幸信息，仍旧关心、希望自己的心上人是倒在勇敢冲锋的路上。有的人对此也许难以理解，但也唯此，才让人们看到了爱情之光的更为耀目之处。

是的，真挚和淳朴的爱情，一定渗透着与爱人相同或相近的追求。

著名内画工艺大师王习三和他的妻子陈淑英是一对患难中结合的夫妻。当丈夫功成名就、成为海内外享有盛名的艺术家时，有人问陈淑英有何想法，她说：“如果习三是青枝，我愿做绿叶；习三是花朵，我愿做泥土。”言辞真挚，朴实而富有智慧。她由衷地感到美满和幸福，因为她与丈夫有着共同的追求。

其三，在于真诚。

用真诚的心血培育的爱情之花最不易凋零。

宋人刘庭式，布衣时与一农家女订婚，后来中了进士，出任外官。正待回乡完婚，闻知未婚妻竟因重病而致双目失明。有亲近者劝他说：“婚姻乃终身大事，务宜慎重。听说那女子有一妹，亦才貌俱佳，正可代其姐为配——两家仍为百年之好，不是很恰当吗？”庭式答之曰：“往时已作白头之约，虽未拜堂，我心已许之矣，岂可因目盲而违我之初衷耶？”遂亲至女家迎归，夫妇恩爱，直至白头。妻目盲，无疑称不上完美，但他能以真诚的心施之于情之所衷，同样得到了美满的爱情。

真诚，甚至会使你从所爱的人的身上发现别人未见之美。《家》中的觉新，身上有着那么多的弱点，他懦弱、无能，对来自各方面的恶，唯一的办法是逆来顺受。而他的妻子瑞珏却是那样炽烈地爱着他。她曾对丈夫倾吐过如此火一般的话：“如果我能……进学校，有机会看许多许多人，我谁都不要，还是要挑选你！”真诚，使她从未曾厌弃心上人的任何弱点。所谓“丈人屋上乌，人好乌也好”，在爱情上可能是这样的。甚至你所爱着的人熟睡时的微鼾，言语时的手势，轻细的脚步，憨直的笑声……在你眼里，可能都有其可爱之处，有一种为他物所不能替代的美。

其四，在于尊重。

性格的差异、爱好的不同、习惯的区别，这些，也常被某些人看作导致夫妻间不和谐的因素。

其实，完美并非清一色。世间事物有时更需要刚柔相济，互为补充。婚姻和家庭也如是。问题在于懂得相互尊重，尊重对方的性格、习惯、爱好、感情。尊重，是感情趋向一致的桥梁。法国启蒙思想家卢梭说：“一个诚实的人是不会单爱而不敬的。因为我们之所以爱一个人，是由于我们认为那人具有我们所尊重的品质。”

中国共产主义运动先驱者李大钊的夫人，比他年长十几岁，且无文化。但李大钊对夫人相当尊重且始终如一。每有客来访，总要先把夫人介绍给客人，使之渐渐去掉自卑感，以能够得到丈夫的尊重而欣慰。

其五，在于发展。

爱情是需要发展的。结婚，那只是爱的蓓蕾初绽，它绚丽多姿的美正待来日。不过，任何夫妻的爱情之花，都需要付之于心血的培养和爱护。我国的新闻工作者和出版家邹韬奋的妻子，原是由“父母之命，媒妁之言”所定的一位旧式女子，但他们婚后却相互关心，相互体贴，感情甚笃，同样享受到甘之如饴的爱情生活。

意大利文艺复兴时期的作家薄伽丘说得好：“爱神固然常造访亭台楼阁，不过对于茅屋陋室也并不拒绝降临。”爱情之花是心血培育的结果，即使贫瘠的土壤，也同样有爱的芽儿破土而出，然后经风历雨，开出令人羡慕不已的花。

婚姻如月。月，总有阴晴圆缺的变化。或山高月小，朦胧缥缈；或皓月中天，流光泻地。不过，从某种意义上说，又都有各自不同的美。

爱你自己的月吧，她就在你的身边，在你的心中。她永远是那样明媚、圣洁，她自有着特定的，不为他月所能替代的美。

（原载《婚姻与家庭》1986 年第 10 期）

爱的炽热与爱的冷却

爱情，多数的，都始于火一般的炽热。焦灼，饥渴，燃烧。炽热的情感，炽热的追求，炽热中陶醉。炽热，一种不顾一切地前往，一种心灵震颤的享受。

不过，爱情，终于得需要冷却。莎士比亚说："爱和炭相同，烧起来，得设法叫它冷却。让它任意着，那就要把一颗心烧焦。"炽热/冷却，几乎是所有人爱情生活的规律。

炽热，是所有爱情中人所渴求和必经的。冷却呢？当爱情之火熊熊燃起时，你也许最忌讳"冷却"这个不祥字眼的出现。其实，炽热抑或冷却，同样是人类爱情生活的必然过程。

理智的冷却，会使爱得神魂颠倒、狂热追逐的双方得到冷静思考的机会，以更牢固地筑实爱的基础。特别是畅游于爱河中的青年男女，常因一时的陶醉而生出一种盲目的自惑心理。此时，他们的判断智商近乎为0，因之会在想象中无限夸大情侣的美好。正是由于这种盲目燃烧起来的爱的炽热，使他们在爱的土壤里胡乱撒下并不成熟的种子。当他们日后采摘爱的果实的时候，才叹息那苦涩的成分多于甘甜。

笔者认识这样一对年轻的朋友，热恋时，是她的美貌征服了他，而他的雄悍的男人气概也对她产生了很强的吸引力。他们都自以为觅到称心如意的情侣。婚后，狂热的情感渐次冷却，当他们静下心来审视对方的时候，发现他们除去曾有过忘乎所以的疯狂之外，无论在人生理念、志趣、爱好、性格诸方面都是那样难以融合。初时的甘之如饴而渐觉淡然无味，昔日的炽如烈焰竟成冰霜之冷。他们由失望叹息到埋怨争吵，本来一心期望美满的小家庭，罩上了沉郁的阴影。

当然，爱的冷却不是爱的消失，而是一对恋人驾驶的爱情之舟在家庭港湾停泊下来的婚姻常态。唯在这样的常态下，才能帮助你辨别和剔除恋爱时的伪饰。生活中，越是一见钟情式的爱情越容易闪电般得炽热起来。萍水相逢便山盟海誓；一夕之欢即以为前世之缘。在热恋中的情人面前，狂妄者会表现得谦卑，褊狭者会伪装得大度，浅薄者能显示出深沉。特别是遭遇一个道德低下，行为龌龊，把异性当玩偶的卑劣下流之徒，后果就更难想象。现实生活中那些朝秦暮楚、喜新厌旧、始乱终弃的婚姻悲剧，不都曾有过令她们陶醉的炽热吗？

爱情，作为人生中一件重要的选择，来不得轻浮和轻信。邓颖超曾如此告诫男女青年："真挚的持久的爱情，不是'一见倾心'，因为相互全面的了解，思想观念的和谐，不是短时间能达到的。必须经过相当的时期，才能真正了解，才能实际衡量双方的感情。""相当的时期"，意味着需要从盲目的炽热中冷却下来。这种理智的冷却，常能显露和剔除一度被炽热掩盖的虚伪，它犹如煅烧中的钢坯淬火，是对你们爱情纯真度的检验和锻炼，除去的是所含挥发性物质，获得的是纯粹的坚贞。

有目的的冷却，更主要的还在于爱能的集中性发挥。美好健康的爱情，最终会唤起一种向上的奋进的力量。马克思曾充满激情地赞美他和燕妮之间的爱情是"灵感的源泉"是"快慰之神、希望之光"。美好爱情的获得，不是寄希望于不息的炽热，而是把爱情的种子播进共同创造与追求的土壤之中。"在一切伟大的人物中，没有一个是在恋爱中被诱到狂热的程度者。"当年，鲁迅和许广平是因为相近的人生理念才建立起了深厚的友谊，而后发展成相互珍惜的爱情。在记录他们恋爱过程的《两地书》中，"既没有死呀活呀的热情，也没有花呀月呀的佳句"，人们看到的只是二人对于真理广泛而又严肃的探索。

只有感情的炽热而没有理智的冷却的爱情不会有恒久的生命力。周立波在《山乡巨变》中对此有一段很深刻的论述："对于爱情，你若不加控制，它会淹没你的一切，志向，事业，精力，甚至生命。"这很可惜，也很可悲。那些一味沉湎于男女恋情而不能自制者，把太多的精力和时光毫不吝啬地消磨于爱的追逐，他们常常不只失去了事业，也大多会失去爱情。因为，唯理想和事业才是建立美好爱情最牢靠的根基。要使你的心上人对你爱得根深蒂固，绝不只是日日情书、频频约会所能得，而是要靠事业上的不懈追求和成就，没有事业对于人生理念的支撑，必然失去你对情侣最根本的魅力。

年轻的朋友，当你发现你最盼望的爱神的使者，向你悄然传递爱的信息时，你是开启心扉，报之以真诚，以求终身相伴，还是只求一时之欢而听其一掠而过呢？如果你希望的是前者，就请记住：爱情，不只需要炽热，也需要适时地冷却。

（原载《时代姐妹》1988 年第 10 期）

夫妻交谈的艺术

和谐的夫妻间交谈是一种美的享受。那捧茶相对时娓娓叙话，那灯下相依时的悄悄细语，是爱的交流，情的融汇，心的沟通。“何当共剪西窗烛，却话巴山夜雨时”———爱侣间的日常交流是何等令人翘盼，使人惬意啊！

然而，并非所有的交谈都那么甘之如饴。现实生活中，某些家庭的不快，就常始于夫妻交谈的龃龉。他们中，或因交谈的淡而无味而内心生厌。虚言应付的夫妇常苦恼于心口不一，恶语相加的争吵会导致文明扫地。更有些家庭，夫妻每谈必吵、无吵不谈；男主人无奈早出晚归，视家庭如逆旅。

看来，要使夫妇间的日常交谈成为一种爱的享受，你不能不思考一点夫妻交谈的艺术。

要讲求交谈的文明。有文化修养的夫妇总以文明的交谈为他们的婚姻生活创造着一种温馨、和煦的氛围。夫妻交谈谱写着爱的音符，会如山间清溪一般明快，如清风朗月一般洁净。虽戏谑而不流于粗鄙，相亲昵但不失之浅薄，柔情蜜意中蕴含着一种知识和道德的融合之美。那些以为既为夫妇就可以语言无忌，嘲弄讥讽，甚至污言秽语，很难保持和发展美好的情愫。因为污染了的家庭空间，会慢慢滋生出毒害感情的霉菌。

文明的夫妻交谈，体现着相互的平等和尊重。不知你可曾有过这样的感受：被丈夫（妻子）尊重总会焕发出一种从内心深处泛起的幸福感，而那一种惯用鄙薄的语气，评论伴侣的意见，以不屑的表情对待妻子（丈夫）的表述，不只会使对方的感情受到伤害，日久甚至会使对方心理上滋长着厌弃情绪。总之，不和谐的交谈必然会悄悄动摇着夫妻相爱的根基。法国启蒙思想家卢梭说过，一个诚实的人是不会单爱而不敬的。你爱你的妻子，爱自己的丈夫，你一定会珍惜敬重他给予你的情感。旧时国人一向崇尚和赞美夫妻的“相敬如宾”。其实夫妻间的“敬”，是“敬”和“爱”的结合，包含着对心上人的体贴和柔情，为任何对“宾”的“敬”所难以比拟。

不过夫妻间的交谈，也不一定像热恋中情侣那样卿卿我我，一片娇痴。生活中的柴米油盐，家人的生老病痛，并不都是轻松愉快的话题，然而又都是夫妻交谈中避不开的内容。不过懂得交谈艺术的夫妇，总能从迷茫中发掘希望和酿造愉快：丈夫的坚韧会驱散妻子眉头锁着的忧愁，妻子的自信会逐去丈夫心底埋着的消沉。一对挚爱者的伴侣，从娓娓交谈中不断强化着对生活的信心，而那些让唠叨和抱怨充斥于交谈的夫妻，则会招致无端的烦恼和无谓的叹息。

是的，正如不会每天都阳光灿烂一样，妻子或丈夫的心绪也不会无论什么时候都显露着笑靥。人活世上总会碰上这样那样的烦恼事。一对由相爱到相知的夫妇，会细微地体察到对方的心绪，而有意选择着交谈的话题。紧张之余拉扯一阵儿带点幽默气氛的话题，会使你的爱侣多一点必要的轻松；心情沉郁时开启回忆的闸门，则给郁悒的心情注进愉快的甘泉。

夫妻交谈的艺术，还要善于懂得委婉表达否定的意见，学会谨慎地使用“不”字。“不”字显得冷漠，缺乏爱和体谅；“不”字没有商量的余地，驱使自己走到理智的绝路，致对方或者屈从或者反抗的两难境地而无合适的台阶可下。随意地使用“不”字，会使夫妻间的交谈骤然变得冷峻；轻率的使用“不”字，会凭空制造出一种剑拔弩张的气氛；经常的使用“不”字，会渐渐阻塞爱的溪流而导致感情的隔膜。

聪明的夫妻交谈时总是多一点商量，而少一点否定，即使非用“不”字不可的时候，他们也会巧妙地变换一种说法。比如，在一家商场的女装柜台前，丈夫为妻挑中一件式样很美的裙子，不过妻子对那件式样并不中意，但她没有直接说不，而是微笑着告诉丈夫，如果颜色再浅一点就更好了。既首肯了丈夫的眼力，又委婉地表达了自己“不”的想法。委婉是夫妻交谈中一个表示舒缓的音符，它巧妙地化解生活中偶尔出现的不和谐因素。

夫妻交谈的艺术，说到底显示着夫妻双方的知识和修养。知识的贫乏和追求的低下，对每个家庭来说都可能成为灾难性隐患。如果精神上不提高、不进步、不完善，当夫妻交谈只有无趣和埋怨的时候，那说明他们双方的精神生活原料已经耗费殆尽，曾经恩爱和谐的一对恋人，现在彼此也许变得难以容忍。从这个意义上说，夫妻交谈也是检验爱情质量的尺度，它随时提醒你们，是否爱的深沉和真诚。

（原载《时代姐妹》1990 年第 2 期）

她买到一件不称心的衬衫

她买到一件不称心的衬衫。

当她蛮有兴致地站在穿衣镜前，左顾右盼地欣赏自己这件刚穿上身的衬衫的时候,真没想到竟会如此的沮丧和懊悔——哎,怎么选上这么件衬衫呢?

怎么呢？她原是经过精心挑选和比较的呀！可穿上身，变了。怪事。

她喋喋不休地唠叨，没好气地摔打，甚至莫名其妙地和丈夫吵了一顿。末了，独自向隅而泣，叹息道："怨谁呢？怨自己没眼力，像买衬衫：挑、选，怎么就选上他？窝囊！"

她这无意中的愤愤比喻，倒不禁引起我许多思索。曾被她热恋中赞不绝口的爱侣，何以婚后不久，就生出许多不满呢？挑选衬衣的技巧和求爱、择偶的手段，或许有某些方面的相通之处吧！

许多热恋中的情人也像橱窗中的衬衫。无论多么笨拙的人在恋爱中也能无师自通地发挥出巧饰的"才能"：在热恋中的情人面前，狂妄者会表现的谦卑和顺从，褊狭者会装得宽厚和大度，浅薄者会显示出深沉和涵养。而一旦恋人成了夫妻，一对卿卿我我的男女住进了同一屋檐下，就如同那橱窗中的衬衫去掉了特有的装饰，他（她）的缺点和不足就会毫无遮掩地显露出来。有个相声叫《爱优点》，就讲"爱优点"是常人的共有心理。生活中没见过什么人专门"爱缺点"的，但是，不了解自己爱的人的缺点，也不能说是真诚的爱。事实上，一个人不可能一切都美。万能的造物主从来是吝啬的，赐予某人这一方面的长处，常常在另一方面给他一点不足。一对真诚相爱的男女，最需要相互坦诚的态度，完完全全地敞开自己的心扉。

对情侣的全面认识比对一件衬衫的选择要复杂得多，你意中人的品质不可能一眼就能看得很清。“爱是理解的别名”，你理解他（她），你才能爱他（她）；理解的深刻全面，才能爱得深沉久远，才不致由橱窗前的心满意足转瞬间变成穿衣镜前的无限懊恼。

橱窗前的美好想象多出自一种自惑心理——是热恋中的情人们所想象不到的。罗曼·罗兰的小说《约翰·克利斯朵夫》中有一段话说得最妙：“初期的爱情只需要极少的养料，只消彼此见到，走过的时候轻轻碰一下，心中就会涌出一股幻想的力量，创造出她的爱情；一点极无聊的小事就能使她销魂落魄。将来她因为逐渐得到满足而逐渐变得苛求的时候，终于把欲望的对象完全占有了之后可没有这种境界了。”这种热恋中“涌出一股幻想的力量”，以及令其销魂荡魄的境界，正是恋人们为一种自惑心理所左右的结果。

爱情不只需要火热，也需要冷静；不只要有花前月下的偎依中的陶醉，也应有对人生真谛的探讨和对人生道路的设计。爱情生活，自有它所包含的许多实实在在的内容。一对情人结为伴侣之后，他们的爱就融于生活之中：他们要过日子，柴米油盐、吃穿住行、亲友交往、养老抚幼，争论甚至争吵。这一切，都不再有橱窗映衬的美丽，来不得太多的想象成分。因此，热恋中的情人，多一些实际比多一些幻想好。多一些实际可能会拥有更为巩固的爱情。

世间万物都是发展的，爱情生活自然也不例外。一辈子靠举案齐眉、毕恭毕敬维系的爱情不会有真正的和谐美满。爱的车轮需要加入润滑剂，夫妻生活应不断注入新的内容，他们双方一生都需要相互提携、相互帮助、相互督促，理所当然地向对方提出新的要求和希望。

最无望的婚姻生活是夫妻双方心灵的阻隔。所谓郎才女貌、门第相当、学识般配，甚至画影图形，照预想的橱窗模式择郎求偶，都不能代替心灵的相通。没有这一条，你终究会发现你在爱情上从没有料到、没有思考过的最大的不满足。彼时的懊悔当然不会像买到一件不称心的衬衫那样简单，因为一件衬衫毕竟不会造成你终生的遗恨。

年轻热恋中的朋友，你说呢？

假如爱人怀念她的初恋

一、所有人的初恋都是难忘的。当然，并非所有的初恋都能获得成功。流逝的时光虽然带去了不成功的初恋的遗憾，但心灵深处却留下了难以完全消磨的甜蜜的记忆。

尽管，你的妻子（丈夫）对你的爱是那样真诚；尽管，你在爱人心目中十倍百倍地胜过她（他）初时的恋人，但是，这也很难完全抹去对她（他）初恋情人偶尔触起怀念的情感。当你发现身边的爱人因为这样的怀念而流露出淡淡的惆怅时，这感情湖面上的小小涟漪，开始检验着你的修养，你的才情，你的气度……

二、当你发现爱人怀念她（他）的初恋，你可曾意识到，此时，你的爱侣更需要你真诚的理解。

人是有感情的。在爱的心碑上一旦刻下哪怕极简短的篇章。岁月的风雨也很难完全抹去它的痕迹。宋朝诗人陆游，对曾经的爱侣一直念念在心。81岁高龄时还写下《梦游沈氏园亭》以寄托怀念之情。当代著名作家端木蕻良青年时代与女作家萧红相恋，他对萧红的思念之情几乎毕生魂萦梦绕，岁岁清明都写一篇寄托对当年恋人哀思的《祭红词》。75岁高龄时还由老伴陪同专程赴广州为之扫墓。

夫妇一方对初恋的怀念，同样是一种十分美好、十分宝贵的情感。假如你的爱人对曾经有过的爱转瞬即如过眼云烟；对往昔曾经的火热，倏忽间成冰霜之冷，也许在你的心底更容易生发出一种无名的空虚和平空的惆怅。放心！对曾经的恋情偶一回首的人儿，对他（她）现在得到的爱也一定会格外珍惜。

三、如果你意识到爱人怀念他（她）的初恋，并因之触发起内心一股酸酸的味道时，此刻，气量的宽宏无疑是重要的。宽宏，从来显示着爱的深沉；嫉妒，则往往暴露着爱的脆弱。

我熟识这样一对中年夫妇：丈夫保留着十几封当年恋人的情书，珍藏在一个精致的小小匣子里。妻子呢，则经常拿绢帕把木匣擦拭得一尘不染。她说，她爱丈夫，也自然尊重丈夫曾有过的情感。她不反对自己的丈夫在心灵的角落里保留着那么一个珍藏曾有过的美好恋情的匣子。他们爱得深沉——深沉的爱滋生心底的信赖。

我曾听说过这样一对夫妻：丈夫只无意间告诉妻子，他当初恋着的那人儿喜欢用绿色的信封。孰料这一陈旧性信息竟致妻子醋海生波。随之由诟詈到大闹，淡绿色的台布毁之于剪刀，淡绿色的花瓶碎之于怒掷。所有淡绿封面的书籍、笔记本统统付之一炬。他们爱得脆弱——脆弱的爱招致嫉妒的邪恶。

四、假如，生活中的某种事物触起爱人对往昔恋情的记忆，此刻，他（她）或许正等待着你更多的温情和更宽厚的理解。

那偶尔唤起的记忆，是甜蜜？苦涩？抑或苦涩中的甜蜜？有着真诚信赖的情侣，会从心上人那“个中滋味道不得”的怀念中，觉察到对方感情的干涸和自己在夫妻生活中爱的疏失。于是，在有意无意间，用更加温存的体贴补足他（她）爱的缺憾，抚平他（她）心的空虚。体贴，虽不会使之遗忘往昔的感情，却能生发出满足的快慰。

其实，夫妻一方偶尔流露出对他（她）往昔恋人的怀念，并不就意味着在感情上不忠于自己的配偶。更多的时候，他们是借助对初恋的怀念而抒发对逝去青春的感怀：那青梅竹马的回忆映现着少年时的天堂，那鱼来雁往的缠绵记录着追求的甜蜜……为这样的留恋和怀念在心灵深处留下一席之地，并不妨碍他（她）对现在情侣的挚爱，甚至还能启示你们更加珍惜今日爱恋的幸福，促使你们再事业上的共同追求。

愿你能够理解和宽容自己的妻子或丈夫这种无语的情怀，听任自己的枕边人在记忆的深处留下那曾有过的美好。

（原载《时代姐妹》1991 年第 5 期）

唤起你们爱的回忆

盼望爱情生活的永远和谐美满，乃人之常情。莎士比亚说：“爱是亘古长明的灯塔，它定睛望着风景，却兀不为动。”可是，爱情生活的实际，并不都或者说永远那么尽如人意。生活中更多的情况是：“凡有所求皆绝好，及至如愿又平常。”当爱的向往成为爱的现实，那当初曾令你心颤的爱恋竟日渐淡去了那诱人的神秘。于是始甘甜而终平淡，昔火热而今冰冷；叹息伴随着怨艾，凑合夹杂着危机……爱情的多变常倏忽间成为你生活中的焦虑和苦恼。

一对夫妇，能持久地享受爱的和谐美满，自然不止一个因素。下面的方法不妨一试：当你们爱的奔流由湍急趋向平缓之时，可有意地经常唤起你们爱的回忆。因为男女爱情的美好，从来不是一段时间内孤立的现象，它常如一条闪光的金链那样前后联结，如春华秋实那样互为因果——美好的回忆正是为了美好的追求。

请珍惜你们的爱的纪念品。

许多夫妻都保存着各自不同的爱的纪念品，比如：夹在书页中一只干枯了的花瓣，贴在影集中一张发黄了的照片，日记中加上了特别记号的一个日子、一个符号，往昔书信中一个首次使用的称谓，一段火一般的话语……这些统统是你们爱的长河中泛起的一朵朵绝美的浪花，是你们于漫漫人生路上留下的一双双希望的足迹。善于珍惜者，它会帮助你们唤起爱的记忆，重新闪现出情感的耀目点；怠于建设者，它则像你们的感情一样变得疏懒，在渐去渐远的岁月里会给他们蒙上淡漠的灰尘。

笔者听说过这样的故事：一对因琐细小事而引发争吵的夫妇，妻子怒不可遏地掀开衣箱，翻检衣物，发狠要与之“各奔东西”。可是她无意中从箱底翻出了过去他俩鱼雁往还的一摞情书时，她呆住了，一封封读着，终于，她悄悄回到丈夫身边，俯耳细语曰：“你怨我吗？”一天霹雳之怒，顷刻云消雨停。

还有一位妻子，对终日在外流连忘返，而对家庭漠不关心的丈夫怨艾不已。寂寞中，她独自弹奏起一支平素喜欢的曲子。恰恰此刻，丈夫回家，优美的曲调使她默默地坐在了妻子的身边，沉浸在甜蜜的爱的回忆里。当初正是妻子弹奏的这支曲子，使他们相识并相爱。那一个个或舒缓或跳跃的优美的音符，记录着他们热恋时的娓娓情话。

是的，几乎每一对真挚地爱着或曾爱过的夫妻都有不止一件记录和显示他们相爱的纪念品。新凤霞曾把孩子们的小手贴在纸上描绘下来，寄给磨难中的丈夫；周恩来和邓颖超，珍藏着他们万里遥寄的，表达相互思念的红叶和花片；德国作曲家舒曼为她的恋人克拉拉专门写下过迷人的《梦幻曲》……

你们呢？

请珍惜你们爱的纪念品吧。那珍藏于心底的情书，在你们的心灵中不会因日久而褪色，那当年投桃报李的小小馈赠物，仍足以拨动你们搁置生涩了的心弦。任何一件爱的纪念品，都会提醒你们，对开始变得贫瘠和干旱了的爱的土壤殷勤浇灌。

请过好你们的爱的纪念日。

某月某日，对于别人也许与其他的日期没有什么不同，但在某一对夫妻看来，则可能与他们的爱情生活相关而被赋予特殊的含义。或者爱神是在这一天，使他们双双中箭；或者，法律是在这一天承认了他们的美满幸福的婚姻；或者只有他们知道这一天有着怎样美好的爱的纪念，也只有他们自己才感受到这一天曾给予他们的特殊甜蜜……

每一对夫妻，每一年都应有几个这样爱的纪念日。爱得深沉的夫妻，常把这样的日子作为他们自己的节日。在这样的日子里，他们常以自己的方式，徜徉于爱的回忆之中，加深感情的交融，领略着爱的真谛。

当然过好爱的纪念日，并不止于杯盏之欢和衾枕之悦，更重要的是对感情和谐的开发和家庭文明的建设。

常翻一翻你们爱的航程中的大事记。

人生所历总有些事会永远珍藏在恒久的记忆里，犹如大理石上自然的花纹，不因日久变得模糊，也不因风雨而湮没。爱情亦如是。那曾使你紧张和心跳的第一封情书；那曾令你们羞涩和慌促的第一次约会；那使你恍惚而不安的离别；那使你渴望而又担心的等待……

当然，爱情，保留在记忆中的不一定都是三春胜景、日暖风轻的陶醉，也难免有山重水复、多岐之路上的徘徊，乃至激浪狂涛、风暴雷霆中的搏击。或许，你们在栽培爱情之树时曾有过对节外枝丫的删刈；或许，你们在磨拭爱情之镜时曾有过对不幸裂纹的修复。世间所有美满婚姻的爱恋记录上都少不了或陶醉或烦恼的故事。

可惜，不知珍惜的夫妻，常把这些当成偶尔口角时，讥讽或鄙薄对方的口实。比如“没我，你小子能有今日”之类。亵渎爱情的真诚者，常使爱的心灵罩上不快的阴影；而深谙爱的艺术的夫妇，则把这些作为灌育爱情之花的不竭之泉。踏着忠诚和信赖的阶石，会走出云蒙雾遮的迷茫，发现春光明媚的爱的心声。

不要使你们爱的航程中的大事记尘封在记忆的箱底，你们会爱得更加深沉和执着。

当然，爱的回忆不是低头只数走过来的阶石而空发无谓的叹息。唤起记忆的价值，在于意识到自己的责任和道义，明白爱的幸福不是无厌地索取而是无私地给予；在于觉察到爱的溪流不畅时，自觉掘开壅塞心灵的乱石泥沙。

唤醒你们爱的回忆，一定会使你们爱的更加真挚，更为隽永，更为绵长。

从“孟子出妻”说到夫妻礼仪

孟子是个很有学问的人，但夫妻关系却一度很紧张，甚至想将妻子休弃。这事记在《韩诗外传》上：

孟子妻独居，踞。孟子入户视之。白其母曰：“妇无礼，将去之。”母曰：“何也？”曰：“踞。”其母曰：“何知之。”孟子曰：“吾亲见之。”

“踞”。是一种坐姿，坐时两脚底部和臀部着地，双膝上耸。《史记·高祖本纪》：“沛公方踞床，使两女子洗足。”又《聊斋志异·夜叉国》：“见一巨物来，亦类夜叉状，竟奔入洞，踞坐鹗顾。”在古人看来，“踞”这种坐姿是很不雅观的。女子踞坐向人，更是没礼貌、没教养的行为。孟子亲见妻子踞坐之态，似难容忍，遂禀告母亲，欲将妻子休弃。孟母呢，很冷静。因为她了解到媳妇“踞坐”，是儿子“入户视之”的。“户”是居室的门，“未有入室而不由户者也。”（《礼·礼器》）夫妻的起居之室，乃夫妇之隐私处也，外人是不能随便入内的。就是说，媳妇在居室“踞坐”或无论怎样坐，都很正常，那是夫妻自己活动的小天地，讲不得什么规矩不规矩。所以他批评儿子说：“汝乃无礼也，非妇无礼。《礼》不云乎，‘将入门，问孰存；将上堂，声必扬；将入户，声始下。’不掩人之不备也。汝往燕私之处，入户不有声，令人踞而视之，是汝之无礼也，非妇无礼也。”于是孟子自责，不敢去妇。

孟母说得很明白，“踞”之为无礼貌，是须有特定条件限制的。比如在大庭广众之下，“踞”就不大雅观。至于在卧室一个人休息的时候，则无论踞、坐、卧都无不可，是无论如何不好用“礼”来约束的。孟子呢，“往人燕私之处，入户不有声”，才是真正违背了“礼”的要求，以致“令人踞而视之”。因此，违礼的是儿子而非儿媳。孟子听了母亲入情入理的责备，口服心服，自省其过，不再讲休妻事。

这个很有趣的故事，今天读来，对我们研究如何建设家庭文明，搞好夫妻关系，仍有启示：

第一，家庭文明——主要是夫妻间的文明，应该是社会文明的重要组成部分。一些年轻的夫妻误以为讲文明、讲礼貌是“对外”的事，夫妻间则当别论。他们或以相互嘲骂为恩爱，拿污言秽语作笑谈，这无疑很不好。延伸开来会祸及社会，殃及子孙，也不利于个人的思想品德修养。没有千千万万个家庭的文明，很难想象有良好的社会风尚。有些儿童不知礼貌，很可能源自于他们的父母；一对在家庭中时时越规逾距的夫妇，也很难想象到社会上会变得彬彬有礼。

夫妻间的文明礼貌，也是一种有修养、有知识的体现。即使物质上怎样丰富，若缺少应有的文明礼貌，华美的彩饰也难遮掩其修养的低下。东汉时梁鸿、孟光夫妻二人虽生活贫困，却互敬互爱。先去齐鲁，后往吴，为人佣耕，妻敬之如初。一个叫皋伯通的人，“察而异之”说：“彼能使其妻敬之如此，非凡人也。”他只从梁鸿夫妇文明知礼这一条，就断定他们是有很好道德修养和知识的人，很不简单。这说明，一对讲文明知礼让的夫妻，会得到社会的尊重，即使今天也一样。

夫妻文明也是家庭温暖和谐的基础。宋朝著名女词人李清照与她的丈夫赵明诚，不只因志同道合的爱恋而情深意笃，而且以文明典雅的家庭情趣而其乐融融。李清照曾在《金石录后序》中记其夫妻生活情趣道：“每饭罢，坐归来堂，烹茶，指堆积书史，言某事在某书某卷第几页第几行，以中否角胜负，为饮茶先后。中即举杯大笑，至茶倾杯覆，反不得饮而起。”使庸常的家庭生活充溢无限欢快的文化情趣。固然，每对夫妇所处环境和自身素养不同，但互敬互爱，文明礼让则对任何一个融洽和美的家庭都是不可或缺的内容。

第二，夫妻间的文明礼貌是相互的。生活中，不知尊重别人的人，很难得到别人的尊重。夫妻亦如是。“将入门，向孰存；将上堂，声必扬”，“不掩人之不备”，这种“礼”的要求就是以尊重他人、方便他人为前提的。夫妻间的接触，远比其他人要多得多。由于个人的性格、爱好、生活习惯以及职业的特点不尽相同，必然在长期的共同生活中出现某些方面的不一致。这种差异处理得不好，就会成为夫妻矛盾的由头，而处理得当，则因互谅、互补而致红花绿叶相得益彰。因此，夫妻间的相互尊重和体谅是创造家庭和谐的重要条件，如同雨露之于花木的滋润，天长日久的悄然轻洒，自会芬芳弥漫，美满长存。

（原载《时代姐妹》1991 年第 7 期）

如果妻子对你变得冷漠

一

也许是突然，也许是偶尔，也许是渐渐，你觉察到妻子变得对你冷漠了。

是从她那曾是月一般含笑的眼睛中，你看到了忧虑、愤懑、怨艾或者烦恼？还是从她那一向水一般温柔的性情中，你觉察到了冰冷的隔膜、彷徨甚至厌倦？当你敏感地觉察到爱人情感上的这些变化时，你如何对待？又有怎样的思索？

二

如果妻子变得冷漠，切莫只抱怨对方爱的疏懒吧。假如你能冷静地反躬自问，说不定会发现正是你自己在有意无意间冷却着妻子心头的爱的温情。

比如，当你紧张的工作之后，妻子把精心烹好的饭菜端上桌子的时候，你是发自内心地由衷的称赞，还是如凯旋者一般自认为享之应该？

又如，当你深夜归来，看到静静地坐在床沿，翘首而盼的妻子时，你是心头充溢着火一般温暖，还是以为“女人都是如此”而无动于衷？

再如，当你发现妻子慵懒地倚枕而卧时，你是关切地询问和温存的抚爱还是大大咧咧以为不过小病小痛而若无其事？

如果你是前者，你一定会看到你妻子眼中流露的满意和赞许；如果你是后者，你可曾发现她眼睛中隐含着的一丝丝怨艾？

是的，夫妻是一对感情的结合体。不懂得体察并回报妻子感情的丈夫是笨拙的，因为不会有哪位妻子能对心如木石的男人能保持持久的火热。

当你发现妻子对你变得冷漠，或许正是她对你粗粗拉拉和大大咧咧感情的微惩。男儿也应有似水柔情，你用春风般的温存和细雨一样的体贴，一定会换得妻子脸上如艳阳般的微笑。

三

如果妻子变得冷漠,也许只源于她生活中的某种不快。是工作中的挫折?家庭成员间的小小摩擦？还是某种疾病的征兆？冷漠，正是她心绪纷乱或郁结的流露。生活中，苦恼和欢乐常结伴而行或交错而至。人，都有不高兴的时候，此时，她正需要你的体贴和慰藉：丈夫的体贴会使她获得调适感情的温暖和驱逐郁闷的力量。恩爱夫妻的心灵总是相通的，你多半能揣度到妻子苦恼的缘由。

最忌讳的是以冷漠对冷漠，让自己的脸上也布满云翳。那样，她会愈感内心的孤独和感情的失落。生活中，你或许有这样的体验：磨难中得到别人一点点慰藉，胜过平时看到的一千次笑脸。

四

如果妻子对你变得冷漠，那也许正显示着她对爱有更新的追求。

也许你以为对妻子爱的一如既往：依旧有热烈地拥抱和甜蜜的亲吻，依旧有细微的体贴和温存的爱抚。但是夫妻间的爱，绝非仅仅是这些和永远是这些。说不定正因为你只是这样的“一如既往”，才驱使一种厌倦的情绪悄然袭上她的心头。大概世间任何美的东西，都生于流动而亡于停滞：流动的小溪是美的，湾在一个地方不动的池水会生绿苔；跳跃的音符是美的，单调、呆板的曲子会令人昏昏欲睡。爱的生命力也在于其创造和更新。爱的“一如既往”并不能保证爱的永恒，爱的停滞不动会导致爱的僵化。在婚姻这片土地上永远有没开垦的处女地，永远有发掘不尽的内容，爱神是一位永不知满足的神祇，她总是向往着变化、新鲜和充实。你从妻子的冷漠中，可曾察觉到某种期待和追求？请记住鲁迅先生的警戒：要使爱情之树长青，就需要不断地发展、更新和创造。

五

如果妻子变得冷漠，也可能是她有意传递给你在某些方面或某种程度的不满的信息。

妻子对丈夫都有过高的期望。男人的平庸、萎靡和粗俗，常成为他们内心最难平复的委屈；一个被周围人窃笑而自己却浑然不觉，或虽觉而不以为然的男人，在妻子的内心肯定会时而泛起某种难以名状的痛苦。在妻子的眼里，你是否太缺少一个男人应有的胸怀和志气了呢？！

是的，你虽然将每月的工资和奖金悉数奉给妻子，你虽然颇为在行地帮她挑选最满意的衬衫和化妆品，但她希望的却不是这些或不仅仅是这些。她更希望得到的，是作为一个有远大志向的男人的妻子所应有的骄傲——那是为所有女人们羡慕不已的骄傲。

致力于事业无疑是建造或加固爱情大厦的主体工程。一个靠通宵打麻将打发多余的精力和用海阔天空的侃山驱遣生活寂寞的男人，同执卷灯下伏案钻研的丈夫，在妻子眼里不会有同样的价值。

此时妻子的冷漠不只表达着她的忧虑，也暗示着她的督促。惜时发奋和立志进取比任何喋喋不休的解释，更容易驱散妻子心头的忧虑。

六

如果妻子变得冷漠，也许蕴含着她对人生更深沉的思索。

男女间的爱情生活，从来希望有更宽阔一点的天地。你的妻子或许恰恰有这样的向往，而你却要求她安于狭隘的居室，系于琐屑的家务，甘于做丈夫事业的陪衬。须知爱情的出发点如果不是更多地给予，而只是要求对方无限度的付出，谁能预料因婚姻而维系在一起的两颗心能有多久的合拍呢？英国哲学大师罗素曾把婚姻比作一个“金色的笼子”，他说“在外面的想进来，在里面的想出去。”你们原先都曾感到满意的婚姻，多半出之于对那华美笼子的向往。而当你们如愿以偿地进去了以后，她才感到：家一旦与外边的世界隔开，天地是那么的狭小，那么毫无生气。于是她渐渐失去了对“笼子”的兴趣，向往着外面的世界。作为丈夫，为什么一定要关紧你们的笼子呢？妻子的冷漠所告诉你的，不正是这样的期待和追求吗？请记住，爱神喜欢在自由的天地里锤炼她的忠贞。你爱妻子，就要尊重她对理想和事业的选择。不要一定说什么男人成功的背后常常站着一个伟大的女人，为什么女子成功的背后，不可以站着一个伟大的男人呢？

美好爱情的培育就在于相互理解又相互扶持，相互帮助和共勉共强。作为夫妻，长空比翼的奋进，比呢喃檐下的追逐，岂不更富有生气？

七

如果妻子变得冷漠，也不绝对排除发之于感情基础的动摇。

正如沉闷的天气常预兆着一场大的风雨。树根的损伤很可能会导致绿叶的飘零。从妻子那失去信心的冷漠中，你或许已敏锐地意识到你们之间悄悄出现的感情危机。此时需要的不是焦躁、懊恼、怨艾，也不一定是无谓的解释和恳求。如果你坚信你们有较巩固的爱情基础的话，则当依靠你的耐心和理智，坦诚地交流思想，在似有心又似无意间唤起对你们以往美好爱情的回忆。靠诚挚心血的浇灌，凋落了爱的花朵的枝头，也并非没有再发新蕾的希望。

当然，事物是复杂的，并不是所有危机的婚姻都有修复的希望和可能。如果你们都感到以往的结合只是一场十分遗憾的误会，双方的思想、感情、志趣、信念、性格都很难弥合，则无妨愉快地分手，道一声再见。天地很宽，你和她都该有信心和勇气去迎接新的太阳。

八

如果妻子变得冷漠，这是任何家庭都难免出现很麻烦又很无奈的事，它检验并锤炼着你们对爱情的忠贞，启发并鼓励着你们理智的思索。

愿你和妻子更深刻理解爱的真谛。

愿你是妻子永远信赖的丈夫。

你是风儿我是傻

朋友某君，风流倜傥，会挣钱，会喝酒，会写文章，妻美子慧，事业有成，叫人羡慕。近日朋友相聚，说他是想什么有什么：干事的能力，持家的智慧，夫唱妇随，和睦恩爱。人家两口儿，真像一首歌唱的——“你是风儿我是沙。”问友此评对否？友曰：“我看不如‘你是风儿我是傻’更好”，众曰：请道其详。于是，他就事论理，条分缕析，大发宏论。

女人是风。男女相恋时节，女孩那风是微风，清风，和风，“日华川上动，风光草际浮”，风鬟云鬓、风花雪月、风云际会，柔柔和和，撩人心醉。另一说，“牝牡相诱谓之风”，看身边恋人，都无一例外的是那般的风姿绰约，风致曼妙，风采迷人。当此时也，自然“你是风儿我是沙”，沙随风走，风裹沙迷；沙步风之迹，风拥沙于怀。美之极。

千万不要把婚后的老婆看成当初的恋人。老婆和恋人不是一回事，你以为老婆那“风”总是那么柔柔的软软的轻风、微风？大错。“风起于青萍之末”，稍不留神，没准儿会升级成暴风、狂风、飓风，来个“波涛夜惊，风雨骤至”，“鏦鏦铮铮，金铁皆鸣。”，乃至“轮台九月风夜吼，一川碎石大如斗，随风满地石乱走”。你还想“你是风儿我是沙”，行吗？所以，对老婆，最理智的改变，不是当“沙”，是当“傻”，“你是风儿我是傻”。

第一，学习“你是风儿我是傻”，就别太精明，太聪明，太英明，把你的精明劲儿用到事业上去，别用在老婆上。所有的女人都喜欢在外面精进有为、在身边傻傻乎乎的乖乖儿。连胡适先生都主张“太太出门要跟从，太太命令要服从，太太说错要盲从”呢，很有点大智若愚，不傻装傻的大智慧。人家那么大学问家，比咱们聪明老鼻子了，人家会“傻”，我辈常人，想什

么“你是风儿我是沙”呀!

第二，奉行“你是风儿我是傻”，就别太揽权，太霸权。什么“男主外，女主内”，内外都别“主”，都听老婆“大权独揽”。聪明的男人要懂得给老婆“里里外外一把手，英明的老婆会当家”的风光，你只管痴迷瞪眼地随着老婆的风儿转就是了。

不揽权主要是不揽财权，绝对的相信开支签字权还是老婆“一支笔”好。一般看，女人们都不会太限制男人的正常开支，而是担心违规的“公款挪用”。历史的经验值得注意：女人们都明白，男人的钱包太鼓又缺乏必要的制约机制，避免不了会走火入魔、想入非非、喜“出”望“外”。

“男人是筢子，女人是匣子”，还是把钱放在女人掌管的匣子里保险系数大一些。老婆的“一支笔”审批，那钞票“风儿”刮不没。

第三，遵从“你是风儿我是傻”，还要有发自内心的真诚。所有热恋中男女，几乎都发出过“爱你一生”的誓言，殊不知这“爱你一生”的前提首先你必须一生都可爱。有人说，恋爱中要睁大眼、结婚后要半闭着眼，很对。婚前睁大眼选对，别让“风儿”吹得“迷迷瞪瞪上山，稀里糊涂过河”；婚后半闭着眼睛，也不是学盲人，而是别太较真，太苛求。婚姻中的许多事用不着像辨别真假美猴王那样，折腾得天翻地覆。郑板桥的“难得糊涂”，在一般人的婚姻生活中很用得上。你看世间那些看上去很聪明的男人、自以为比女人强一百倍的男人，婚姻生活都不怎么幸福。不幸福是因为太聪明，是因为把太多的聪明用错了地方。婚前，“你是风儿我是沙”；婚后，“你是风儿我是傻”，可谓之婚姻美满、家庭和谐之法宝也。

听完友人妙论，大家点头，齐道：谨奉教!

当爱神面临婚姻的沼泽

——关于“婚外恋”的思索

一

任何男女间的爱恋都曾期望过美满的长远。热恋中，那翘企情书的心焦和初拆锦字的心颤；新婚时，那灯下偎依的陶醉和枕畔细语的甘甜……此刻，在你和她（他）的心田中，一定都精细地勾勒着鲜花和阳光的未来，谱写着如山涧小溪般轻快跳跃的爱的音符。

然而，生活的路并不都洒满鲜花，感情世界也如自然界一样，有着风风雨雨。也许你和他（她）都根本没想这三个字会出现在你们之间：“第三者！”

于是，往日：“白头偕老”云云的心愿化作云烟；当初“在天愿作……”的盟誓竟成呓语。鬼蜮心魔，把你们引上了一片无情的婚姻沼泽。

如果生活拉开这不愉快的序幕，你不应只有怨艾和叹息，更需要的是警觉和思索……

二

生活中，各种“意想不到”往往生于“变化”。或倏然，或渐渐。切莫固执地相信什么“海枯石烂”之类的盟誓，任何人也难对他（她）的将来做出永远不变的断语。

爱侣年华的销蚀，美貌也许比往昔更潜藏着诱惑；贫穷变为富有，坚贞要面对金钱的考验；地位变化了的丈夫，对贤惠的妻子开始变得颐指气使；事业有成的妻子，看丈夫的朴实，成了没用的平庸……

总之，当婚姻之舟驶近“变”的海域，或是艰难地前行，或在风浪中沉覆。人生路上的变化，考验着夫妻爱情的稳固性。烦恼与欢乐，挫折与成功，失落与获得……婚姻，把种种考验熔于一炉。只要生活的享受而无意爱的奉献的男女，大多过不去“变”的风浪区。因此，有学问的人不一定懂得爱情，有地位的人不一定能保住爱情，有金钱的人不一定拥有爱情。许多人为之苦恼终生，但终生不一定弄明白。这很可怜，也很无奈。

三

婚外恋，有时是因为婚后对配偶的某种不满的发泄而付出的一种荒唐的努力。

事实上，青年男女能在婚前十分了解对方并能预测出他们未来的婚姻多么的称心如意是不大可能的。男女热恋中的爱情，常如“魔镜”一样，把情人的美好扩大百倍而把缺点缩小百倍。热恋期间，终日絮絮不休的绵绵情话甚至不如婚后的三言两语对自己的配偶认识得更清楚。情人眼中的对方不是现实中的有血有肉的人，而是理想的化身，是自己用想象描绘出来的。婚后，才渐渐发现，他（她）跟自己几乎是两个轨道上运行的不同的行星。面对这样的发现，他们只有无可奈何的叹息。

毋庸讳言，与一个不称心的爱人互相适应的过程是痛苦的。因为心田上的爱情之花已经枯萎了的男女，很容易心猿意马地企盼甚至悄悄接受新的雨露的润泽。走进歧路的羊儿，多数只能越走越远。很悲哀，也很无奈。

四

更多的婚外恋现象是反映着一种寻求：倦怠者寻求爱火的重燃，魔障者寻求性的刺激，孤独者寻求情的愉悦……

爱情喜变化而忌呆滞。生活中，人们常惊讶一对为人称羡的夫妻，何以会出现婚外恋的麻烦。细思之，这或许正是爱神对平淡婚姻生活的微警。

日久的平淡易生倦怠。爱亦如是。所谓“情到浓时情转薄”，此之谓也。夫妻间日复一日，月复一月，彼此相处在十分相似又十分刻板的情感环境中，会越来越少那曾使他们感到新鲜、快乐、激动的元素，一种潜在的厌倦情绪迟早会悄悄袭上他们的心灵。曾经稍有离别即思念不已的情侣，也可能因倦怠变得彼此难以容忍。于是他们开始惶恐不安地到“围城”之外寻求新鲜和刺激。

一位专家曾如此叮嘱妻子们：“如果你愿意使丈夫在你身边度过空闲时间的话，你就得千方百计地使他无论在什么地方也找不到这么多的愉悦、满意和温柔。”同样，一个男人，如果不能从感情上和生理上满足妻子的要求，无论她性格怎样的和善，天长日久，也必然生出无限的惆怅和空虚。这样的感觉使她紧张不安，甚至会萌生出寻求婚外异性慰藉的奢望。

又一种寻求是那些一开始就感情淡漠的夫妻，他们按照“习相忍，但相聚”的原则维系着一种家的形式。他们希望的是，“喜新不厌旧”式，爱人、情人和平共处，“第三者”的入侵危及不了他们家庭的稳固。

再一种是夫妻间的文化差异而少共同精神生活的情感寻求。他们希望爱情给予的不只是生理的和情欲的满足，而主要的是更高层次的需求——美学的、智力的、创造的需求。

五

一种，虽然爱着，但从一开始，就对爱的真谛茫然无知。他们恋爱中虽曾有过火一样的激情，有拥抱和狂吻，有情书和约会，有海誓山盟，但并未真正把握爱的本质。爱的真谛是真诚和信赖，他们需要的只是享乐。

二种，由恋人而成夫妻，爱由湍急的奔流转为平缓的溪水，他们把这种变化解释为“爱情的熄灭”。一个结婚仅一年许即因“喜出望外”的麻烦与丈夫离异的年轻女性说：“婚姻，最大的苦恼是负担。琐碎，枯燥，寂寞。没有了爱的诗意。”

以为爱情只有享乐和火热的错觉，当爱的激流转为平缓的时候，享乐欲会驱使他们冒险走出“围城”，去采撷山坡的野花，去引逗林鸟的鸣啼，沉浸其中，乐而忘返，最终引发了婚姻的解体。

六

因配偶的婚外恋而懊恼和怨愤的妻子或丈夫或有不解：恋爱时没有“第三者”，为什么结了婚，有了孩子，反弄出“第三者”来了？平心而论，配偶感情的变异，不一定完全出之于彼之情薄，多数婚外恋现象都有对方某种程度的“推”的因素在。

比如冷漠。一方对另一方挚爱有加，另一方则受之心安理得乃至无动于衷。感情上长期的入不敷出，枯竭的心灵，便会企盼着爱神的补偿。因为任何人都难以有足够的耐心长期忍受着爱情给予和获得上大幅度的倾斜。

又如猜忌。“猜忌是毁灭爱情的毒药。”这话是法国大作家巴尔扎克说的。当代社会，社交范围的广泛和社交意识的更新，对婚姻关系的稳定性有着某种程度的冲击，但这只能靠真诚的品格去约束爱的流向，疑神疑鬼会使爱的心灵惊惧不安。生活中，捕风捉影的第三者有时竟成为真的第三者，说明猜忌反会推波助澜，适得其反。

再如操纵。时下的青年男女，最不能忍受的是一方对另一方感情的操纵。限制和干涉对方的爱好，质疑婚侣对某种事物的特别关注。只高兴对方把全部感情都集中到自己身上，不允许任何性质的感情外流，这是一种自私的霸道的爱。爱神喜欢在自由的天地里锤炼他的忠贞，囿之于樊笼，迟早会引发爱的背叛。

七

任何时候都不可忽略对婚姻关系价值的重视。当然，只有稳固的婚姻不一定就是美满，但美满的婚姻必然首先是稳固。

生活中的一些婚外恋现象，多具有某种程度的偶然性。比如夫妇长期的两地分居，特殊环境下的异性相助等等。于非常之时处敏感之地，只有守住道德的底线，才写得出爱情忠贞的美丽篇章。

爱情的美丽，第一要素是情侣之间对忠贞的信守。朝秦暮楚、东食西宿而冠之以爱，是对爱的亵渎。摆脱开道德的约束，漂亮的人儿在爱情上可能是卑琐的，有才华的人在婚姻上可能是堕落的。

八

总之，世间所有婚外恋现象，都无一例外的反映着夫妻感情的危机。

在婚姻成就的诸多因素中，核心是感情。相貌、才华、地位、金钱等等，一旦与感情本末倒置而成为婚姻的决定因素，那就会铸成大错。“无情人而终成眷属”，总会伴随着心灵的空虚和感情的煎熬。世人尽管痛斥潘金莲，但她压根儿就不爱武大郎则是真的。

不是以感情作为婚姻的黏合剂，双方不是经过深入了解和熟悉作为爱的基石，而只是以某些方面的交换为条件的结合，此类婚姻成立之始，不幸的阴影便已投下。虽然它的表面也许是平静的，但那平静的维系中却活跃着不可言说的翘盼。

海涅有一句名言：“外表的结合如同过眼云烟，心灵的结合才能历久弥新。”婚姻先有美满才有稳固——

比如你爱花，你会爱她蓓蕾初开时的娇羞、姹紫嫣红的怒放，也爱她红衰翠减时的成熟；又如你爱月，你会爱她一钩斜挂的朦胧、皎月中天的流泻，也会爱她云藏雾遮时的黯然；再如你爱海，你会爱他碧波万顷时的平静和怒涛排空的热烈，也会爱他鸥鸟翔集时的嬉闹……

因为你和他（她）的感情是真挚的，因真挚而信赖，于是你们才爱得幸福，爱得永恒。

（原载《婚姻与家庭》1988 年第 8 期）

爱情之林进入萧瑟秋天

一

他和妻子是一对看上去十分般配，十分恩爱，又十分令人羡慕的夫妻。一匣情书，记录着他们曾火热地爱着的过去，翻过去的台历也翻过了他们曾有的温馨。当爱神悄悄地为他们拉开家庭的帷幕时，后台已开始酝酿着一场感情危机。朋友们劝解、长辈的开导，都无济于事。他们终于分手。回顾爱的以往，他不无感慨：爱情的绿林，大概经不起萧瑟的秋季，谁有办法阻止它不枝枯叶落呢？他说的或许有些道理，从古至今的小说戏曲，凡讲述爱情故事的，大多到“终成连理”便无下文，实在是那下文往往令人扫兴。

二

当爱情之林进入萧瑟的秋天，你是否意识到，爱情不一定总是浪漫。

婚后，那平淡又无大变化的家庭生活，毕竟有别于充满浪漫色彩的爱恋之初。新婚蜜月过去，爱情就如奔腾的激流泻于平地，变得平缓而毫无声息。之后，少了花前月下的缱绻缠绵，没有了月白风清的呢喃细语。往昔的追求与今朝的面对，可能相去甚远。热恋时的向往同婚后的实际变得大相径庭。厨房里锅碗瓢盆的叮当作响，成了生活常有的旋律；追求、盼望、等待，总是不尽人意的伴随着琐屑、疲惫、怨艾乃至争吵。

是的，爱的春天实在是十分短暂。不要期待结婚20年的夫妻还会有蜜月期的浓情蜜意。物质和情感的交叉，床笫之欢与衣食之虑的交叉，神秘感渐渐失去，精神的疲惫会悄悄啮食着爱的绿叶，慢慢推进着感情的衰减。随着时光的流逝，那当初曾令你倾倒的美貌，会变得黯然失色，婚前使你爱怜不已的娇弱和任性，婚后却使你头痛不已……当每有一片爱的绿叶轻轻飘落时，双方都感到很惶恐，于是有了“婚姻是爱情的坟墓”的慨叹。此时，多数夫妻还不会很明白理智在婚姻维系中的价值。爱不止有甜蜜，也有苦涩。有时甚至苦涩多于甜蜜，甜蜜含于苦涩之中。不是用心品味，你会得出只有无尽苦涩的错觉。在通往金婚之路上，烦恼与欢乐，挫折与平坦，失落与获得，往往熔之于一炉。幸福的家庭与婚姻，常需要注入更丰富的情感，更深沉的思索。

三

当爱情之林进入萧瑟的秋天，你也该意识到，爱情并非只有浪漫。

也许，你最初想象着婚后的爱情仍如热恋时那般富有诗情画意，会如电影所映现或小说中所描写的那样。然而，生活到底不是艺术。爱，不是轻松的许诺，而是沉重的担子。在德国，至今保留着一种古老的婚俗：男女成婚之日，新郎新娘要把粗大的原木当众锯开，以表示婚后将同舟共济，共同克服生活中的种种难题。任何夫妻在婚后也主要是过日子，过日子更需要的是同心合力，而不是如胶似漆。执着相爱的夫妻，会把他们的爱不动声色地渗透于生活中的互相关心和体贴的琐事之中。正是家庭生活中那些看似不起眼的小事，蕴含着创造艺术，体现着细微的情感，为爱情之林浇灌着甘露，组成家庭中五彩缤纷的爱的组画。

四

爱的生命力在于相互给予。没有给予，只想得到和索取，爱情之林就如同植之荒漠。心灵的干涸会使爱的绿叶过早的枯落。

爱的真谛是奉献和给予，而你只想得到和索取，以为妻子（丈夫）的存在，就是带来无忧无虑、无穷无尽的甜美和享受。结果小不如意就生出不满和抱怨。日久，爱的倾斜会导致爱的倾覆。

爱的给予从来是相互的。那些爱的纯真、爱的持久的夫妻，不一定没有挫折，但更多的是信赖；不一定没有分歧，但更多的是尊重；不一定没有过贫困，但更多的是执着；不一定没有过失意，但更多的是信心。夫妻间唯相互给予，才能给爱情之树以不竭的营养和水分。夫妻之道，既能并肩走过绿草如茵的小径，也能携手走过飞流直下的险滩。

五

不要忽视爱的专注。

爱情需要在细腻的交流中陶冶纯真，长久的粗疏会壅塞爱的细流。对于心心相印的夫妻来说，一个手势或一个眼神，就可能在情侣的心田泛起一阵爱的涟漪……

为什么生活中一件无关紧要的小事会成为一向温柔妻子胡乱指责、借题发挥的由头？这很可能是妻子长期感情失落的集中性发泄。因为，把生活中的各种事情联系在一起是女性评论婚姻状况的准则。很难想象丈夫的漫不经心会换来妻子的温柔多情。千万不要忽视妻子一颦一笑所透露的感情信息，对于一位终日忙于家务的人来说，能向爱人倾诉自己的肺腑之言，并聆听心上人的体贴之语，才是一种真正美好的爱的享受。

专注，是妻子对丈夫多情的最得体的表达。我们常见这样的妻子，她们出门逛街、走亲作客、参加活动等等，都会精心妆饰；而回到家里，则习惯于乱发粗服。在外人面前，他们常常表现得彬彬有礼，温柔可亲，而面对丈夫时，则变得粗声大嗓，无所顾忌。似乎她们认为，自身形象如何，在别人眼里、在领导眼里，比在丈夫眼里更重要。为什么有的丈夫下班后不愿回家？他们做客别处常流连忘返，回到家中则如置身逆旅。与友神聊常侃的顾盼神飞，面对妻子则变得冰霜之冷。难道在别的家庭，在别个所在，比在自己家中有更多的愉快？一位名人的一段话说的最好：“明智的夫人，如果你愿意使丈夫在你身边度过空闲时间的话，你就千方百计地使他无论在什么地方也找不到这么多的愉快满意、谦虚和温柔。”

千万不可忽视，在你幸福的接受妻子（丈夫）的爱的同时，一定要尽可能地付出你爱的回应。

六

爱也需要迁就。

在夫妻关系维系的技巧中，不要忽略某些环节上的互相迁就。一些动辄虎视眈眈、交臂历指的夫妇，他们同样有过值得回顾的过去。因为不懂得迁就的艺术，时而因菜咸汤淡而致剑拔弩张，因芥末之微竟而盈天沸反。冷战导致戒备，冷战和戒备会成为催落爱情绿叶的秋风。

请切记不要按自己的意愿，去试图改变你的情侣。现代婚姻最不能忍受的是一方对另一方的控制。夫妻中的一方，如果无视另一方的人格，试图按自己的意志加以改变，而不是尊重对方，以求互相适应的话，日久很可能造成新的隔膜，而埋下感情破裂的种子。所谓“夫唱妇随”，其实是以对方的迁就为代价的爱的扭曲，美丽的外罩下，遮掩着一种婚姻理念的不平等。夫妻任何一方都不会绝对正确或永远正确。难道为丈夫者无论怎样“唱”或“唱”出怎样的荒腔野调，作为妻子都必须随下去么？“夫唱妇随”，霸道的婚姻理念！迁就不是趋附。

当然，夫妻间不大可能永远的相安无事，婚姻的长河中总难免泛起一点点波澜。不要介意妻子或丈夫偶尔的牢骚，那只是婚姻生活中一段小小的插曲，过多的推测或联想，会加重不和谐因素。要知道，夫妻之事(清官难断!)常常很难分辨出是非曲直(也没此必要)。巧妙地避开雷区，就要多一点迁就、大度和宽容。假如双方陷入互不相让的局面，无妨后退一步，想一想“也许你对”。如此，很可能会顷刻间云消雾散，奇妙地化险为夷。生活中那些白头偕老的夫妇，晚年时仍步履蹒跚，相扶相携，令人羡慕。在他们漫长婚姻的生活中或许有过更多的迁就和包容。正是在迁就和包容中，得到越来越多的和谐和默契。

七

幸福的婚姻，是一对男女共同对爱情之林辛勤培育的结果，任何一方疏懒和懈怠都威胁着婚姻的生机。因此，对婚姻的道德、义务不能没有积极的干预，而且不是等到爱情之林的叶子片片凋落，而是在爱的芽儿从双方的心田中萌生之初开始。

夫妻始于恋人，而又毕竟不同于恋人。爱情的魔镜，在恋爱期间会把恋人的优点扩大百倍，而把他的缺点缩小百倍；结婚以后，无论丈夫还是妻子，很快没有了曾经在"魔镜"中映现的印象，而展现出没有太多掩饰的自我。此时最宜淡化原在心灵中生出的神秘、神圣而代之为鄙夷。爱情的春天还在原地踟蹰未去，婚姻的秋季已悄然而至。

如果你们曾有过恒久相爱的心愿，那么你们互相间必然少不了真诚的干预。真诚的干预，不是争吵、讥讽和牢骚，而是在干预中凝聚着情，流淌着爱，燃烧着希望。当你发现你的情侣为你缺点而忧虑甚至痛苦时，你应该自惭、自警、自策。因为你成为一个什么样的人，对他（她）来说绝不是无所谓的事。须知，夫妻之间，爱得越真诚和热烈就越挑剔，爱到无可无不可时才最容易凑合，相安无事。

八

见一叶落而知秋。当你们共同培育的爱情之树，飘落下第一片感情枯萎的叶子时，聪明的夫妻会理智地意识到爱的更新。

在爱的田园里，从来没有一劳永逸的幸运者。你们的爱侣爱你们的昨天，不等于爱你们的今日。不要奢望浅尝辄止的投入就会有源源不竭的爱的甘醇。当初的"枕前发尽千般愿，要休且待青山烂"的誓言，少有如佛经那样时时诵读而不忘者。夫妇无忧无虑地走过爱的绿洲，接下去也许是寂寞无言的感情沙漠。缺乏更新的意识，爱情之树会在感情的沙漠中悄然枯萎。

婚姻、家庭生活中的一切奥妙，必须由夫妻自己去探索和把握。你们共同栽植的爱情之林，只要用心血去浇灌维护，即使进入秋天，也无须惊诧和惶恐，飘下去的是枯黄的败叶，新的嫩绿的芽儿已经在悄悄孕育，等待你们的一定是无限明媚的爱的春天。

（原载《婚姻与家庭》1989 年第 6 期）

婚姻：在改革与传统的交汇处

商品经济大潮，以万马奔腾之势冲击着陈旧的意识，震荡着人们的心灵，变革着陈旧的观念……

然而传统的理念，在古老文化淤积河床里并未干涸断流，仍旧顽强地流下去、流下去……它与改革的大潮混同、交叉地作用于我们这一古老民族的人情世态。于是，新与旧撞击了。一个说旧了的老题目——婚姻，在改革与传统的交汇处，被成千上万对男女、成千上万个家庭，一章章地翻阅，一遍遍地解析，一次次地思索……

一

提高婚姻质量的渴求强化着青年男女对婚姻的选择意识，但功利趋向仍是多数择偶观的核心。

先说两个故事吧——

故事一，主人公是一位漂亮又有文化的农村姑娘。20岁开始，即轻盈地踏进婚恋的仙苑。先后以其苛刻的条件拒十多位各方面条件都还不错的追求者于闺阁槛外，而且一直信心十足，自信月老会施之青睐。择偶十载，终于在而立之年，与一位称富乡里的个体户成就了一桩令人羡慕的姻缘。

故事二，一位年轻貌美的妙龄女子，22岁许婚于同乡王某，女方的条件简单而又艰难：情侣必须拿到大学文凭方行婚礼。“洞房花烛，金榜题名”，愿望美则美矣，可是当她爱着的人儿果然取得一纸文凭，毕业后又受聘于某合资企业之后，竟很快接受了一位更为“般配”的妙龄女郎的追求。条件虽满足，无奈差距拉开。静待数载孰料婚姻失却。命运叵测？人心叵测？她追悔莫及，向隅而泣。

商品经济大潮的冲击，改变着人们传统的择偶心理，激起了青年人对婚姻质量的渴求，不再勉强接受过去那种凑合型婚姻和婚姻的凑合。前些年坊间流传过一阵子如下的女性择偶歌谣：“一要车子化，二要庭院大，三要小白脸儿，四要要笔杆儿。”近二年变成了：“一要挂红牌，二要有真才，三要行为美，四要莫反水”——意思是要有文凭，有真才实学，不要耍嘴皮子和喜新厌旧。总之，人们开始按自己的审美标准选择自己的婚姻伴侣。择优汰劣，顺理成章地成为青年人择偶的群体心理。

当然，优化性选择的具体要求和轻重比例也因人而异。不仅身高、学历诸项为必考量条款，其他如居住条件、收入高低、精通某项技术等，也多不可少许通融。“过日子”毕竟是中国传统婚姻的最终目的，在感情和金钱的轻重考量上，即使再怎样浪漫的爱情，也不会疏忽爱的天平上金钱一端的砝码。现实生活中还有多少姑娘甘愿过那种“夫妻恩爱苦也甜”的日子呢！如今，收入可观的经理、企业家、个体户等，因其充裕的经济条件而令不少未婚女性趋之若骛。当然，常说人各有志，人家什么时候找对象，找什么样的人作对象，纯属个人行为，原不劳外人说三道四，杞人忧天。

不过，无论社会怎样地变化或称之曰进步，爱情毕竟是人的行为，是只可意会不可言传的两情相悦，是心灵碰撞和互相吸引。任铜臭腐蚀圣洁，那就不仅仅是一种倒退，还可能诱发某种厄运，这样的事例在现实生活中并不鲜见。

二

对爱的自由向往显示着恋爱方式的进步，但传统的贞洁观在人们的心理上并未退却。

一个山村的女医生，周边的小伙子们做梦都想得到她的爱。更有勇气可嘉的，写了张“我爱你”的纸条贴在了她居室的木门上。这一下，小小的山村顷刻间掀起了轩然大波，青年人心焦意躁，老年人摇头咋舌。她呢，坦然，不怕，若无其事，就让那纸条贴在门上任人观看。她语闺中友曰："怕什么？有人爱我是我的骄傲！"

爱的大胆，爱的自由，爱的无所顾忌，是爱的方式的进步，是现代文明的一种标志。如今，不仅那种"投我以木瓜，报之以琼琚"以物传情的恋爱方式过时了，就是通常所谓"先结婚，后恋爱"的婚姻也失去了被人津津乐道的价值。改革之潮荡开了青年男女闭锁的心扉，他们开始企盼自由地畅游于爱河，醉享爱的香醇。即使农村青年男女也同样希望恋爱期间有更多的互相接触、感情交流的机会，田塍月下的依偎、同巷情书的传递，那种心颤，那种陶醉，那种余甘回味的惬意，是千百年来的情侣们不曾有过的享受。

然而，犹如刚刚从苑囿中奔出的鹿儿，想象着自由就是随心所欲地奔驰，有时满怀喜悦地闯进自由的入口，却糊里糊涂地误入轻率的死巷。

爱情之美满自有她综合的内涵。春风一度，各自东西，是轻率而非自由；委身轻许，始乱终弃，有悔恨而无甘美——本意是采摘蜜果，得到的却是难咽的涩梨。特别是初涉爱河的女性，她们付出时或许心甘情愿，得到的却难免是悔恨半生：片刻的心灵震颤，半生的辛酸泪水。人们虽不再谴责爱的自由，却尚未闯出贞洁观的禁苑。报刊上许多叙说男女情爱的故事，讲到一个女子同一个男人轻涉风月故事，就说她向那男人献出了自己宝贵的贞操。仿佛女人之贞操即女人价值的全部。男女恋爱，女人因一时轻率则追悔莫及；倘遇人不淑，甚至从此陷入苦恼之渊。

女人啊，在开放的世界里争得爱的自由的空间实在十分狭小，她们只能在贞操的禁苑中觅求。尽管她们开始也可能十分大胆、十分自信，可一旦为一个男人献出了贞操，就再也硬气不上来。女人的自由是一次性的，一个离过婚的男人可以同处男一样，身价不减，堂而皇之地寻找新的伴侣；而一个离过婚的女人，因其贞操不存，已成明日黄花，风光不再，未来人生只能与叹息相伴。"夫有再娶之义，妇无二适之文"，《女诫》中的训诫尚未死去，当婚姻处在改革与传统的交汇处，爱的自由仍然带着古老的长枷。女人啊（单靠女人的力量远远不够），需要多大勇气、多少智慧、多长时间，才能把它挣脱呢？

三

改革，增强了女人的自立自强意识，但在婚姻观念上，女人依附男子的心理仍相当普遍。

女诗人舒婷写过一首《致橡树》的诗。诗中“木棉树”以独白的口吻表达着对“橡树”的爱情：

我如果爱你——
绝不像攀援的凌霄花，
借你的高枝炫耀自己；
我如果爱你——
绝不学痴情的鸟儿，
为绿荫重复单调的歌曲；
也不只像泉源，
长年送来清凉的慰藉；
也不只像险峰，
增加你的高度，衬托你的威仪；
甚至日光，甚至春雨。

——她，既不想高攀对方，借对方的显赫来炫耀自己；也不一厢情愿地淹没在对方冷漠的浓荫下，独自吟唱单恋的痴情之曲。作为女性，她默认应具有脉脉含情的体贴和温柔，但又认为不能停留在情意绵绵的状态；她也不无肯定地称认：铺垫和衬托能使对方的形象更加出众和威武，但又觉得这种作用仍未显示出爱的全部力量 。为了对方,应当奉献出自己“日光”般的温暖，应倾泻出“春意”般的情意……但是，“这些都还不够，我必须是你近旁的一株木棉，作为树的形象和你站在一起。”诗人塑造的爱情形象，鲜明地昭示出一种独立、平等、相互依偎又相互扶持，理解对方的存在意义又珍视自身生存价值的爱情观。正如燕妮·马克思所说，她必须成为丈夫的“助手、平等的朋友和同路人”。可惜，我们的现实生活中并不是人人都希望追求这样的爱。改革，增强了女子的自立自强意识，有了更多的自我发展的机会；但在婚姻观上，女人依附男人的心理仍相当普遍。几乎所有的女性，都企盼着自己所钟爱的男人无论社会地位、经济条件、心理气质都在自己以上。她们希望找一个自己佩服甚至崇拜的男人做终身伴侣。即使文化层次很高的女子、从不承认“女人是弱者”的女子，在选择伴侣时也同样期待着一个伟丈夫。似乎我们的姐妹们一直没有细细地思考过：为什么要把那么多的美德拱手让给男性呢？为什么不能信心百倍的“作为树的形象和你站在一起”呢！你要找的是生活的伴侣还是生命的主宰？是志同道合的爱人，还是准备为之奉献一切的占有者？改革的大潮震醒了女性的自强意识，但在婚姻观上仍禁锢于依附男人的困惑中。女性的社会地位、社会角色虽然发生了显著的变化，但在婚姻观上仍沉湎于依附男人的困惑中；社会对女人的要求似乎也无大变化。“贤妻良母型”仍然是多数男人心目中最推崇的目标。她们既需事业，又要生活；既要当一个好妻子、好母亲，又要做一个优秀的创业者。男人们要求女人两者兼备，女人亦以两者俱优为强。在改革与传统的交汇处，女人们艰难地追求着自我实现，双倍地加重了她们的人生负荷。

四

爱的更新的尝试冲击着一向稳定又一向凑合的婚姻，一条潜在于婚姻的断裂带威胁着每一个家庭。

世间事物无时无刻不在变。变是绝对的，婚姻也一样。绚丽多姿的现代生活具有的冲击力和诱惑力，不可能使婚姻永远封闭自我，长期守定一种模式。求新，人之常情，事之常态，心之所向，势之所趋。

中国古老的婚姻观念突出的一点是对求新的压抑。夫妻无论怎样的形同陌路也要讲白头偕老。冰冷，僵化，窒息，凑合。凑合也可能牢固，牢固的不一定是幸福的。那日复一日、月复一月地相处于十分相似又十分刻板的感情环境中，会越来越少那种曾使他们感到新鲜、享受激动的东西，一种潜在的厌倦会悄悄袭上他们的心灵。不想在死水般的感情环境中维系者，开始到“城”外寻求刺激以弥补感情的空虚。当此时也，如果他（她）发现一种新鲜而具活力的爱向他（她）靠近时，他们婚姻危机的序幕悄悄拉开了。这就是为什么一个始终不渝爱着的女人并不一定能保证她的丈夫对她永不变心，几十年风平浪静的婚姻可能有一天忽然变得阴云密布。于是，一个婚姻观念的新变化被许多家庭尝试着：爱情需要更新。

是的，无论当初爱得怎样火热的婚姻，终归会从火热趋于平静，由新鲜变得麻木。意识到爱情需要更新，会促使人们对婚姻质量的思考，不断强化着更多家庭的美满与和谐。当然，也撼动着一些不想凑合下去或凑合不下去的婚姻的支架。

更新不一定就是更换。即使婚姻基础坚实的家庭，也同样有欢乐也有苦恼、有顺利也有挫折、有满足也有失落……种种体验熔于一炉才有爱的和谐。更新是为了和谐，和谐的境界是完美的境界。那些以为爱情之美只在于欢乐者，当初或许为爱情的甜蜜而失魂落魄，也许为“有情人难成眷属”而痛不欲生……而一旦如愿以偿，热烈趋于平静，新鲜变得索然，偶遇挫折，小有烦恼，即堂而皇之地以“更新”之名，轻轻告别了曾“恩爱一时间”的情侣，旁顾他求，另觅新欢。

所以，当商品经济冲击着传统婚姻观念的时候，凭借手中金钱换取“高价婚姻证”的怪异现象出现了，为寻求新的刺激“无故而离”的案例增多了……金钱的诱惑、心理的倾斜、道德的沉沦！婚姻，在改革与传统的交汇处，正面临着金钱的考验——一条潜在于婚姻中的断裂带正威胁乃至动摇着许多婚姻的稳固。

爱情的种子应植于爱着的男女双方心灵之中，发芽，成长，开花，结果；接收阳光的温煦，也经受风雨的吹打。那芽儿的娇嫩、叶子的碧绿、花朵的鲜艳、果实的甘甜，其过程中就有变化、有更新。更新是发育、成长、成熟，而不是动辄枝刈花摧。

相识并真诚相爱着的青年男女，大概无一不期望爱得热烈、爱得深沉、爱得成熟，那么，就请记住：爱与被爱，必须始终贯穿于婚姻生活的整个过程，而不应有一时一刻的被忽视和被遗忘。

（原载《婚姻与家庭》1989 年第 5 期）

婚姻·家庭

从恋爱到婚姻

男女相恋，日久，则沿着二人共同筑起的爱情通道走向婚姻。婚姻的幸福是爱情的见证。

爱情的定义在内容。比如，“两情若是长久时，又岂在朝朝暮暮。”那是说，只要情真意切，没有朝夕相守也同样甘之如饴。

婚姻的标志在形式。即使没有了爱的婚姻，只要没有法院的叛离，双方都得承认婚姻的存在。

爱情的迷人境界是一种可品味不可言传的享受：享受“一日不见，如三秋兮”的心焦，享受“期我乎桑中，要我乎上宫”的心跳。

婚姻的无奈选择是一种可言传不可躲避的忍受：忍受家庭中各种烦心的困惑，忍受家庭外各种扰心的诱惑。

爱情是许多个热烈而浪漫的音符谱写的歌，婚姻是用一连串平常甚至平庸的琐事编织的网。

爱情是一对男女用许多虚幻的假设创造的缥缈而美丽的梦，婚姻是他们拿各样琐屑、烦恼和甘苦等不同材料搭建的巢。

爱情是一片充满想象的美丽的圣地，婚姻则是人间平凡男女过凡俗日子的村落。

爱情的理想归宿在于婚姻的美满，而美满婚姻只在于它的烟火气。凡尘中的爱情只有与柴米油盐等烟火气掺杂在一起，才能成就爱情的地老天荒。

美国好莱坞导演伍迪·艾伦讲过一句关于婚姻的名言：“婚姻就是两个人在一起，努力解决那些独身时永远不会出现的问题。”哪一对热恋中的男女曾想过他们结婚后会出现那么多烦心事？

婚前的男女是相爱，婚后的男女是相守。美国一位心理学家曾说：“男人和女人之间的差异，超过了人类和猩猩的差异。”可见夫妻相守一生之难。

相爱不难相守难。相守着，并能继续着温情脉脉，大概是人间最难得到的幸福。

恋爱有点像感冒发烧。不发烧了，产生了婚姻。婚姻有了抗体，让你们能持久地忍受婚姻中各类烦心事，津津有味地过着平平常常的日子。

人活一辈子，轰轰烈烈的时候少。许多人甚至一生也没轰轰烈烈过。人生总基调是平淡的。平淡的人生，平淡的日子，平淡的婚姻。幸福蕴含于平淡之中，平平淡淡才是真。男女热恋时，大多有过难忘的惊魂动魄，但时光有限，不会没完没了地“动魄”下去。一旦迈进婚姻的门槛，曾经的火热立即归于平淡。锅碗瓢盆，吃穿住行，侍老育幼，哪一样也浪漫不起来。不安于婚姻的平淡，向往着“城外”的花团锦簇、燕舞莺鸣，往往是婚姻走向死灭的诱因。

公路上缓缓地驶过一辆车。车头挂的铁牌上写着：“教练车”。学开车的人开得小心翼翼，很少发生事故。几乎所有交通事故都发生在取得驾照以后，因为驾照使他们有恃无恐。

恋爱中的男女是小心的，在小心中享受甜蜜。结婚了，才出现他们从没想过的矛盾和争吵。因为他们拿到了“婚姻驾照”，他们不再小心翼翼。酒驾醉驾，违章行驶，红灯也敢闯，于是事故频发，婚姻的稳定性遭到了致命的破坏。

婚姻是一把伞。在暴雨和烈日下，它给你温馨的遮护。但是，当烈日炎炎时，你躲在别个树荫下去享受更惬意的凉爽，或风雨中有人悄悄给你披上雨披时，你还想起来你的伞吗？

并不是所有的爱情都走向婚姻，也不是所有的婚姻都依赖爱情。“嫁鸡随鸡，嫁狗随狗”的婚姻只有无奈。“夫妻本是同林鸟，大难临头各自飞”，婚姻都不要了，还谈什么爱情呀！

婚姻，一张网

多数的婚姻都像是一张网，一张用千丝万缕的关系编织的网。任何一个看上去似乎无关紧要的节点都可能对这张网产生预想不到的影响。这是因为，多数人的婚姻都会把两个毫不相干的家庭乃至家族拉扯到一起，使婚姻成为所有矛盾的焦点。婚姻的麻烦，多数是“关系”惹出来的。所谓经营婚姻，很大的工夫是经营因婚姻而涉及的各种关系。

水与火

察世间婚姻之不同，或有如火一般的热烈，或有如水一样的温柔。

有追求如火之婚姻者，爱得如火如荼，神魂颠倒，不知所以，但很快淡漠于婚后日子的琐屑。因为婚姻中男女都是凡人，毕竟离不开人间烟火。

有喜欢如水之婚姻者，爱如涓涓细流，少了鬼骇神惊的喧嚣，却多出朴素而绵长的享受。

珍惜

在这世界上，一个人与另一个人相遇的可能性是千万分之一；成为朋友的可能性是二亿分之一；成为终身伴侣的可能性是50亿分之一。总之，夫妻是一种难得的缘分，要不怎么说“千年修得共枕眠”呢！珍惜，大概是夫妻恩爱的第一保障。

讲究和将就

婚姻美满，既要讲究，又要将就。讲究的原则是找一个好人，这是婚姻美满的基础。但好人并非完美无缺，所以要允许美中不足，大美微疵。大节要讲究，枝节要将就。不讲究，婚姻就无幸福的基础；不将就，天下就难有美满之事，包括婚姻。

婚前和婚后

婚前要睁大眼，婚后要半闭着眼。婚前睁大眼选准，选好，选对。选准是前提，唯选准两人才有磨合的基础。选都选错了，如何磨合？婚后就得半闭着眼，马马虎虎，不可凡事较真。清官难断家务事，夫妻间的是非对错，更是扯不断，理还乱。对付婚姻需要点模糊哲学，模糊是家庭和谐的法宝。两个都很聪明的男女结成夫妻，常常有更多的不愉快，不愉快是因为他们太过聪明。

所有热恋中的男女几乎都发出过“爱你一生”的誓言，但在以后漫长的婚姻生活中，果能如是者几希。殊不知“爱你一生”的前提，首先是你的一生必须一直都可爱。

男人欣赏女人的美貌，女人注重男人的事业。当女人抱怨男人不够浪漫时，你可以不屑一顾；倘若女人鄙夷男人不思进取，一事无成时，那你当意识到你们的婚姻正面临着危机。无论曾有过怎样浪漫的爱情，迟早躲不开现实的检验。

初，他因业之小成赢得了爱情。之后，总忘不了用事业的砝码加重爱情的分量。但是，爱神从来不只相中一点而不顾其他。他们的婚姻状况一度变得很糟。有智者语之曰：假如夫妻的一方发展到可敬而不可爱的程度，那么，站在爱情的角度，他的“可敬”就难免成为“失败”的标记。

告诉男人

千万不要把婚后的老婆看成当初的恋人。老婆和恋人之不同绝不只是称谓的改变。有一首歌唱到：“你是风儿我是沙。”女人是风，男人是沙。男女热恋时节，女孩那风是微风，轻风，和风。“日华川上动，风光草际浮”。风姿绰约，容止可观，情暖柔和，撩人心醉。另一说，“牝牡相诱谓之风”，凡婚前的男人看眼前的恋人，都是那般风姿曼妙，风采迷人。当此时也，自然“你是风儿我是沙”，沙步风之迹，风拥沙于怀，美之极。

结婚了，恋人变成了老婆。你以为老婆还是那般轻轻软软的轻风、微风？不是了。“风起于青萍之末”，稍不留神，没准儿迅速升级为狂飙风暴，撼山动地，摧枯拉朽。“轮台九月风夜吼，一川碎石大如斗，随风满地石乱走。”你还想“你是风儿我是沙”，你傻呀！

从恋爱到婚姻，男人最好别太精明、太聪明、太英明。把你的精明劲儿用到事业上去，别用在老婆上。胡适先生有过一个对老婆要“三从四德”的说法，那“三从”是：“太太出门要跟从，太太说话要顺从，太太说错要盲从。”真有点“理解的要执行，不理解的也要执行，在执行中加深理解”的味道。

男人在家别太揽权。什么“男主外，女主内”，内外都别“主”，都听老婆大权独揽。聪明的男人要懂得给老婆“里里外外一把手，英明的老婆会当家。”的风光，你只管痴迷瞪眼地随着老婆的风儿转就是了。

别太揽权，主要是别揽财权，绝对地相信开支签字权还是老婆“一支笔”好。一般看，女人们都不会太限制男人的正当开支，而只是担心违规的“公款挪用”。历史的经验值得注意：男人的钱包太鼓又缺乏必要的制约机制，避免不了会走火入魔，想入非非，喜“出”望“外”。俗谚云“男人是筢子，女人是匣子”，还是把钱装在女人掌管的“匣子”里保险系数大一些。

稳固

一辈子一直爱着一个人，过着一样的生活，享受着同一种风景，没有改变，也不想改变，百年偕老，波澜不惊。越是让人感到平常、平淡、平凡的婚姻，越可能出人意料的稳固和持久。所有幸福的婚姻都建立在平凡的根基上。

杨绛先生在《一百岁感言》中说："人生最曼妙的风景，竟是内心的淡定和从容。"婚姻也是。

谁的妻子最快乐

弗兰西斯·霍勒是沙特王宫的一名外籍教师。他的任务就是陪七位小公主阅读英文童话，他的收入是英国首相布莱尔的40倍。一天，小公主们在阅读童话时，问弗兰西斯："谁的妻子最快乐？"弗兰西斯反问："你们以为呢？"小公主们齐声回答："农夫的妻子最快乐。""难道国王的妻子，百万富翁的妻子，政治家的妻子，诗人的妻子不快乐吗？""不快乐。"七个小公主回答。"为什么？"弗兰西斯反问。小公主们回答不上来了。

弗兰西斯说："在这个世界上，只有真正快乐的男人，才能带给女人真正的快乐。"因为这句话弗兰西斯被解雇了，但美国《纽约时报》却把这句话评为"2001年十大金句"之一。

《纽约时报》很有眼光。

家有贤妻

《孟子》中有一则故事说，一个齐国人，也没个正经营生，可是，他每天外出回来，都一副酒足饭饱的样子。老婆问他跟什么人吃饭，他总是说：都是达官贵人呀！老婆不信他，达官贵人天天请他吃饭，为什么呀！？怎么没见过一位到家里来呢？于是，丈夫再出去时，老婆就从后面悄悄跟着他，遍城中没见一位达官贵人理他。一直跟到城外，跟到一片坟地，只见丈夫向祭扫坟墓的人乞食残酒剩饭，吃不饱就再去另一块有人祭扫的坟地，没一点廉耻。那位丈夫觉得自己悄悄地做，没人知道，孰料却终究瞒不过妻子。

一个男人的所作所为，一言一行，可能一时瞒过许多人，但一瞒不过神，"暗室亏心，神目如电"，这叫人有点发毛。神之外，二瞒不过妻子。古人说，"妻子乃屋漏之史官"，你家的屋顶上有个漏洞，漏洞的亮光处有天神中的史官看着你，记录着你的一言一行，所思所念。妻子就像这样上天的史官，你在人前吹牛、撒谎、虚情假意，在人后的投机钻空、欺天害理、贪赃枉法、卖友求荣、溜须拍马、欺世盗名，等等，唯妻知道你肚子里装着一副怎样的杂碎。俗语说“家有贤妻男儿不生祸事”。一个贤淑明事理的妻子，能够使男人知礼、知耻、知畏、正己身，走正路。男人，能够心无愧怍地面对妻子，就能光明正大地面对世人。

关于“郎才女貌”

所谓“郎才女貌”，一向是许多人向往的理想婚姻。其实，历史上和现实生活中，真正“郎才女貌”的不多，因郎才女貌而婚姻幸福的更少。

“郎才”的显示，具有厚积薄发的特点；而女貌，则呈现先声夺人的优势。男人年轻时，无论怎样优秀和志向远大，也难以一下子出人头地。他要经过锲而不舍的奋斗，事业才能渐有成就，名声亦日益显赫，逐步进入人生的成熟期或收获期。女人呢，青春时清妍昳丽，风姿绰约，美丽与花季同步，达到了社会价值取向的黄金期。但随着岁月更迭，斗转星移，人也红衰翠减，风光不再。就是说“女貌”正当最佳时期，“郎才”远未显示；而当男人事业如日中天时，女人的优势又渐次走低。“郎才”有了，“女貌”没了，只留下难以补救的叹息。

白头偕老

所谓“百年好合，白头偕老”，大概是人们对婚姻生活的一种美好祝福。但真做到，大不易。因为人生的道路很长，变数又太多，家家有一本难念的经，人人有一段不了的情，说不尽的甜酸苦辣，忙不完的衣食住行，不是一句誓言、一句祝福所能管得了的。漫长的婚姻生活，不仅需要真情，更需要智慧，考验着夫妻双方的道德修养，也检验着他们的创造能力和婚姻经营的技巧。

且说美满

从爱情到婚姻，男女像是两个圆。热恋中，双方更多看到的是两个圆的相合部分。其实，两个圆也有不合的部分。比如文化、气质、观念、性格、习惯、爱好、追求等等，都很难完全相同。凡美满的婚姻，夫妻在长期的生活中，很大程度上需要努力扩大原来的相同点，迁就、适应对方的不同点，渐次达到心心相印、声气相求、安危相系、苦乐相关的圆满。

变数

在黄山天都峰，有一条长达千级的石梯，石梯两边的铁链上，系着一串串“同心锁”，那是来黄山游览的恋人们锁上去的。同心锁象征着爱情的坚贞不渝。

有一对恋人，在如火如荼的热恋中来到黄山。像千千万万热恋中的男女一样，在天都峰千级石阶的扶链上留下了他们爱情的信物，上面刻着“海枯石烂”的誓言。

几年后他们结婚了，不过还没来得及要孩子，感情就出现了难以弥合的裂痕。又两年，劳燕分飞。当年女方没有扔掉留作纪念的钥匙，几年过去，她一个人踽踽独行，又到黄山。登天都峰，找到他们当年锁上的同心锁，打开，扔进了深谷。

每一把同心锁都曾有过一个美丽的故事。当然，有的锁虽然尚未生锈，但爱已枯竭，那锁记录的则是一个伤情的故事。不过，他们都有过一个美丽的起点。人间爱情有着太多变数，有了美好的起点并不都走向美丽的结局。

婚姻肯定不会是爱情的坟墓，但也不可能为爱情提供永久性的保险。幸福的婚姻最基本的技巧是交流，最可依赖的品格是忠诚，最需要坚持的给予是信任，最不可取的行为是抱怨，最糟糕的做法是猜忌，最易见效的努力是做好自己。

准备走向婚姻的男女，仿佛用天平称物，努力要求天平之两端平衡。你有金钱，我有美貌；你有才华，我有地位。一方摆上自己的优势，另一方即放上自己的实力。双方平衡了就有了成就婚姻的可能。年过花甲的富翁与妙龄美女结成姻缘，你觉得奇怪，其实，只要看一眼那老叟搁在天平一头的是什么就明白了。男方官大了，女方色衰，不平衡了，婚姻发出了危机的信号。稳定婚姻的办法，是把文化、才气、名声或家庭显赫的影响力放在天平的另一端，保持着与之对称的分量，大半相安无事。

婚姻如同一对男女共同驾驶的航船，很难保证整个航程都海阔天高，风平浪静。漫长的人生之路，难免有海上风暴的考验和暗礁构成的风险，更何况海盗的劫持和海妖的诱惑。多数错误的婚姻多是在准备不足的情况下匆忙启航。

恋爱中的男女像天空飞着的鸟，他们跟所有的鸟都表示着不同程度的亲近，欢快而自由。欢快是因为自由。

婚姻中的男女是笼中圈着的鸟，他们日复一日地营造着笼中单调但温馨的快乐。婚后的男人和女人，只要不是圣贤，都会喜“出”望“外”。

喜“出”望“外”，人之天性欤？

汉光武帝的姐姐看上了宋弘，想嫁给他，可惜人家宋弘早有妻室。光武帝召弘示之曰：“谚云：贵易交，富易妻，人情乎？”弘对曰：“臣闻：贫贱之交不可忘，糟糠之妻不下堂。”

现如今，“贵易交，富易妻”者比比也。真“糟糠之妻不下堂”的，没几个。

夫妻间的信任度与婚姻的次数成反比。百分之百的信任，百分之百的奉献，百分之百的属于第一次婚姻。谚云：“衣不如新，人不如故。”有所保留，有所顾忌，有所疑虑，有所不安，几乎是所有再婚者的心结。

漫画集《红袖添乱》中有一段话说的最妙：“婚姻有点像吃饭——你点的肯定是你爱吃的，可等菜上了桌，你还是忍不住先看别人的盘子。”

语云：“孩子是自己的好，老婆是人家的好。”好，因为是人家的。

婚姻大概跟吃饭有着千丝万缕的关系，要不怎么有“饮食男女，人之大欲存焉”的说法呢？一男一女，能在一个屋檐底下做饭吃，该是得有点缘分吧？至于两口子能同桌吃一生一世的饭，更不是件容易事。那需要经过漫长的时间，把两个人的口味融合一体。天长日久，相濡以沫，爱情就藏在那一口锅里。

离婚

过去，管离婚叫“打离婚”。两口子过不下去了，离吧。但和风细雨离不了，非打不行。争吵、打闹、出走、分居、一哭二闹三上吊，直打得鸡飞狗跳，天昏地暗，反目成仇，最终把婚姻打离。

如今离婚不打了，好离好散。天下大势都讲“合久必分、分久必合”呢，何况婚姻？“百年修得同船渡，千年修得共枕眠”，汝修行不到家，离了，再修行去吧。

离而不打，也是一种进步。

婚姻和鞋子

把婚姻比做鞋子，真是个聪明的比喻。

一、无论什么样的鞋子，第一要紧的是合脚；无论什么形式的婚姻，最美妙的是和谐。切不可只追求“鞋子”的华贵，而委屈了自己的脚。别人看到的是“鞋子”的样式，你当然也关注样式，但更深切感受的是脚的舒适不舒适。

二、对鞋子的选择，因人之喜好而异。有的偏好外观的美丽，有的看重内在的质地；有的希望穿着舒适合脚，有的只求有鞋穿就行了。

三、所有的鞋子都是越穿越旧，穿旧的鞋子总不如新鞋看上去鲜光。“喜新厌旧”乃多数人心理，只不过多数情况下很难绝对满足。因为只有鞋店柜台上的鞋子才新，你穿在脚上，又旧了。你不能天天换新鞋吧？

四、不要羡慕别人脚上的鞋子，没准儿穿在你脚上连路都走不了。

五、鞋子有型号、质地、品牌之分，但没有绝对的一样。穿着皮鞋的人也喜欢别人脚上的布鞋，此乃男人之通病。

六、一位先生离婚了，朋友问他：“你的太太容貌不美吗？生理有病吗？行为不贞吗？”他指着自己穿的鞋子说：“谁也说不清它什么地方夹脚。”

七、无论穿什么样的鞋子都不如光着脚舒服。你想总光着脚吗？不想，那你就得接受一个原则：鞋子要讲究，也要将就。

乱弹

“冤家”这个词，正着反着都用。爱之深是“冤家”，恨之极也叫“冤家”。宋·黄庭坚《昼夜乐》词中说：“其奈冤家无定居，约了云朝又雨暮。”“冤家”是昵称，表达着对深爱着的人儿的无尽思念。

世间男女之爱禁不得磕碰，一磕碰就生恨，恨之极则成仇。“夫妻本是同林鸟”，还没“大难临头”呢，就“各自飞”了。人常说，夫妻是“前世冤家”，“不是冤家不聚头”，这真是没法子的事。

“婚姻”是一种多大学问也捉摸不透的结合。一辈子相敬如宾的固然能够持久，就是那些看上去平平淡淡、少盐寡味的“糟糠夫妻”，也能够你疼我爱、知冷知热、磕磕碰碰地过到七老八十。倒是那些看上去郎才女貌、一见钟情、烈火烹油、山盟海誓、七死八活的，转瞬间吵得风暴雷霆、天翻地覆，那才真叫“冤家路窄”的冤家。

《老子》中有一段话说的最好：“飘风不终朝，骤雨不终日。”“飘风”就是飙风。大自然就是这样，细雨和风，旷日持久；狂风骤雨，倏忽而来，倏忽而去。拿天地比人事，无论修身、齐家、治国、平天下，无不如此。争强好胜、叱咤风云、殊死拼搏，折腾一阵子行，少有持久者。一个人，不管多大本事、多大抱负，倘总是浮嚣乍乎，出一头乍一膀，事事张扬，时时处于兴奋、焦虑之中，他有限的生命力，会很快销蚀殆尽。

爱情、婚姻，说到底是人生的一个组成部分，不能总是死去活来的“飘风”。和谐、恩爱、持久的婚姻，都如小河流水，缓缓地平静地行进着。懂得“飘风不终朝，骤雨不终日”，同样是幸福婚姻的大智慧。

碎思录

幸福婚姻的第一法则：一、找一个好人；二、你自己是一个好人。有此两条相辅相成，任何时候你都会感到幸福。

幸福的婚姻，一般看，两种类型：一种叫志同道合，一种叫情投意合。志同道合者重在事业，情投意合者重在情感，两者都堪称婚姻的至高境界。

张中行把世间婚姻分为四个等级：可意，可过，可忍，不可忍。可意者美满，可过者知足，可忍者凑合，不可忍者凑合下去也难。

没有爱情而只想图对方点什么的婚姻，从一开始就危机四伏，难有什么好的结果。

只有爱情而相互都没有图对方点什么的婚姻，如同瓶中插花，水竭之日即凋谢之时。

对于美满爱情的检验和判定，不是富有而远离贫困，不是平安而没有挫折，而是能同甘共苦。能同甘共苦就不会有失望和孤独的煎熬，就能携手走过风雨，最后共赴生命之彼岸。

拜伦在《唐璜》中说：“一切悲剧皆因死亡而结束，一切喜剧皆因婚姻而告终。”那一切什么样的“剧”因婚姻而开始呀？得到解答的人必然得到婚姻的幸福。

世界上除了文物和白酒，人们对任何东西都无一例外地喜新厌旧。因此，任何夫妻都很难恒久地保持如初恋时那样的激情。

长得帅或虽然长得不帅但有足够的经济实力或显赫名声或政治地位的男人，往往不甘心为一棵树放弃整片森林。老公自己要想入非非，女人纵有千般柔情也拴不住男人的“望外”之心。

童话故事给人们最美好的记忆是：青蛙神奇的变成王子；现实婚姻给我们最泄气的故事是：王子莫名其妙地变成了青蛙。

婚姻经营的哲学，很大成分存在于生活的细节。你再拿恋爱时百般挑剔的尺子衡量婚姻，婚姻就会无可挽救的走向死亡。

天下没有不努力就能完美的婚姻。唇齿相依，有时不小心还咬着呢！两个从来不熟悉的人走到一起，而且天长日久的在一块过日子，不容易。磨合得好，和谐幸福，令人羡慕；磨合不好，无论谁是谁非，谁是玉谁是石，都免不了“俱焚”的结局。

萝卜白菜，各有所爱。男人看女人或女人看男人，都一样。

夫妻之间

明·李卓吾之《初潭集》开篇便道：“夫妇，人之始也。有夫妇然后有父子，有父子然后有兄弟，有兄弟然后有上下。夫妇正，然后万事万物无不出于正矣。”生活反复告诉人们：夫妻感情的优劣，决定着一对男女对婚姻幸福的认知度。

一家国外报纸，向女读者提出一个问题征答：“理想的丈夫是什么样？”报纸收到许多答案，最后，只有一个答案被认为是最妙的：理想的丈夫，就是自认为有一个理想妻子的男人。

自认为有一个理想妻子的男人，他的妻子也必然认为自己有一个理想的丈夫。反之亦然。美满的夫妻从来是双向的。

夫妻相看皆风景。爱情的美满，只在善于发现和发现之后的珍惜。所有感情隔膜的夫妻，大半始于发现能力的迟钝。比如，当一个曼妙女郎跨轻骑飘然而过时，你为一种飘逸的美而痴痴注目许久。其实，你的妻子也有类似的展示，只是你没有发现或发现的不是你。发现不了配偶所具有的美的男人是悲哀的。反之亦是。

功成名就不一定是每位妻子对丈夫最重要的期盼；但男人生气勃勃的进

取则肯定会给妻子带来由衷的满足。

温柔永远是妻子给丈夫的最有效的安慰，无论在任何情况下都会给男人如沐春风般的陶醉。

不要轻易用“不”回答妻子的发问。通常，女人在丈夫面前都有超长的自负。徐城北的夫人曾署文对她的丈夫喜欢说“就是”而赞不绝口。此堪称密切夫妻感情之真经也。

中国古代神话中象征夫妻相爱的神叫“和、合”二仙，画像蓬头笑貌，一持荷花，一捧圆盒，取“和谐”，“合好”之意。旧时民间娶亲，每陈“和合二仙”像，也有常年悬挂于厅堂者，以求夫妻和美恩爱。

可见，自古以来即把夫妻恩爱、百年好合，视为美满婚姻的基本标志和最终追求。

妻子好不好或丈夫好不好，夫妻间事，不足为外人道。衡量丈夫的尺码在妻子心里，衡量妻子的尺码在丈夫心里。你心中的好丈夫，对于别的女人来说也许不怎么样。有多少男人或女人，就有多少种感觉，多少个尺码。这种感觉，只能意会而不可言传。一个女人絮絮地讲说她的丈夫如何如何好，外人也许淡然一笑，心想：烦不烦呀！

同桌吃，同屋居，同床眠，是男女婚姻生活的基本标志，似乎自古以来也没多大改变。如今时代进步了，婚姻形式也不断花样百出。比如“周末夫妻”，夫妻二人只在周末相聚，平时各顾各，两不相扰。据说“小别胜新婚”，有新鲜感。也有新鲜一阵儿形同陌路的。夫妻吃饭讲“AA 制”，花多少钱，二一添作五。亲兄弟还讲明算账呢，夫妻也照此办理。个人花销多少互不干涉。彼此独立性太强，心灵的距离难免越来越远，“AA 制”像一块制冷的冰，会慢慢冷却着夫妻间感情。

三毛说过：“爱情这东西只有落实到穿衣吃饭等具体事情上，才算真正的爱情。”这是明白话。

所谓“相敬如宾”，估计是恋爱中才有的一种虚幻的景观。婚后的夫妻还想排练“相敬如宾”的温情剧，那不只要有很高的修养，也需要异乎寻常的耐力，肯定是件很累的事。绝大多数寻常夫妻，显然无法承受那种近乎苛刻的考验。因为同居一个屋檐下的夫妻，每时每刻都可能发生这样那样的小摩擦。一杯水的风波，两个电视频道的龃龉，菜肴咸淡的分歧，谁洗碗谁拖地的争执，常因芥微之事顷刻间硝烟弥漫，剑拔弩张。在无所顾忌地发泄和小心翼翼之间寻求平衡，就成为婚姻中夫妻二人认真思考和不断学习的艺术。屋檐外的大千世界不同样处于永恒的喧嚣扰攘之中吗？有才华的政治家们也在绞尽脑汁地寻求平衡。

居家过日子时不时弄出点小矛盾，是常事。聪明的夫妻都懂点化解的技巧。大事化小，小事化了。如同玩跷跷板，你翘起，我落下。如果大家都想翘起，那就谁也落不下。半空悬着，很危险。

夫妻之间，许多事不宜太较真，有些事不宜太明白。安徒生有篇童话叫《老头子总是对的》，说有位老太婆，老头子无论说什么，她都由衷的赞许。那老太太有些糊涂，她和老头子相处的一生中，一直感到很幸福。糊涂的人从某种程度上看是幸福的。还有一种心里明白装糊涂，那是一种夫妻相处的智慧。有人说，婚姻专家们的婚姻都不大幸福，不幸福是因为他们都太明白。

旧话说：清官难断家务事。难断，是因为夫妻间原是一对不大相信讲道理也没道理可讲的对象。两口子吵得天翻地覆，指天画地，发誓绝交。所话说“夫妻没有隔夜仇”，你这里还绞尽脑汁为他们谁是谁非苦口婆心呢，一夜过后，人家两口儿早相逢一笑泯恩仇，兴高采烈地比翼齐飞了。

不讲理是个缺点，但夫妻间倘只知讲理则是个盲点。夫妻相处的一个原则是学会接受，又学会忍让。更多的时候，用情比争理更有效。

老舍说：“可以和平解决家庭纷争的夫妇，都可以成为圣人。”可谓至理名言。

唐高宗李治诗："至近至远东西，至深至浅清溪，至高至明日月，至亲至疏夫妻。"夫妻，至亲又至疏。人生最美妙感人者，莫过于肌肤相亲灵魂相融的夫妻之情；天下最琢磨不透的是隔层肚皮如隔山的男女之心。至亲至疏，至亲如勾颈交喙之比翼鸟，至疏如两军对垒之生死敌。

不是夫妻的男女，走近了会日久生情；结为夫妻的男女，朝夕相伴，又会日久生厌。专家说，那叫审美疲劳。其实，"疲劳"日久，则成习惯。很奇怪的事。比如呼噜的鼾声，日复一日，习以为常，听鼾声如听民乐，一夜不闻反难入睡。一般看，做夫妻大概如白酒一样，年头越久，味越醇厚。"少年夫妻老来伴"，"相看两不厌，唯有敬亭山。"

作为丈夫，千万不可忽视妻子闲暇的时光。现如今，是连打火机上都印着"路边的野花不要采，平平安安回家来"的时代。当妻子晨占雀噪外灯花，翘首盼归时刻，丈夫能适时地把一叶扁舟系于她用心经营的港湾，她会由衷地感到安全和幸福。

争吵

夫妻间的争吵往往始自芥末之微甚至与自家毫不相干的琐事。从七勾八连到无名战火，由伤及无辜到玉石俱焚，最后甚至完全记不起争吵的最初诱因，剩下的只是断壁残垣的破败和追悔莫及的沮丧。

家庭可以绿树成荫，繁花似锦，围成一座夫妻共同创造的快乐的天堂，也可能飞沙走石，狼藉一片，成为禁锢起一对男女的囚牢。

余光中说："家是讲情的地方，不是讲理的地方。夫妻相处是靠妥协。婚姻是一种妥协的艺术。"可谓至理名言。

家常话

"近处的菩萨远处灵，外来的和尚会念经，熟悉的地方没风景，老婆眼里无伟人"。作为男人，无论别人说你如何了得，也千万记住，在老婆面前，一别装（装腔作势）、二别吹（吹牛）、三别摆（摆架子）、四别掩（掩丑）。

作为丈夫，不要试图按照你自己的好恶改变妻子。须知世间绝大多数女人都喜欢被欣赏而不是被雕琢。

女人的唠叨

女人的唠叨多数是一种内心苦恼的宣泄和爱泉枯涸的抱怨。女人，一般看，耐得了生活的喧嚣却耐不住无声的寂寞。你不会希望自己的妻子去向随便什么人倾诉内心的寂寞吧？

女人善唠叨亦大有益。有人作《唠叨歌》赞之曰："唠叨之美美如弦，大珠小珠落玉盘；唠叨之效如醉酒，步履蹒跚满地走；唠叨之柔柔如风，春风又绿江南岸；唠叨之烈如惊涛，耳畔但闻声喧阗。"

某君有唠叨妻，君未敢稍怠。君业有成，语人曰：吾之事功，奋斗居其半，另一半为何？妻之唠叨也。妻美乎哉，美不在貌，在唠叨也。

夫妻相处的基本形式就是一起过日子。日子如同河流，河宽岸阔，河水平静而欢快的流淌。夫妻间的相互理解和容谅，一如河流的宽阔，没有阻滞才有欢快的流淌；没有猜忌和隔膜就没有夫妻间的抱怨和争吵。

所谓"距离产生美"，应该是适当的恰到好处的距离。"君住长江头，我住长江尾，日日思君不见君，共饮长江水"，距离只产生烦恼；如今的农民工与留守家中的妻子，距离则产生痛苦。夫妻间，离得太远，听不见对方心灵的呼唤；太近，看不清对方目光的流盼。可能都产生不了太真实的美。

惧内

古代称妻为"内"、"内子"、"内人"。"惧内"就是怕老婆。中唐以前的唐朝，朝野惧内成风。中宗时的宰相裴谈怕老婆有名，而且别有一番妙论。他对人说："妻有可畏者三：少妙时，视之如生菩萨（即观音菩萨），安有人不畏生菩萨？待儿女满堂，视之如九子魔母（佑人生子之神），安有人不畏九子魔母？后五十、六十，薄施脂粉，或青或黑，视之如鸠盘茶（丑鬼名），安有人不畏鸠盘茶？"

畏是怕，也是爱。《礼记·曲礼下》："贤者畏而爱之。"对老婆之畏，也是敬而爱之者也。古来爱妻者，不怕的少。

赠言

据说，台湾的马英九每为人证婚时，总向新郎赠言："太太永远不会说错。"一句话，绝妙，胜过滔滔不绝的长篇说教。

情愿

胡适先生在谈到他自己的婚姻时，说："情愿不自由，也就自由了。"

几乎所有的婚姻都这样：先有"情愿不自由"的包容和忍让，才有"也就自由了"的达观释然。很通俗又很深刻的婚姻辩证法。

相容

婚姻不是占有而是结合。所谓结合就像联盟，基础是尊重对方。尊重，给对方以空间，也给自己以自由。结合不是 1+1=2，而是 0.5+0.5=1。双方都要去掉自己的一半个性，以求与对方相容，唯相容才能相合，成为一个爱的整体。两只刺猬能相合吗？

关于家庭

对于亚当和夏娃来说，天堂是他们的家；对于亚当和夏娃的后裔来说，家是他们的天堂。

原则地说，家是一个地方。孩童时，父母在哪里家就在哪里；成年时，婚姻的配偶在哪里家就在哪里；年老时，子女在哪里家就在哪里。是的，家是一个有亲情有爱的地方。

卢旺达那个国家有一个 40 多人的大家庭。因为战争，一家人伤亡离散。战争结束后，这家的 37 岁的男主人四处寻找自己的亲人，最后只找到了他全家人中唯一的幸存者——他的一个五岁的女儿。这位 37 岁的汉子紧紧地抱住孩子，泪水涟涟，激动不已地说了一句话："我终于又有了家了。"

家是什么？家是亲人，家是亲情，家是灵魂的依托处，是精神的栖息地。

家是储存爱的地方。一首歌唱遍中华大地："常回家看看"。那是因为家中有父母的思念；一首民谣善意的提醒在外面漂着的男人："路边的野花不要采，平平安安回家来。"是因为家里有妻子的等待。家是有爱的地方，因为有爱，才有家的温暖；没有爱的家，即使住着豪华的别墅，也只是一座房子。刘墉有一句话说得最好："爱在哪里，家就在哪里。"

家的幸福，在于满足。家的和谐温暖，夫妻的相爱相依，孩子的天真可喜，心中会时时泛起爱的涟漪。这种满足，不需要很多的金钱，不需要怎样贵重的物质，只需要爱的阳光。家的幸福，没有轰轰烈烈，只有平淡的真情。平淡而长久。

家庭生活的现代化，不只是外在的物化，还需要内在的升华。今天，没有电视的家庭几乎没有。没有书籍的家庭绝非少数。

没有一本书的家，如同没有一只鸟的树林，没有一朵花的花园，没有一尾鱼儿的湖泊，没有一颗星的天空。一辈子不在写字台上写一个字的人，即使能享受丰裕物质生活的华贵，却难弥补他精神生活的空虚。

时尚的男人喜欢每晚泡在酒吧或歌厅。那里热闹了，家里却冷清了。歌厅里演绎着故事，家庭演变着事故。

如果，每天到晚上，每对夫妻都能共守在同一盏灯光下，我们的社会准会安定许多。

有记者问一位很有成就的女企业家，是怎样处理家庭与事业关系的？女企业家不假思索：家庭第一，身体第二，事业第三。

女企业家是幸福的，幸福是她成功人生的标志。

两代之间

儒家论孝，说："孝者养也。"欧阳修在《泷冈阡表》中说："祭而丰，不如养之薄也。"对父母生前菲薄的奉养，远远超过对父母逝后的丰盛的祭祀。俗语说："养儿防老，积谷防饥。"可见，孝道的基本要求是老有所养。

印光大师说："人之初生，资于母者独厚，故须有贤母方有贤人。而贤母必从贤女始，是以欲天下太平，必从教儿女始。而教女更为紧要。"生活中大量的现象一再告诉人们：很大程度上，母亲的素养决定着孩子的素养。

老舍说："一个人没了母亲，好似插瓶里的花，花虽鲜艳，根却没有了。"人生所有的失去都可以补救，唯母爱不可。因为母爱是生命的根。

伊莎多拉·邓肯《自传》中说："我们给子女最好的遗产，就是放手让他们自奔前程，完全靠自己的两腿走自己的路。"

有见识的父母都不包办代替应该由孩子自己做的事。不怕孩子做错，孩子要成长，就免不了犯错误。犯错误是成长的一个条件，所有孩子的成长都是一个"错了再试"的过程。永不走路永不摔跤。没有因担心孩子摔跤就不让孩子走路的父母。要孩子成长，又要孩子不犯错，圣人也做不到。

越是没出息的孩子越被娇惯，越被娇惯的孩子越没出息。

父母如果是两颗大树，孩子就是树下的稚嫩的幼苗。大树拼命地为幼苗挡风遮雨，同时也遮蔽了火热的阳光。小树苗接受不到足够的养分，也失去了在风雨中吹打锤炼的机会。让孩子成长，父母最理智的选择，是给予孩子足够宽阔的空间。

智慧的父母都懂得倾听和把握孩子的心声。如果孩子有梅花的品格，就不要希望他夏季开花；如果孩子有白杨的追求，为什么非要他学习弱柳生姿的飘逸？

帮助孩子成长，最理智的选择是：孩子进一步，大人退两步，观察、建议而不替代。前边的路难免跌跤，也得让孩子自己走。跌一跤，爬起来，继续走下去。跌过几跤，就会慢慢明白，不是每一段路都是平坦的。往前走，需要小心，更需要勇气。人生百味，甜酸苦辣都是营养，所有孩子都是在自身反复体验中成长起来的。

据说，巴菲特和盖茨都主张这样一条教育原则：再富不能富孩子。因为，安富尊荣，孩子只学会享受，而只懂得享受是走向毁灭的最近通道；耐得艰苦，孩子才能学会自立，而自立是走向成功的坚实根基。

教会孩子思考。思考的习惯，思考的能力，思考的方法。万不可弄些“树上骑只猴，树下一只猴”之类的弯弯绕把孩子引向思考的死胡同。

一个孩子写自己的梦：“我梦见躺在一间小屋里，四周摆满科幻小说，一本一本翻着看，没人骂。”

希望孩子成才，先要让孩子成长。孩子成长，需要一个自由玩的空间，无拘无束想的世界。

所有父母都太渴望孩子成功，这没错。但成功，不一定就是高分、高校、高薪、高职、高人一等。

家庭是孩子的第一所学校，父母是孩子的第一任老师。父母的言行将深深烙印在孩子的心灵并会影响他们的一生。不要把培养孩子的责任寄托在别人身上，最了解孩子并能影响和帮助他们的只有父母。父母给予孩子的不一定是具体的知识，更重要的是领悟世界的心灵和勤于学习、敏于思考的习惯。无论怎样勤奋和智慧的父母，也不能代替孩子的成长。

教育孩子，第一重要的是品德培养。成长比成绩重要，品行比文凭重要，经历比结果重要，付出比得到重要。世上各类教育子女之畅销书，教之成功者多，教之成人者鲜也。对于父母来说，教子成长、成立、成人即成功，比望子成龙更实际也更有效和更有益。

清朝有位亲王，写过一则座右铭。今天读来仍颇受启示："财也大，产也大，后来子孙祸也大。若问此理是若何？子孙钱多胆也大，天样大事都不怕，不丧身家不肯罢。财也小，产也小，后来子孙祸也少。若问此理是若何？子孙钱少胆也小，些许产业知自保，俭使俭用也过了。"

古来聪明人多了，有学问，有智慧，论事条分缕析，唯在子女事上多颟顸。《续传灯录》记慧通语："从无入有易，从有入无难。"这位王爷看得很明白。

吃穿住行

吃饭的讲究

人天天吃饭，但吃饭的讲究很多。人家有身份的人吃饭，不为饱腹，也不为解馋，讲究的是吃味儿、吃字儿，吃份儿。"味儿"是风味儿，"字儿"是字号，"份儿"是身份。比如鲍鱼和鱼翅很名贵，但也只名贵而已。其实，那鲍鱼和鱼翅是既无味也无大益。他们的"味儿"，完全靠厨师制作的鲍汁和翅汁弄出来的。据说，一盘鲍鱼的营养大体相当于一个鸡蛋，一碗鱼翅差不多等于一碗粉丝汤。无味且无益，何以有那么多人愿意花数百元吃一盘鲍鱼或一碗翅羹？就因为它太贵了。太贵而敢吃，乃身份标志也，你看豪富者家中的摆设有几件是有用的？贵妇牵的名犬有牧羊犬有用吗？

凡名贵的东西都少有而难得。鲨鱼是大海的神秘的主人，燕窝来自南海婆罗洲的金丝燕所唾津液凝之以海藻所筑之巢，珍异且有点浪漫情调。中国文化向来就是越稀有就越难得，越是难得就越神秘。越是神秘就越想占有，这种文化跟吃掺和在一起真是很糟糕。

历史上的美食家多出于阀阅世家或书香门第，因为做美食家得有一定的财富后盾和文化积淀才行。如"东坡肉"因苏东坡而闻名，《随园食谱》出自大诗人袁随园（袁枚），湖南之"左公鸡"得名于左宗棠，北京广和居的"潘鱼”源自翰林公潘祖荫，仿膳饭庄的“马先生汤”是大学者马叙伦的首创，等等。传说李自成坐了龙庭，连吃18天饺子，无论如何弄不出“李家菜”。

衣着的变化

当我们的祖先在脐下缀上几片树叶始，人类的衣服诞生了。

衣服的功能，一为御寒，二求遮体。后来才有了美化价值。社会越进步，衣服的装饰作用越被注重，于是有了时尚的讲究，有了服装设计师。俗语说“人凭衣裳马凭鞍”，“人要衣装，佛要金装”，“吃饭穿衣亮家当”，人与人碰面，第一眼就是在衣服上分出三六九等，社会上才有了“衣帽取人”之说。人，一旦乍富，先在衣服上改变和显摆。当了官回老家叫“衣锦还乡”；人挂损了，落魄了，显露于外的是“衣衫褴褛”。女人逛市场，最大的兴趣是浏览时装柜台。

如今的女性衣着多以“露”为时尚。因为据说，唯露才有性感的魅力。其实这是一种文化的误导。比如一间房子，越是门窗大开，人们反没有了探其究竟的兴趣，倘门帘虚掩，窗扇微合，窗前烛光，窗后人影，明明灭灭，虚虚实实，反无端创造出一种莫名其妙的神秘。

因此，所谓性感，不一定是全无顾忌的暴露无遗，越是隐含微露，越是让人感到一种含蓄、朦胧的美丽。

大凡时尚之风，从乍露端倪到流行开来，几乎都是瞬间事。就说女性的衣着变化，人类大约经过两千多年的努力，才将女人裙子的下摆提升到膝上20厘米左右。不料自此狂飙猛进，还没等你反应过来，竟风驰电掣般将女性们在卧室和海滩的穿着，毫无顾忌地陈列于大街两侧。自“中空装”，“网眼装”走俏之后，短坎儿已毫无顾忌地上露肩背，下露肚脐，短裤腰则岌岌可危地悬于胯下。以及短至极限的背心，酷似胡萝卜的短瘦长裤。如此种种，万象纷呈，无以名之，名曰“前卫”。往后还将如何“前卫”下去，静观以待可也。

居住的变迁

住在城市，不能说“家在城市”。城市中人没有“家”的理念。或问：“您家在哪？”答：“某某小区。”城市小区高楼林立，每一家都住着一个“某楼某层某号”。“某层某号”能叫家吗？

传统的“家”有自己的宅院，围墙或篱笆，门楼或柴扉。那房屋，或砌之砖石，或成于土坯，都接天连地，坐北朝南，鸡鸣犬吠，榆枣桑槐。春有燕子筑巢，东有雪花铺地。屋前屋后，有林有景；左邻右舍，浓浓乡情。如今的城市楼房，有这般情景吗？你买了“某层某号”，如同出门旅行买的长途客车上的一个座位，邻座或前后座上的乘客，谁都不用理谁，也谁都不想理谁，没有了“晚来天欲雪，能饮一杯无”的邻里之情。传统的家，院中有树，树上有鸟，“两个黄鹂鸣翠柳，一行白鹭上青天”。您住几楼？17楼？呀，您住的比黄鹂住的都高！想来，那上天造树，原是为禽鸟栖息，为生灵遮风挡雨的，您住在树的上边，上天造树的恩惠不见了。“天人合一”，您跟天拧着劲儿，怎么合一？违造物之初衷，负上天之美意。悖天而行，能有寿乎？

如今人们居住的非常孤独。家家都是防盗门，防盗门上按了密码锁，窗户上装了防护栏，跟监狱似的。有人叫门，从“猫眼”向外张望，看清是熟人才开门，似乎周围都是盗贼。过去少见以偷盗为生者，偶尔发现偷盗事，也是偷鸡摸狗的毛贼。如今的盗贼了不得，都是团伙型，分工作业。十几层高的楼房如履平地，破窗而入，持刀抢劫，闻之骇然。据说，公元前800多年中国就有了锁，但那时的锁拿个棍儿一捅就开，“防君子不防小人”。如今防盗门、密码锁、指纹锁，锁门的、锁车的、锁窗的、锁箱的，虽名目繁多但形同虚设。此之谓“道高一尺，魔高一丈”。门和锁的变化，反映着世风日下和人心不古。一叹。

行走的退化

有钱了，有了许多钱，于是买房买车。买了大房子，大到无力打扫，于是雇保姆。为了养房子和雇保姆，只好拼命挣钱，有家归不得，大房子成空房子。

买了汽车，以车代步，变得四体不勤。身体胖了，血脂高了，于是开着车到健身房去锻炼，又买个跑步机放在家里。开着车上班，开回家骑车。富乍唬，穷折腾——把钱折腾没了，把人折腾累了。

人有两条腿，两只脚，腿脚的功能主要是行走。人类整个发展历史，大概只要活着，就要行走。步行、负重、推车、挑担，或十里八里，或长途跋涉，除偶骑驴或驾舟者外，主要靠行走。能直立行走，是上帝对我们人类的特别恩宠，是人类有别于其他动物的主要特征之一。行走记录着人类的演变，体现着人类的尊严。

然而，如今，人类在进步的名义下正在不知好歹地把行走看成是一种低下、一种负担。腿脚的功能似乎只剩下在客厅一类地方踱一踱步了。

忽视、嘲笑、害怕、鄙夷行走，八成会成为人类的一大灾难。

饮食男女

食、色，性也

人活一世，唯两件事离不开：一曰食，二曰色。所谓“食、色，性也。”性乃人之本性。《荀子·正名》中说：“生之所以然者谓之性。”道德文章这事大不大？大。但孔夫子说：“吾未见好德如好色者也。”你说谁大？

细想，这世界上的事，无论大小，都跟这两件事有关系。人平时说话，很多时候离不开这两个字；说书唱戏，差不多都是这两件事；人生目标，无论怎样堂皇或委琐，都与此二字相关。

俗谚：“唯大英雄能好色，是真名士自风流”。对美色的迷恋可以打败任何自以为是的智者的警诫理论。

说一件事重要，说到家，就说：“此事与性命相关。”人赌咒发愿，急了，就说：“我拿性命担保！”

性命，性者天之所使，命者人所禀受。性与命相连，无性即无命可言。

饱暖生闲事。人的各种非分之念都是在吃饱饭的前提下萌生的。在饥饿的威胁下，除了生存，什么都没心思想。解决了温饱问题，头脑里便生出吃饭以外的念头；衣食无忧了，就开始有各种杂念；有了餍甘饫肥的享受，则生出非分的邪念。“饱暖思淫欲”就这么来的。真饿他三天，饿得发昏，试试，他肯定只想吃饭。

没有了吃饭的忧愁，一些人开始有闲心在“性文化”上瞎掰。所谓“卧室文学”，“器官文学”，“胸部文学”，“下半身文学”，乱哄哄粉墨登场。“隐私”的市场化也渐成气候，过去那些遮遮掩掩的事儿变得津津乐道而且畅销不衰。一本《绝对隐私》面世后立马轰动，不足 4 个月时间加印 9 次。继之诸如《单身隐私》，《非常隐私》，《婚内隐私》等接踵而至。从“婚外恋”到“一夜情”，从《天亮就分手》到《天不亮就分手》，一时间性隐私大甩卖蔚为大观。

性文学“普及”到生活的犄角旮旯儿，手机上、餐桌上的“荤笑话”、“荤段子”无孔不入、铺天盖地。流行歌曲更是拿性当话说，从《纤夫的爱》中“只盼早早落日头，让哥亲个够”，到《大花轿》中号叫着“抱一抱呀抱一抱，抱着妹妹上花轿”，以及“两个女人和一个男人像什么样”、“是你带走了我的女人”等等，其实是对现代女性的肆意贬损。

西安市有个很有名的饺子馆，老板颇有见识，请了一帮子据说是专家级的人物，弄了一个很有些创意的“饺子文化研讨会”。（饺子文化，食文化之分支耶？）经专家们考证加论证，得出一个匪夷所思的结论：原来，咱们中国人吃的饺子之起源，从其形状上考证，竟是从仿照女性生殖器一点点演变过来的。“饺子文化”总算跟眼下最市场看好的“性文化”扭合到一起了。不过，老板的聪明似乎用错了地方，你想啊，当大家突然明白人们一向喜欢吃的饺子竟是那样，“文化”是有了，但这“文化”也真叫人联想不得。

风月无边

“风月”这两个字，大概原意即指风光，如“初秋凉夕，风月甚美。”（《南史·诸彦田侍》）泰山石壁上刻有“虫二”二字，人多莫名其意，有智者识之曰：“虫二，风月无边也。”

以“风月”喻男女情事大概始于唐。据唐·张泌《妆楼记》中说，“开元初，宫人被进御者曰‘印选’。以绸缪记印于臂上，文曰：‘风月常新’。印毕，渍以桂红膏，则水洗色不退。”之后，“风月”二字似乎就成了专指男女性事的代词。《红楼梦》第五回：“痴男怨女，可怜风月债难酬”；第十五回：“（能儿）如今长大了，渐知风月。”都是。

现如今，“风月”已不只“无边”，而且几乎无孔不入，似乎成了一种挡不住的诱惑。比如，搁早年间，男女私通、偷情之类绝对名声不佳，人避之唯恐不及。今天呢，平平常常，小事一桩。如同“街上流行红裙子”，没人大惊小怪。男人出门在外或场面上应酬，有个把“小蜜”比肩同行，就如同开出奔驰、劳斯莱斯等名车一样，成了一种身份的标志。有人则特喜欢把自己的偷情生活毫无掩饰的抖搂出来“晒”，或不厌其烦不厌其详地张扬自己多角恋中的种种不同凡响的本领。拿无聊作有趣。

科技进步了，网络的作用别的不说，反正它承担起了“风月”向“无边”泛滥的重任。电脑已经有了情书自动生成的软件。只要设定“肉麻值”或“含蓄值”等参数，再选定字数范围，点一下“确定”，一封情书立马生成。这个软件还有一个姐妹篇叫“爱情价格分析器”，似乎爱情跟股票分析相仿佛。这是“风月”的科技化趋势。

情人间互送礼品，大概很古老了，《诗经》中有一首诗写道：“投我以木瓜，报之以琼琚。匪报也，永以为好也。”瓜这东西自古就有风月感，古诗文中谓女子 15 岁为“破瓜之年”。晋·孙绰《情人歌》曰：“碧玉破瓜时，即为情颠倒。”陆游《无题》也说：“碧玉当年未破瓜，学成歌舞入侯家。”

唐·李群玉《醉后赠冯姬》诗："桂形浅拂梁家黛，瓜字初分碧玉年。"

据说，如今情人间都流行送瓜了，而且有一套约定俗成的"瓜语"：苦瓜谓"爱你爱的好辛苦"；冬瓜代表"冷战期的问候"；南瓜暗喻"追你好难"；地瓜表示"跟你悄悄保持地下恋情"。如此种种，可见瓜与情、性关系之深。

"风月无边"到无孔不入，是如今风气的一大特色。酒吧有情人包房，影院有情人包厢，商场有情人专柜。影厅、舞厅俱是风月去处。饭庄、餐厅光有美味不行了，还得有美女；店小二早已过时，真能吸引顾客的还得"店小妹"。发廊、洗浴、洗头屋、洗脚屋、按摩室、情感陪护之类的"新事物"横空出世。一些地方，"风月"成了可开发的黄色资源。某市有"天上人间"娱乐城，所谓"天上人间"者，就是让身着长裙的按摩小姐登台亮相，开价最高的买主将得到按摩小姐一夜的桑拿按摩服务。更有某游泳馆之"导泳服务"，一排小姐任客人挑来选去。"黄色娘子军"风靡天下，横扫千夫如卷席。

"风月"的广泛性漫延，人已见多不怪。专治性病的广告从只在角落里悄悄出现，到性广告传媒铺天盖地而来。这家说补肾，那家说壮阳，还有毫不遮掩的"他好我也好"的传经送宝。一家生产肾宝企业的宣传单上印着"感谢某某肾宝，让我家恢复了安宁，让我爸我妈重新焕发了青春。"把"风月"无边到父母身上，几近无耻。时下的孝子贤孙上坟扫墓，也在努力跟上"风月无边"潮流，首先是祭祀品的更新换代，花样翻新：精致逼真的轿车、别墅已不足为奇，一些人以己之心度鬼之腹，自忖老父在世时虽无登徒子之好，如今为他老人家焚上几个漂亮的美女泥偶，在阴间好生享用，也不寂寞。看来"风月"之风已从人间漫延到鬼蜮。人心不古，鬼也堕落矣。

"风月"之真正无边起来，是因为发现其可开发的商业价值。有个餐厅独树一帜地推出"裸女座椅"，据说那椅子雕塑成头顶鲜花，跪坐在地，翘起屁股拱食客就座的裸女形象，叫你吃饭也不忘风月事，享受坐着美女屁股就餐的艳福。

大概“风月”也是学问。深圳一家知名的通讯集团在招聘大学毕业生时，有道面试题是：“由于工作原因，需要你出卖你的肉体时，怎么办？”“风月”观念竟堂而皇之上了人才招聘之考核条款。这真是开言不说“风月”事，纵读诗书也枉然。

自古以来“风月”乃房帏私密之事，所谓“翱翔伦道之间，弄姿帏房之里”，“爱止帏房，权无外授。”如今倒好，“风月”竟无边得没了止境，其张狂恣肆，如周郎之赤壁纵火，风助火势，火趁风威，你怕也怕不得，躲也躲不得，成了任谁也挡不住的诱惑。此性之使然欤？人之使然欤？一叹。

灯下小语（三）

爱情的理想归宿在于婚姻的美满

幸福婚姻的第一法则，两条：找一个好人，你自己是一个好人。

幸福婚姻的两种类型：一种叫志同道合，一种叫情投意合。前者重在事业，后者重在感情，两者都堪称婚姻的最高境界。

童话故事给人最美的记忆是：青蛙神奇地变成了王子；婚姻讲述给我们最泄气的故事是：王子莫名其妙地变成了青蛙。

张中行把世间婚姻分成四个等级：“可意、可过、可忍、不可忍”。可意者美满型，可过者知足型，可忍者凑合型，不可忍者凑合下去也难。

对许多人来说，爱情的迷人是一种可品位不可言传的享受：享受“一日不见如隔三秋”的心焦，享受“期我乎桑中，要我乎上宫”的心跳。

对一些人来说，婚姻的无奈是一种可言传不可躲避的忍受：忍受家庭中各种烦心的困惑，忍受家庭外各种扰心的诱惑。

爱情是许多热烈而浪漫的音符谱写的歌，婚姻是一连串平常、平淡甚至平庸的琐事编织的网。爱情是一对男女用许多虚幻的假设创造的缥缈而美丽的梦，婚姻则是他们拿琐屑、烦恼和无奈等各种材料搭建的巢。爱情是一片充满想象的人间圣地，婚姻则是人间平凡男女过凡俗日子的村落。

爱情的理想归宿在乎婚姻的美满，而美满的婚姻只在于它的烟火气。（你不是神仙，不能在云端里卿卿我我，就是仙女们要享受爱情也得下凡到人间。）凡尘中的爱情只有与柴米油盐等烟火气掺杂一起，才能成就爱情的地老天荒。

安于平淡

恋爱有点像感冒发烧，不发烧了，产生了婚姻。婚姻有了抗体，让你们能忍受婚姻生活中各种莫名其妙的烦心事，津津有味地过平平常常的日子。

人活一辈子，轰轰烈烈的时候少。许多人甚至一生也没轰轰烈烈过。平淡的人生，平淡的日子，平淡的婚姻。所有堪称幸福的家庭都蕴含于平淡之中。不安于婚姻的平淡，向往着“城外”的山花烂漫，燕舞莺歌，往往是婚姻走向死灭的诱因。

事故

公路上缓缓地驰过一辆车，车头挂着的铁牌上写着：教练车。学开车的人开得小心翼翼，从未发生过事故。几乎所有的事故都发生在取得驾照以后，因为驾照使他们有恃无恐。

恋爱中的男女是小心的，在小心中享受着甜蜜。结婚了，才出现他们从没想过的矛盾和争吵。因为他们拿到了“婚姻驾照”，他们不再小心翼翼了，酒驾醉驾、违章行驶、红灯也敢闯，于是事故频发，婚姻的稳定性遭到致命的破坏。

给予

一对看上去都堪称优秀的男女，不一定能建立堪称美满的婚姻。婚姻的美满在于相互给予，不是给予你认为最好的，而是给予对方最喜欢的。最喜欢即最需要。所谓长相知，就是相知对方心里想什么。

平凡

一辈子一直爱着一个人，过着一样的生活，享受着同一种风景，不想改变也没有改变。白头偕老，波澜不惊。越是让人感到平常、平淡、平凡的婚姻，越可能出人意料的稳固和持久。世间所有幸福的婚姻都是建立在平凡的根基上。

杨绛先生在《一百岁感言》中说：“人生最美妙的风景，竟是内心的淡定和从容。”婚姻也是。

美满

凡求婚姻美满者，既要讲究、又要将就。讲究的原则是找一个好人，这是婚姻美满的基础。但好人并非完美无缺，要允许美中不足，大美微瑕。

大节要讲究，枝节要将就。不讲究，婚姻就失去了幸福的基础；不将就，天下就难求美满之事。包括婚姻。

婚前和婚后

婚前要睁大眼，婚后要半闭着眼。婚前睁大眼选准、选好、选对。选准是前提，唯选准才有磨合的基础。选都选错了，如何磨合？婚后半闭着眼，不可凡事较真。清官难断家务事，夫妻间的是非对错，扯不断、理还乱。对付婚姻需要点模糊哲学，模糊是家庭和谐的法宝。两个很聪明的男女结合的婚姻，常有更多的不愉快。不愉快是因为他们太过聪明。

男人欣赏女人的美貌，女人注重男人的事业。当女人抱怨男人不够浪漫时，你大可不以为意，倘若女人鄙夷男人不思进取，一事无成时，那你当意识到你们的婚姻正面临着危机。无论你们曾有过怎样浪漫的爱情，迟早躲不开现实的检验。

比较

人的幸福感大多是比较出来的。不满足也是。比如住房，一对夫妻，四五十平方米的小居室，心满意得。可跟人家住别墅的比，完了！你怎么不跟住棚户区的比呢？其他，比如当官、挣钱、名声、地位、老婆、孩子等等，都一样。一对夫妻，婚后几年，一直出双入对，携手比肩，温馨着呢！后来参加了一次同学聚会，日子不长，离了。“比较”闹的。人比人气死人。你只要不想“飞得更高”，不想活给别人看，幸福就总伴随着你。

郎才女貌

所谓“郎才女貌”，一向是许多人向往的理想婚姻。其实，历史和现实生活中，真正郎才女貌型的婚姻不多，因郎才女貌幸福的婚姻更少。

这是因为，“郎才”的显示具有厚积薄发的特点，而“女貌”则呈先声夺人的优势。男人年轻时，无论怎样优秀和志向远大，也难以一下子出人头地。他要经过锲而不舍的奋斗，事业才渐有成就，声名亦日益远播，逐渐进入人生的成熟期或收获期。女人呢，青春时，清妍昳丽，风姿绰约，美丽与花季同步，很快达到了社会价值取向的黄金期。但随着岁月更迭，斗转星移，人也红衰翠减，风光不再。就是说“女貌”呈现的最佳时期，“郎才”还未展示；而男人事业如日中天时节，女人的优势已渐次走低。“郎才”有了，“女貌”没了，成为一堆难以补救的叹息。

想到就说

婚姻肯定不是爱情的坟墓，但也不会为爱情提供恒久性的保险。幸福婚姻最基本的技巧是交流，最可依赖的品格是忠诚，最需要坚持的给予是信任，最不可取的行为是抱怨，最糟糕的做法是猜忌，最容易见效的努力是做好自己。

准备走向婚姻的男女，仿佛用天平称物，努力做到使天平两端平衡，你有金钱，我有美貌；你有才华，我有地位。一方摆上自己的优势，另一方则放上与之相对应的实力。双方平衡了，就有了婚姻成就的可能。年过花甲的老叟与妙龄美女结成婚姻，你觉得奇怪，只要看一眼那老者搁在天平一端的是什么就明白了。男方官做大了，女方色衰，婚姻发出了危机的信号。倘女方有显赫的家族背景，自然也相安无事，因为他的官一旦岌岌可危，他就什么也不是。

恋爱中男女像天空飞着的鸟，它们跟所有的鸟都表示着不同程度的亲近，欢快而自由。欢快是因为自由。

走进婚姻的男女是笼中圈着的鸟，他们日复一日地营造着笼中单调但温馨的快乐。婚后的男人和女人，只要不是圣贤，都会喜“出”望“外”。

喜出望外，人之天性欤？

世界上除了文物和白酒，人们对任何东西都无一例外地喜新厌旧。因此，任何夫妻都很难保持初恋时那样的激情。

长得帅或长得不帅但有足够的经济实力或显赫名声或政治地位的男人，往往不甘心为一棵树而放弃整片森林。老公自己要想入非非，女人纵有万种柔情，也难拴住男人的“望外”之心。

漫画集《红袖添乱》中有一段话说得有趣：“婚姻有点像吃饭——你点的肯定是你喜欢的，可等菜上了桌，你还是忍不住先看别人的盘子”。

坊间俚语云：“孩子是自己的好，老婆是人家的好”。好，因为是人家的。

婚姻跟吃饭大概有着千丝万缕的联系，要不古人怎么说“饮食男女，人之大欲存焉”呢！一男一女能在一个屋檐下做饭吃，该是得有点缘分吧！至于两口子能在同桌共案吃一生一世的饭，更不是一件容易的事。那得需要经过漫长的时间，把二人的口味渐渐融为一体。天长地久，那种你疼我爱的夫妻之情就藏在一口锅里。

飘风不终朝

《老子》中说：“飘风不终朝，骤雨不终日”。“飘风”即飙风。大自然就是这样：细雨和风，旷日持久；狂风骤雨，倏忽而来，倏忽而去。拿天地比人事，无论修身、齐家、治国、平天下，都如此。叱咤风云，殊死拼搏，折腾一阵子行，少有持久者。一个人，无论他多大抱负，倘总是浮嚣乍乎，时时处于兴奋、焦虑之中，他有限的生命力会很快销蚀殆尽。

爱情、婚姻，说到底也只是人生的一个组成部分，不能总是死去活来的“飘风”。凡和谐、恩爱，持久的婚姻，一般看，都如小河流水，缓缓地、平静地行进着。懂得“飘风不终朝，骤雨不终日”，当是追求幸福婚姻的大智慧。

关于家的话题

家是爱的港湾

一

家是心灵的港湾。

因为有家，当你带着征途中的疲劳和尘埃归来，一杯热茶会冲净你带回的一身劳顿；当你负着意外的挫折和沉重归来，一抹笑意会驱散你一脸愁云。因为有家，你会得到春风得意时的告诫，落叶飘零时的慰藉，困顿中的理解，奋起时的激励……

家，在感情上给予你的，任何地方的任何得到都难以代替。常见许多旅馆，名之曰“旅客之家”，然而，它最多给你如家的舒适，却绝难给你如家的温暖。家，是伦理世界一个特殊的感情单位。假如，把人生喻为大海中一只张满风帆的小舟，驾舟人需要搏击风浪的豪迈，也需要心灵平和的沉稳。那么，家，就承负着后者的职责。

二

人生最大的欢乐和心灵的满足，主要的，当来自充满爱意的家庭。努力奋斗、积极探索，所获得的事业上的成功，固然可让人得到欣慰和快乐，但若没有和谐的家庭生活给予的幸福感，事业所带给你的欣慰和快乐就会因没有亲人的分享而生出心灵上的缺憾。

一万个家庭会有一万种爱的方式：有的追求着奔放火热，有的满足于平淡宁静，难说有一个什么样的模式适用于每一个家庭，但共性的东西却可以相互借鉴。就如同糖调和于任何饮料，有爱，总能创造出不同类型家庭不同形式的幸福和甜蜜。

三

家庭中爱的营造需要点智慧和技巧。美国作家特鲁·赫伯指出：“在家庭生活中，我们不仅需要有温暖的感触，不断激荡的热情，也需要有充沛的情感智力。这种情感智力表现在你的灵巧、有趣、富有生气。”不要去赞美、羡慕或试图模仿那种“举案齐眉”式的恩爱吧，那种形式的僵化和内涵的迂腐，早已与现代文明格格不入。美好的家庭总是显示着它的丰富多彩和文明向上的情趣，成为整个社会文明的健康因子。

四

一个幸福的家庭应该充满着更多的民主气氛。

家庭中，有民主才有真正的天伦之乐。紧张和冷漠会窒息幸福的因子，阻塞心灵沟通的渠道。如王夫人之对贾政的唯唯诺诺，贾宝玉在其父跟前如“避猫鼠儿”一般的畏葸退缩。家庭中有一个暴君专治，就只剩下冷酷和虚伪。旧时常以“琴瑟”喻夫妻，夫妻恩爱叫“如鼓琴瑟”。应该说，真正的琴瑟之情，少不得思想和感情上的“共振”，不得不讲究点“调频艺术”。夫妻双方应该是协调的“二重奏”，既有各自独立的旋律，又有十分和谐的音响。

五

轻易地驶入别个“港湾”是危险的。

你和别个家庭间，固然可以有交往，有友谊，但不可作为感情的停泊处。罗曼·罗兰在小说《母与子》中写道：“婚姻的唯一伟大之处，在于唯一的爱情，两颗心的相互忠实。”你的全副精力应该是治理好自己的“港湾”，而不是希冀到别个“港湾”做试探性停泊。生活中，无数忠实于爱的夫妇告诉人们：爱的情感不仅是冬日的炉火，也是炼狱的烈焰；情侣们不仅从中得到温暖，而且也在爱中受到心灵的洗礼。请记住：夫妻间的相互忠诚和信赖，从来是家庭稳固的基石。

当然，任何港湾也不可能一直无风无浪，水稳舟停。生活中有愉悦也有苦恼，一碧如洗的万里晴空有时会突然间阴云密布、雨骤风狂。此时，最需要的是理解和宽容。宽容，原是夫妻共处的题中应有之义；理解，则是感情沟通的最稳固的桥梁。理解对方的想法，认识对方的才能，尊重对方的人格，宽容对方的过失。这样的爱，不是生物本性的复归，而是精神上更高层次的美的升华。

六

健康的家庭总是充满着生机和活力。

不懈追求的夫妇，不会贪享浪静风平时港湾的安逸而忘却到大海中拼搏。请不要忘记：任何港湾都连通着大海，生活需要倾注更多的感情和更深的思索。蛰伏于小家庭，生活留下的将是一片空白和失落；长期相互厮守的厌倦，很可能会双双陷入精神的沙漠。法国传记作家莫罗科说过：“一对夫妇总是依着两人中较为平庸的一人的水准而生活的。”这是一些家庭的无奈。

有爱人的体贴，有稳定的收入，有情、有爱、有温柔，这一切，仍不是家庭的全部。家庭的美满要有事业做支撑；夫妻的情感更需要显示在比翼齐飞的创造上。

七

幸福的家庭都是稳固的，但稳固的家庭不一定都有爱。因为任何家庭都处于社会开放的大环境中。绚丽多姿的现代生活所具的冲击力和诱惑力，不可能使婚姻家庭自我封闭，长期固守一种模式生存下去。破坏婚姻家庭的不是别人，正是单调闭塞的生活本身。因此，与其让外界动摇危及你们的家庭，不如适应社会发展而自我更新。聪明的夫妻会懂得不断寻找新的爱的话题，积极谋求精神生活的同步。一般讲，夫妻双方的自我完善、自我更新的道路越是走得顺畅，婚姻和家庭越能获得更为持久的和谐美满。

（原载《时代姐妹》1989 年第 8 期）

幸福家庭的女主人

吾曾留心观察并研究过几个熟悉的堪称幸福的家庭。它们或因夫妻二人深沉的爱而成为家庭成员间感情相系的纽带，或以共同的追求而奠定下家庭幸福的根基，或满足于平淡的田园之乐而流淌着清泉小溪般的生活情趣……

列夫.托尔斯泰说：“幸福的家庭都是相似的。”我熟悉的几个家庭，都洋溢着令人羡慕的幸福氛围，其家之美好又各具特色。不过，认真研究起来，发现他们都有一个共同的特点，那就是：都有一个善于创造又善于维护家庭幸福的女主人。

魅力

幸福家庭的女主人都善于得心应手地用爱赋予自己欣然可亲的独特魅力，从而牢固地把丈夫吸引在自己的身边，而且傻迷瞪眼地认为：天下女人之美无过于吾之老婆者。既不“喜新”，又不“望外”；心不出格，人不出轨。刀枪入库，马放南山。天下太平。

甜蜜、牢靠、持久的夫妻之爱，是构成家庭幸福的根基。根基不牢，地动山摇。

什么样的女人最有魅力？不是迷住男人的女人，而是迷住丈夫的女人。一个男人，如果他一直认为外边再没有比老婆身边更好的地方，那他的老婆就最有魅力。

魅力意味着漂亮吗？有那么一点。不过漂亮也是一眼看高一眼看低。比如你说她不漂亮，可她丈夫就是围着她转，如对九天玄女。看来，魅力绝不仅仅指女人的外表。法国启蒙思想家孟德斯鸠说：“一个女人只有一种方式才是美丽的，但她可以通过千万种方式使自己变得可爱。”那些浓妆艳抹、卖弄和做作的女人，不易持久地吸引住丈夫的爱。就多数女人说，魅力，首先源于一种自信，一种对生活、对爱的自信。唯此，在她们身上，自会散发出一种清丽柔和、春风化雨般的柔情。相反，那种无休无止的唠叨，没完没了的抱怨，很可能图解着她心头的爱的花朵正日渐枯萎。男人呢，也自然会生出种种消沉、厌恶、愤懑的情绪。

自强是展示女人魅力的必不可少的因子。一个令男人有强烈幸福感的妻子，不会把功夫完全花在镜子前面。她们懂得如何吸收现代文明馈赠给她们的营养，用知识和智慧赢得在丈夫心中无可替代的位置。

一般讲，多数丈夫不会要求妻子一味地顺从和忍让，而是希望妻子能同他在心灵上相融相通，在人生路上携手同步。试想，倘若妻子在事业上同样地不懈奋斗，那么，当丈夫在工作中取得成绩时，便会深知这成绩的来之不易而不致无动于衷。这种共享的愉悦是无与伦比的；而当丈夫在事业上遇到挫折时，妻子同样能设身处地，深知创业的艰难，从而给丈夫以理解和慰藉。此之谓心心相印。

当然，无论在任何情况下，执着而持久的爱情永远是婚姻幸福的重要支撑。夫妻间的相互给予，会分别获得恋人间不曾有过的心理愉悦和美的享受，从而将单纯的床笫之欢升华为精神依恋的美好情愫。

聪 明

幸福家庭的女主人是聪明的。

应该说，聪明是一种生活智慧。在家庭生活中，我们不仅需要温柔的感触、不断激荡的热情，也需要充裕的情感智力。这种情感智力表现出女性特有的灵巧、机敏和刚柔并济的特质，凭此，则能不断为家庭生活创造出如沐春风的和煦和温馨。

女性的聪明还显示在对家庭诸多麻烦问题的调适能力上。聪明的妻子不会强求丈夫完全适应自己，而是巧妙地达成双方自我更新、自我完善的默契；不一定希望丈夫不厌其烦地表白当初“海枯石烂”的誓言，而是不断创造新的爱的话题，始终如一地寻求夫妻精神生活的同步，更多地增加爱的新鲜和活力。

不过，任何家庭也难以每天都有那么多新颖的故事。更多的家庭则充斥着平淡甚至平庸。每一个家庭都有他们自己对幸福的注释。平淡不一定就没有乐趣，太多的火热也许给他们造出太多的困惑。许多聪明的妻子正是在她们习以为常的平淡中，发掘出自我满足的甜蜜和甜蜜的自我满足，而不是攀比和奢望那种不属于自己的另一样内容的幸福。

哲人云：婚姻不是爱情的句号。婚后夫妻爱情这篇大文章，男人们常漫不经心地涂抹些粗粗拉拉的文字，而聪明的妻子则会写出最精彩的段落。

约束能力

聪明的女人在婚前时，就无声地牵引着男人的目光。当她确立了妻子的身份，一般会顺理成章地管住一个男人。在我所见的那些堪称幸福的家庭，妻子似乎都以不同的方式散发着一种美丽的威慑的精神和气质，并形成一种对男人无形的约束力，成为男人豪迈地走向世界的潜在性力量。当一个男人表现出懒散、懈怠、消沉、自卑甚至堕落的苗头时，妻子的督促、约束和指责，会使之清醒和振奋。不要相信什么“男孩子生来就是打天下的”。其实，生活中更多的情况往往是：男人更容易疲惫和迷惘，也容易狂躁与傲慢……而一个清醒而又理智的妻子，常以其固有的温柔，冷静和耐心弥补着丈夫的幼稚和不足。于是，丈夫才像一个真正的男人那样走向世界。

缺乏对男人约束能力的妻子是悲哀的。像《红楼梦》中邢夫人那样的，只能做男人的附庸，助长男人的堕落，酿制家庭的苦酒。从这个意义上说，被人当作笑谈的“妻管严”，并非什么坏事。就多数男人而言，没有了妻子的警示、告诫和约束，会失去自己本应有的优势。或居低处叹息而一事无成，或从高处跌落而一败涂地。

理 家

俗谚：“男人是筢子，女人是匣子。”娶得一位懂得理家艺术的妻子是男人修来的福分。善于理家的女人，藏爱心于辛劳，寓才情于创造，总能把家庭打理得缓急有序，井井有条。

您如果留心观察，也能发现：生活中有的家庭，靠微薄的工资可以过上舒适的生活；而有的家庭虽然收入颇丰，却时而显出捉襟见肘的拮据。笔者熟悉这样一个家庭，在天气变化莫测的夏季，丈夫上下班因没有一把雨伞，几次弄得狼狈而归。可家中堆放零乱的桌子上却摆着四个精致的花瓶，尽管他们从结婚之日起就不曾有过一束花。有些妻子购物，常常不想“为什么要买”，而只是由于“偶尔碰上”或“以后可能有用”。还有一位家庭主妇，在夏天即将过去的时候，一次从商场抱回了四挂竹帘，因为每一挂都便宜十几元钱。四个竹帘最后一挂要放到15年以后，才能派上用场。这位主妇在买这些竹帘的时候，对此想都没有想，理由呢，只是因为便宜。

不屑于或不懂得理家学问的妻子，麻烦和不幸，总会纠缠着他们的家庭。作为家庭的女主人应该建立一本家庭收支记录，记下家庭一年的收入和开销，虽略嫌麻烦，却能养成科学的消费习惯和逐渐学会持家理财的艺术，用自己的理家智慧，创造出一个舒适又充裕的生活环境。

（原载《时代姐妹》1990年第6期）

好姑娘为何做不成好媳妇?

她做姑娘时，邻里间可说是有口皆碑：端庄秀美，吸引着小伙子们的殷勤追求；勤勉和文静，得到长辈们的交口称赞。人们说，这姑娘出了嫁，准能做个招人疼的好媳妇。

然而，这是旧话了。她虽然在众多的追求者中，选择了一个称心如意的小伙子，但做了媳妇之后，感受到的却是心灵的云翳和生活中的烦恼。起初，她只是偶尔流露出对家庭的不满和某些方面的怨艾；婆婆对人说起媳妇，也是微微蹙眉轻轻地叹息。日久，家庭的龃龉，发展到毫无避讳的争吵。婆媳之间，夫妻之间交叉混战。一个本来有着挺好名声的姑娘，竟成了背负着不贤名声的媳妇。

看来，一个好姑娘，结婚了，并不一定自然过渡到一个好媳妇。这是因为恋爱是一对男女间的事。家庭，除去夫妻之外，还有以婆媳关系为主的各种关系。研究点儿婆媳和谐相处的学问，是建立幸福家庭不可或缺的内容。

首先，要相互理解。

理解是爱的别名。夫妻要靠理解，建立起纯真而持久的爱情，婆媳间也要靠理解，维系亲密融合的关系。缺乏主动的理解，而欲求家庭美满者，无异缘木求鱼。

然而，生活中，夫妻间的理解是相互爱恋着的青年男女所看重的。所谓志同道合，希望有共同的理想和追求，甚至说心有灵犀。这是理解的力量。而婆媳间的相互理解则不是很容易的事。青年男女可以觅求感情乃至追求上的知音，而婆媳间就很少有这种可能。姑娘们对婚事的考虑，有几个用过多的心思去虑及对方老人的脾气、性格、生活习惯等内容呢?

好姑娘之称之为好，是她在特定的条件下获得的赞许。她有自己从孩提时代就熟悉的家庭生活环境，有同自己父母亲密无间的感情。结婚了，换了一个陌生的环境，虽能得到丈夫真诚的爱恋，不一定使婆婆看上去满意。“欲谙姑食性，先遣小姑尝”，正说明对婆婆生活习惯的不了解。一个性格开朗、凡事百无顾忌的媳妇，能与喜好安静的婆婆性格上相容吗？追求流行和仪表美的女子，同固守旧观念的老人生活上能求得一致吗？也能，但要有一个长期的共同努力的过程。垒不起“理解”这样一块稳固的基石，本意是渴望家庭的美满，也因不断生出的苦恼，而罩上沉郁的阴影。

一个家庭主要女性成员——婆婆和媳妇间的相互理解，是保障家庭和谐美满的重要因素。婆婆要理解媳妇，媳妇也要理解婆婆。相对地说，后者更重要一些，因为目前的家庭类型，多数的是由年轻的女主人们“当家主政”，能左右“刘兰芝”，“唐婉”们命运的婆婆已绝少见到了。婆婆们在失去了一代代沿袭的家庭支配权之后，会产生一种莫名的失落感。作为媳妇，如能洞悉和体察老人的这种心情，在柴米油盐的细枝末节上，主动向婆婆请示或请教。婆婆很可能感到自己在家庭中仍具有被尊重的地位，而生出一种莫名的满足和欣慰。婆媳和谐则必然成为家庭美满的基础。

第二，要有一个宽阔的胸怀。

胸怀，是容纳生活中各种不满因子的海洋。

恋爱中的姑娘，或许偶尔做客于对方家中，但彼时的她，一般情况下，常常处于众星捧月的地位，全家人的谦和与礼让，老人的关心和体贴，都足以使姑娘对未来家庭充满美好的期待。然而，婚后的实际生活，可能与想象中的样儿大相径庭。做了媳妇，要讲过日子中的柴米油盐，要敬老抚幼，会出现病患艰难的忧愁和烦恼，会出现“马勺碰锅沿儿”的摩擦和矛盾……这叫“凡有所求皆绝好，及至如愿又平常”。生活中的愉快和艰辛，常常横七竖八地交织在一起，而婆媳关系又常居家庭矛盾之首位，因为无论怎样和谐的婆媳，也总有不和谐的时候，凡斤斤计较和心怀芥蒂，就容易导致不和谐的因子增生和裂变，而多一分宽容，就多一分情感的贴近。一位年轻的媳妇对我讲过这样一段有趣的笑话：去年夏季，她买了一台电风扇摆在婆婆屋里，老人却同她絮叨地讲起早年做媳妇时的“孝道”：“我做媳妇那会儿，婆婆病了，躺在炕上一个多月，伏天六月的时候，夜夜拿蒲扇给她老人家扇凉。”这位聪明的媳妇听了，并没有关上风扇换把蒲扇，让她老人家试试哪一种享受更好，而是莞尔一笑：“您老人家那会儿多不容易呀！”婆婆听了很是受用，这位媳妇说道：“人老了就喜欢儿女顺从，较什么真儿呢！”这是胸怀。婆媳间难免出现点儿小摩擦，除去个别情况，大多属“无所谓”之列，用不着一定分出个孰是孰非。胸怀，会帮助你巧妙地运用理智，驱散心头弥漫的愁云，化作晴空万里。不信你试试看。

第三，要有真诚的情感。

真诚的情感，能促使婆媳间的感情渗透和交流，是滋润家庭幸福之花常开不谢的甘露。俗话说：“情赶情，意赶意”“人心换人心”，婆媳之间融洽关系的建立，更需要这种真诚情感的力量。电影导演董克娜深谙此中奥妙。一次，婆婆因病住院，而她正在外地拍片，一时难以脱身，就拜托回京的同志，代她专程去医院问候老人，还千里迢迢给老人带了点心、水果。有人问她：“老聂（董克娜的爱人）在家也会买的呀！”她说：“不，老聂是老聂，我是我。他尽儿子的孝心，我尽媳妇的情义，这事儿替代不得呦！”有此情感的真诚，自然会有婆媳的融洽。

真诚，会拉近人与人之间的距离。婆媳间的真诚，会使婆婆感到媳妇可疼，媳妇会觉得婆婆可亲。心灵是真的，感情是真的，脸上的笑是真的，家庭中自然会充溢着欢笑、温暖和幸福。没有了真诚，拥有别墅和轿车的家庭，也有驱遣不去的烦恼，他们的微笑，未必比一个普通但朴实的家庭多。

相互间的理解，包容的胸怀，真诚的情感，一个被人交口称赞的姑娘，也必定会是一个构建夫妻恩爱、婆媳和美氛围的好媳妇。

（原载《时代姐妹》1988 年第 8 期）

一家有一本好念的经

“一家有一本难念的经”，大概是由古至今的人们对家庭矛盾的普遍性和复杂性提炼出的一句最具权威的格言了。

不过，细琢磨，这句古老的格言也不全合情理。既然家家都有本难念的经，为什么有的家庭总是阴云密布，甚至暴雨雷霆，时时充斥着苦恼和危机；有的家庭则一直晨光绚丽、和谐如春，充溢着温暖和甜蜜？我想这句老话儿很该翻一下，叫作“一家有一本好念的经。”

说“一家有一本难念的经”，着眼点在“难”上，把家庭不和谐看成是必然的、普遍的、无可奈何的。虫久蛀能使大木枯，一点点小矛盾的裂变，也会弄得危机四伏。很无奈。

不妨把这这句格言翻一下，多想一想“一家有一本好念的经”。事物都有两面，任何家庭都存在着和谐因素。家庭这本经，总有好念的一面，就看你有没有念好的愿望和信心。

责任感，是建设家庭幸福的基石。

幸福家庭重要的一条，是家庭成员能有积极维护家庭和谐的责任感。幸福和美满非始于天然而成于人为，是一家人无论老幼都努力念好家庭这本经的结果。缺乏这样的责任感，即使有优裕的经济条件，丰富的物质生活，也难得美满的精神享受。《红楼梦》写的贾府，一家上下“钟鸣鼎食”，但贾探春却叹息：“咱们倒是一家亲骨肉呢，一个个不像乌眼鸡似的？恨不得你吃了我，我吃了你！”巴金笔下的高家，也是豪门巨富，但同样是钩心斗角，萁豆相煎。而许多并不太富裕的家庭，却能在温馨的环境中，一家人相互关心和体贴、鼓励和支持，享受着家庭美满的乐趣。

责任感体现在对待家庭矛盾的态度上。当家庭偶起一点小小风波的时候，请记住大度地对待对方不切实际的责难。后退一步天地宽，任何情况下，火上浇油、针锋相对也不是良策。而退一步想，常会轻易地化干戈为玉帛。古语说“不痴不聋，不做阿翁”，其实何止阿翁，任何一个家庭成员都不能在小矛盾上太较真儿。你不妨试析几个熟悉的和谐家庭，就会发现家庭的和谐多成于主要女性成员的努力；或由于婆婆的大度，或因为媳妇的贤惠，或妯娌和美，或姑嫂谦让。而婆媳之间的关系如何，常成为家庭能否和谐的关键。这么说吧，一个美满家庭的背后常常站着一个贤惠的女性，此可谓之所有和谐美满家庭的共同点。

信任，是通向家庭和谐的桥梁。

许多不太和谐的家庭常能查到猜忌的霉菌。念好家庭这本经，请注意不被猜忌所左右。

理解是信任的基础。有一位观众熟悉的电影演员，患难中娶了位普普通通的女子。当这位演员从落魄中走向了光明，很快如鱼得水，如木逢春，才华大展，功就名成。然而，“众女嫉余之蛾眉兮，谣诼谓余以善淫。”有一次他出国访问，流言不胫而走。出访归来，他问妻子：“流言蜚语如此多，为什么信中不提一字呢？”妻子一笑：“我自不信，跟你讲什么呀？”因为信任，她就没有了那些因捕风捉影，小题大做的庸人自扰而致的烦恼。

夫妻间、家庭其他成员间都应有这样的理解和信任。年轻的一代对老人要理解，理解长辈的感情和希望；老人也需要理解年轻的一代，理解他们的思想和追求。理解的春雨会润泽每一个家庭成员的心灵。信任的甘露必将催开家庭美满的绚烂之花。

真诚，是沟通感情的主渠道。

有的家庭，成员间本无大隔阂，不意平地起风波，弄得家庭这本经到了念不下去的章节。细查一查，会发现这多是因为缺乏真诚。缺乏真诚，心灵交流的主渠道就会拥塞，甚至诱发感情危机的厄运。

人是重感情的，感情又是相互的。俗话说：“人心换人心”。《大河东流去》中的徐秋斋对梁晴讲夫妻情义说：“什么叫夫妻情？你放上一块瓦，我放上一块砖；你放上一根檩，我放上一根梁；你放上一腔血，我放上一个头！有情有义的房子就是这么盖起来的。”这是真诚。真诚，给人以美，给人以宁静，给人以信赖，给人以心灵的净化！真诚是家庭这本经中最美的章节。我待人以诚，人则以诚待我。如此，你自能感受到亲人间融洽无间的温暖。

尊重，是家庭美满的酵母。

一家人、夫妻、婆媳、姑嫂，由原来不同的家庭成员成为一个新家庭的成员。在新的环境下，她们的性格、习惯、爱好等等，都有一个适应和相容的过程。这期间，尊重就成为建立家庭和谐的必要的酵母。尊重对方的生活习惯，不仅是家庭文明的体现，也会由此生发出长久的和谐和美满。因小事而益大局，有着酵母一样的奇效。

尊重，常发于内心而见于细微。我认识一位乡间的老太太，对外人说起儿媳，总是赞不绝口。我去她们家闲坐，午饭吃面条，媳妇先盛给小叔与丈夫，后盛给孩子和自己。小叔的一碗吃完了，婆婆的一碗才端上去。我大诧异，似乎媳妇对老人有点儿不太当回子事。心想：老太太平素的夸赞，或许是老人的违心之语吧？说不定有点“家丑不可外扬”的意思呢！后来，我终于晓得了这盛面次序的底细：原来，小叔子喜欢吃硬面，开锅就盛正合要求；老太太呢，因为牙口不好，肠胃弱，煮得软一些才合心意。一碗面事不大，但这其中有着多细微的关心和体贴啊！

尊重总是相互的。家庭中，有长幼之别而无尊卑之分。无论长幼、同辈，还是多点民主氛围好。不然，完全讲服从有不了真正的家庭和谐。即使当了贵妃的贾元春，也是哭天抹泪地讲她在皇家大院中毫无乐趣。为什么呢？因为她生活在令人窒息的环境中，没有感情，只讲服从。在一个没有家的温情的地方，何谈家人的快乐？其实，家庭中，父子也罢，夫妻也罢，婆媳也罢，从根本上说也是社会关系，能致感情和谐的唯有尊重而不是服从。

理解、信任、真诚、尊重，是家庭中最可珍贵的感情。珍惜和提倡这样的感情，你就不会有家庭这本经难念的叹息。

（原载《婚姻与家庭》1987 年第 9 期）

婚姻和吃饭

从恋爱走向婚姻，由恋人成为夫妻，男女二人开始在一起过日子，在一个锅里搅马勺。而要搅得和谐，过得甜蜜，是多数夫妻困惑亦不断探求的课题。婚姻生活的技巧，说复杂，可以写成几部大书；说简单，一句话就能说明白：婚姻就如吃饭。

当月老的赤绳把一对男女系在围城之时，婚姻的幸福固然依旧靠爱之维系，但婚后的夫妻之爱，不再如热恋时那样的轰轰烈烈或超凡脱俗。没有了“999朵玫瑰”式的浪漫和无所顾忌的一往情深，没有了“相约酒吧”的朦胧、试探、渴望和心跳，而是渐次变得平淡、平板、平实，更多地反映在穿衣吃饭那些很不浪漫的琐事上，就像一日三餐那样染上人间的烟火味道。此时，你得学会品味平淡，在平淡中述说漫漫长天中展示出的夫妻之情。旧话说：“咬得菜根则百事可做”，凡感受到婚姻幸福的夫妻，大多讲不出怎样轰轰烈烈的故事，而是在平淡和平凡中品味爱的甘甜。

吃饭，甜酸苦辣，口味不同；或咸或淡，习惯各异。正如两个性格、文化、情趣、爱好都不曾一致的男人和女人结为夫妻，很难在一切事情上绝对一致。夫妻之间要过得和谐，一是相互迁就，二是彼此适应。你娶了个湖南妹子为妻，就得学着吃辣；你嫁了个山西后生作老公，就得渐渐嗜酸。“择汝所爱，爱汝所择”，天长日久，自会感情交融，心灵默契。

恩爱夫妻的感情之美，如春雨润物、蝶沐轻风，需要以身感受，用心体悟。一如吃饭之慢慢咀嚼，细细品味。狼吞虎咽不行。吃的目的，为解饥，更是一种精神享受。不能像进快餐店那样，来个肉夹馍，一边咬着走路——感情的粗糙，轻是冷落，重是伤害。

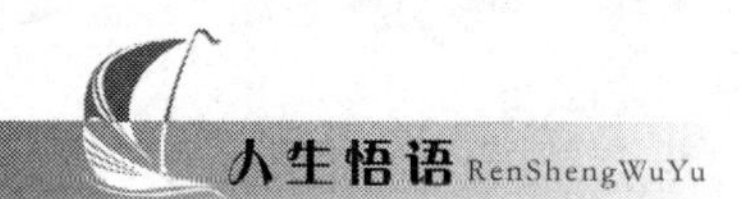

婚姻中的爱情，同样有个不断适应、培育、创造的过程，难免出现点小小的波折、不快和龃龉。屋檐下的战争往往只是由汤咸菜淡那样的小事引发而致剑拔弩张。吵过了，闹过了，饭还得吃，日子还得过，不能因偶尔的烤糊、烧焦、夹生、欠火的小不如意就绝食罢餐。更需要的，是要像不断总结烧饭经验那样慢慢熟悉和掌握夫妻相爱的艺术。

喜新厌旧大概是人类的本性。吃惯了家中总是一个人做的没大变化的饭，会逐渐没了胃口；日复一日重复着每一天，再泛不起多少浪漫和新鲜的情趣。于是，就渐次向往家外世界的别样风光：小餐馆、大排档，哪怕一盘山蕨菜呢，也能生出牵魂荡魄的诱惑；自己享受着美味珍馐，却对别人家餐桌上小葱拌豆腐也馋涎欲滴。或告之曰：守望好自己的人生家园，不必去翘首远处的风光。这道理好明白，实行难。因为爱情也需要不断更新，正如吃饭需要不时变换一些花样。更新，婚后爱情生活的升华和深化。有了这样的升华与深化，才有夫妻间永远的爱和爱的永远。

家庭，一架琴

一

千万个家庭，千万种模式。综合他们的共性，能打出一个什么合适的比喻？

我说——家庭，一架琴。

二

每一架琴都能弹奏出各种不同的曲调：或奇峰飞瀑，或小桥流水，或激越亢奋，或旖旎风光。但“幸福的家庭都是相似的”，每一个幸福家庭的琴奏出的每一个曲调，都不会忘却明晰的爱的旋律。

爱，是所有幸福家庭的主基调。

音乐家舒曼和他的妻子克拉拉终生相爱。正是因为生活在充满爱意的家庭，才更激发舒曼才情焕发，神思飞扬，婚后岁月成为他创作丰硕的“歌曲之年”——家庭的爱的力量给了他前进中无比巨大的鼓舞！

当年，吴祖光遭错误对待，在严寒的年月里，被发配到冰天雪地的北国“劳动改造”。十数年后，“改造”归来，夫人新凤霞得知丈夫归家信息，即让孩子们把写着“欢迎爸爸”的红纸条从大门口一直贴到卧室的床头，连衣柜、书桌、台灯罩都贴上。家庭的爱和温暖给了他无比贴心的慰藉。

只要家庭充满着爱，而且爱得诚挚和持久，在你的人生路上，无论春风得意抑或潦倒穷愁、月宫折桂或是当垆卖酒，幸福之神都不会忘却向你洒下片片花雨的温馨。

不必炫耀自己或羡慕他人的地位或金钱。那些，从来不是家庭幸福的全部，更不是家庭幸福的根本。如果你的家庭协奏曲中的音符一旦变得涩哑，即使你有着怎样丰富的物质，也改变不了因爱神的离去而致的心灵的空虚，“白玉为堂金作马”的贾府，不是很富有吗？但没有爱，贾探春就悲叹：“咱们倒是一家子亲骨肉呢，一个个不像乌眼鸡似的？恨不得你吃了我，我吃了你！”她不无见识地感觉到：“倒不如小户人家，虽然寒素些，倒是天天娘儿们欢天喜地，大家快乐。”

家庭或是新的港湾，或是爱的句号。不同家庭的琴，以其迥然而异的旋律，诉说着人世间不同婚姻的悲喜剧。

三

家庭，一架琴。不同的琴键，按下去会发出不同的音响，低沉、平缓、高昂、甚或尖利。但是正如五味相调才烹得出可口的美味，五音相谐才演奏出美妙的乐章。面对家庭的一架琴，聪明的夫妻会懂得调频的艺术。

生活中千千万万个幸福家庭的榜样启示人们：婚侣间无论爱得怎样如胶似漆，夫妻双方也都是自己的“这一个”。而爱变得疏懒和淡漠，常常正是“这一个”的悄然隐退。有人埋怨：恋爱时，恋人的娇痴微嗔，曾是那般夺魂摄魄；而婚后的夫唱妇随从感觉上却意味索然。这也难怪，因为，男女间爱的美满，不能是自主意识的丧失和个性的泯灭。无论是丈夫还是妻子，失去了个性，也就失去了夫妻间相互吸引的魅力。一味顺从的背后，常是另一种形式的爱的叛逆。

如同音乐之美源于不同的音符之相杂而又相配一样，男女感情的和谐之美也发自不同个性的吸引和包容。阴阳相协，刚柔互济，动静结合，冷热互补，既是大自然的法则，也是美满婚姻的规律。懂得爱的艺术的夫妻，从不会认为爱人会理所当然地钟情于自己。爱，不是占有，不是强行让对方服从自己。夫妻任何一方都有权谋求个性的发展与相对的独立，但又都不能为了盲目的追求而放弃应尽的义务。相互影响又相互制约，主动适应而扬长避短，并不失为爱情生活中的“个性知音”。夫妻双方平等地抚着爱的琴键，用自己的方式由衷地表述着自己的情感，如此，才既有各自独立的旋律，又有十分和谐的音响。

四

家庭，一架琴。但不会任何时候或任何情况下都能弹奏出明朗、欢快的曲调。

家庭就如同头上的天空。正赞长空如洗，气爽神清，也许转瞬间阴云密布，郁闷难舒。假如，你们家庭的一架琴偶尔跳出一两个不大和谐的音符，也并不是什么奇怪的事。人，都有不高兴的时候。不要认为你自己怡然自得的时候，必定连屋檐下的燕雀都叫得欢快。

假如，你发现爱人的眉头锁着淡淡的愁云；假如，你厌烦了枕畔发出的絮絮碎语，请千万不要莽撞按下过大音响的琴键。此刻，你爱人隐痛的心灵正期待着你温存的抚慰。也不要有明显的厌烦表现，有谁愿在不信任的陌路人面前倾诉自己的抑郁？不要认为爱人的絮叨都是无味的重复，或许，家庭中的某种喧嚣，倒胜过无声的寂寞。

假如夫妻间偶尔有那么一点龃龉和执拗，都只是你们爱的琴键上个别音符的休止。如同有轻风从湖面上拂过，能不泛起一点点涟漪？只是不要形成一种心理定式，不要成为家庭这架琴的常有旋律。懂得一点家庭经营艺术的夫妻，常有意松弛绷得过紧的琴弦，化解生活的呆板，有意创造出一点点幽默的情趣。“相敬如宾”中隐含的虚伪和娇柔会使夫妻生活变得僵冷，而亲密无间的爱侣，则以轻松的幽默表达出另一番情意。

也许，琴键的砰然大响，可能会有一阵忽然而至的暴雨疾风，那必然是沉闷至极时的偶然发作。雷雨也有洗污涤秽的功能。雷雨过后，更多的时候是碧空如洗，身心豁然。婚姻的美满不等于没有冲突和争执。任何一对携手走过一大段人生之路的夫妇，都有过不止一次的争执和修正，在不断争执和修正中，取得越来越多的和谐与默契。

五

家庭，一架琴，也不要只谈陈旧的调子。

夫妻，即使有着怎样的恩爱，也不会像面对敬亭山那样“相看而不厌”。婚后日久，不再有恋爱中的初晤相对时的娇羞，眼波流盼的火辣，翘首情书的热切，等待约会的焦灼……婚姻带给家庭的，是生儿育女，锅碗瓢盆，洗干刷净，七姑八姨等生活秩序的杂乱，生活内容的庞杂，生活爱好的委顿，生活情趣的单调……

“喜新厌旧”乃多数人的常情。心理对“旧”的倦怠反映着对“新”的渴求。此时，“围城”以外的别样的“曲调”，自然显示出一种不易甚至不想拒绝的新鲜感和诱惑力。那种对挑逗、追逐和冒险的有意尝试，那种对酸涩野果的偷尝而得到的刺激，常诱使想改变寂寞的人儿，鬼使神差地把婚姻的扁舟悄然划向潜流莫测的海域……于是，昔日《凤求凰》的甜歌变成今朝《白头吟》的哀叹；往昔被人羡慕不已恋情走向今日让人嗟讶不已的悲剧……

有人想到对这种危机的防范和补救，于是，记起了“篱笆扎得紧，野狗钻不进”那句古老的格言。然而，一桩桩不愉快的婚姻故事反复印证着如此判断：“扎”的方法总是消极的。它，或许能维系住一个凑合型家庭的躯壳，却招不回业已悄然离舍的爱的灵魂。

世事多变，命运多舛，任何家庭都潜伏着不同程度的危机。人非圣人！就是圣人，也难抵御多种形式的诱惑。所谓“但愿心比金钿坚”，美好的心愿而已。人生路上，最是爱情的诺言不易兑现。越是讳言爱的变化，变化带来的危机越可能猝不及防。变则生，不变则亡，世间万物都逃不脱这个规律。爱也一样。要么你就凑合，要么你就更新：凑合，也可能得到形式上的巩固，但只有巩固不一定就幸福。

当然，爱的更新不是贪求一时之欢的东食西宿，不是觊觎道边野花而邪念萌生。更新也是追求，是由生理的、性感的吸引，到精神的、文化的心灵的相亲和共守的追求。努力于这样的追求，你们才有可能共同弹奏出具有无限生机和活力的爱的乐章。

六

你们家庭的琴只能弹奏你们自己的爱的故事。

世间男女的爱情是极富个性的，一百个人的婚姻就有一百种爱的心理、爱的尺度、爱的方式、爱的过程。这和夫妻双方的文化、修养、性格、经历等有着亲密的关系。生活中，很难找出一种大家都认可的模式而题之曰“美满”。哪一种模式呢？董永七仙女式？李清照赵明诚式？喜旺李双双式？抑或居里夫妇式？难说。事业上的比翼齐飞是幸福，你挑水来我浇园式的恩爱也是幸福，无模式可循，也不能攀比，至于“指南”之类，可信，也不可信。

不过，长空的双鸟比翼、意笃情深，总要有在某一方面的相互接近、接受和吸引的灵犀。不然，何以在别人眼里看上去并不怎么合适的一对，却是那么枝缠茎绕地盘结一起，共同吮吸着大地的乳汁，培育着心头的爱的花朵？而大家一向认为十分般配的夫妻，却是执拗的要挣断月老已经系好了的爱的赤绳、各自西东？智者曰：爱也有高低层次之分。可是，艺术家们的家庭也同样藏着感情隔膜的苦恼，一对农民夫妇却一辈子相互关心、知冷知热，爱得情真意切。

切莫管东南风还是西北风吧，你们家庭的一架琴应该弹出完全属于你们自己的协奏曲。

七

家庭，一架琴。一支支爱的乐曲，一个个美丽的故事，相濡以沫的体贴，沁人心脾的温馨。

格言说：家是心灵的港湾。

不过，任何港湾都是出航的起点，而非蛰伏的蜗居。家庭，对爱的积极意义，是鼓起人生的风帆，而非收起进击的双楫。别林斯基有一段话说得最好：“如果我们生活的全部目的，仅在于我们个人的幸福，而我们的幸福又仅仅在于一个爱情，那么生活就会变成一片遍布荒茔枯冢的破碎心灵的真正阴暗的荒原。”因此，当你按下每一个爱的琴键时，既要注入火热的情感，又要随之以深沉的思索：家的最大价值，是不断激发你上进的勇气，而不是悄悄暗淡了前方的灯塔。

家庭，一架琴。智慧者会时时弹奏出美的乐章，不断鼓舞自己和家人，不断迈出向前的步伐。

老人安，合家欢

俗话说，老人安，合家欢。老人，有一个充溢幸福感的晚年，是做子女的心愿，也是一个家庭美满和谐的重要因素。

尊重老人在家庭中的地位。

人老了，会渐渐生出一种莫名的失落感，回首往昔岁月，老人们都自信有过“金戈铁马”的生涯，有过，充任“一家之主”时“发号施令”的权威。如今，老了，有心无力，家政大权移交给儿女辈，感情上不免空虚和失落。他们怀念往昔在家庭中的权威，自然看重如今在子女心目中的地位。年轻人的“独断专行”，常莫名其妙地招致老人的怨言；子孙希望老人“坐享清福”的美意，会被误认为看他是“老而无用”。笔者认识这样一位老人，儿子和媳妇都工作，每次回家都大包小包地买回老人喜欢吃的点心、水果及茶、酒之类，衣食起居都不缺什么。作为子女，无疑尽到了赡养之责。但老人每与人说起自己的晚年，总慨叹道：“哎，人老了，不招人待见了！”言谈间，流露出一种晚景凄凉之感。我还熟悉这样一个小家庭，邻里间，年轻的或年老的，都喜欢到他们家串门闲坐，因为这个小家庭里，总充溢着欢乐和温暖，使人如沐春风，感受到和谐和爱的氛围。这个小家庭的年轻的媳妇，什么都懂得体察老人的心理，她说：“常道老不歇心、少不惜力，做晚辈的心里有老人，就要懂得老人的不歇之心。”她从不轻忽老人在家庭中的“顾问”地位，大到家庭的建设规划和设想，小到开门过日子的柴米油盐，以及亲友间的礼尚往来、人情应酬，都主动请教并突出老人的意见。比如办三件事，有一件跟老人的意见相符合，她会似有意又似无心地向人说起：“那是爸爸的

意见，老人家想得多周到呀！”老人能胜任的事，都要显示出老人的地位。比如老一辈的亲朋来访，即请公婆做主人接待。亲友家的婚丧嫁娶等家庭外事活动，都尽量以老人的名义，自己出面，只充任老人的特使。等等。老人看到自己在家庭中，还有不被忽视的地位，会感到媳妇贤惠，治家有方，从心情上得到一种充实的满足感。

体察老人孤独的情感。

人老了，精力衰减，步履艰难，社会活动的日趋减少，家庭成为老人主要甚至全部活动天地，子女是老人了解社会主要甚至唯一途径。因此他们需要子女的，不只是适时适口一日三餐。中国古代讲天伦之乐，很重要的是人至晚年能从子孙辈那里得到感情上的安慰。试想一个蜗居斗室，很少有机会同人交谈的老人，缓慢而艰难地度过人生最后的时光，乐趣何来？人多称羡老人“含饴弄孙”之乐，其所以乐，主要是因为孙儿辈，一派天籁，不嫌弃、不厌烦爷爷奶奶们的碎语唠叨。作为儿女，有谁从老人的“弄孙之乐”中，体悟到年迈父母的孤独寂寞？

因此，为子女者应了解老人的心情和期盼。在你们的时间安排中，最好每天能有一点时间，跟老人待上那么一会儿，说说家长里短，说说你的工作和学习，你在外面的见闻，以及老人，所熟识的朋友的近况，等等。或者有所准备地跟老人共度周末。一家老少，欢声笑语，情暖融融，远胜过摆在老人面前的美味佳肴。付出一点点时间，会为老人寂寞的生活平添难得的乐趣，何乐而不为！

懂得营造欢笑的价值。

美国有一位叫珍尼·贾弗雷斯的老人，她原是一名医院的护士，1984年她过103岁生日时，有人请教长寿的秘诀，她说：“一是会吃，二是会笑。”

会吃是学问，会笑是心情。会笑更不易，因为会笑得有让你舒畅的环境。家庭是老人生活的有限天地，有子孙的欢声笑语，才会有老人的笑逐颜开。我的一位老友晚年很有福气，几时见他都是笑眯眯的。他语人曰：“我这个家，最使我满意的是笑，孩子们的笑脸和笑声比一副顺气丸都舒心！”这是实话。到他们家串门闲坐的人，几乎无一不是迎着笑声进门，带着笑意离去。

笑是真情实感的流露。生活中使你陶醉和欢乐的事，不会天天都有，哪时都免不得碰上不遂心的事。聪明的年轻人不会在老人面前诉说生活的艰辛和工作的烦恼，而是在烦恼中寻求和发掘愉快和开心的因素。笔者认识这样一个小伙子，脾气好得令人喜爱，多烦恼的事到他那里也会变得云消雾散，天晴日朗。一次出门，他被大雨浇得狼狈不堪。进入家门，他不是对妻子怨声不止，而是绘声绘色地描述他如何跌进水沟、挣扎而出的狼狈到坚韧不拔的壮举，逗引得爹娘及全家人开怀大笑。这小伙子是懂得生活中烦恼和快乐的辩证法的，他的家庭因此就总洋溢着愉快的氛围。

“老人安，合家欢”，六个字相辅相成，我想年轻人也无妨研究点老人的学问，懂得老人的心理，体察老人的感情，理解老人的需求，努力使得我们每个家庭中的老人都有一个幸福愉快的晚年。

（原载《老人天地》1988 年第 3 期）

人到老年三句话

前些年，看过一位老同志写的一篇文章，有三句话抄在了小本上，偶尔翻看，反复思索，所悟颇深。三句话是：看得惯，想得开，忘得快。通俗，好记，又有琢磨头。

一要“看得惯”。随着岁月的推移，由孩童、少年、小伙儿、壮汉，慢慢步入老年阶段，“渥然丹者为槁木，黟然黑者为星星”，须发斑白、步履蹒跚。人变，世事也在变。老人眼里的世界，一切都不再是老样子，而且越来越不成样子：人不如当年的个子高，树不如当年那么绿，糯米没有原先那么粘，蝉也不如早先叫得响亮好听，你说怪不怪？于是光琢磨、光牢骚，“思其力之所不及，忧其智之所不能”只想“涛声依旧”，但到底不能“重复昨天的故事”不是？所以要看得惯。

看得惯是心明，心明则清。不烦不躁，明大势、辨是非，让饱满的精神不致枯槁，虽垂垂老矣仍能跟上时代变化，活得充实而洒脱。

二要想得开。“好不容易有花生仁了，牙又咬不动了”，这就是老了。老了要想得开，“咬不动花生仁”就吃豆腐，“廉颇老矣，尚能饭否”，打老一辈就这样儿。还有，乍从岗位上退下来，门前没那么热闹了，怨“人走茶凉”。其实，“人走茶凉”是个规律，“人走”了“茶”还热，给谁喝呀？跟“供灶王”那样供着？别生气，生气“茶”也热不了。

想得开是心宽，心宽则乐。人老了，得“知老之将至”。人家说“家有老，是一宝”，“是一宝”是说老人还有价值，也不能让你驰骋疆场了不是？“天道自然，人道自己”，人老了，更要学会以宽阔的胸怀，懂得生活中的阴晴圆缺，以宽容的心态接纳周围的人和事，不寂寞，不孤独，不失落，把自己的身心置身于宽容、美好、轻松的氛围之中。

三要忘得快。人老了，多数的，都有个毛病：该记住的记不住，该忘掉的忘不了，好说“古”，好讲“想当年”。因为“想当年”是人老之后让晚生小子不敢小觑的资本：当年吃过什么苦、创过什么业、历过什么险、周济过什么人，就像关二爷那样，一出场先念叨一番。战温侯、斩华雄什么的。三番五次地说，一遍一遍倒腾，也不烦。你不烦人家早就烦了。人老心眼小，看着不顺心的事儿，准记住不忘。小不顺心，联想成大不顺心，自个儿往心里挽疙瘩。捡那么多不痛快背着，老年这段路走得更费劲。所以要学会忘得快。

忘得快，是心静，心静则顺。人生也如写文章，碰上个把字不会写，不妨先空着。写好一段，画个句号，另起一行，直到把文章写完。老有老的烦恼，碰上了，绕过去，另起一行。古代有位道士，向一位百岁老者探求长寿之道，老者说：“吾有三不知：一曰不知世事，二曰不知生死，三曰不知自身。”“三不知”不易，“忘得快”则能做到：忘记曾有功于世，忘记曾有恩于人。至于鸡毛蒜皮小事以及磕磕绊绊、恩恩怨怨，统统抛诸脑后。该放弃的放弃，该放手的放手，该让位时让位。心静如水，澄澈如月，养心怡情。白石老人寿尽期颐，曾题画曰：“人誉之，一笑；人毁之，一笑。”豁达如此，烦恼何来？

（原载 2006 年 3 月 16 日《河北日报》）

老有三愿

说着说着就老了。有人问，老人怎样过得好、过得适意、过得舒心？吾微忖，语之曰：老有三愿——吃得下饭；睡得着觉；笑得上来。

先说吃得下饭。一要吃得下，二要吃得香。这可不是只靠“牙好，胃口就好，吃嘛嘛香”办得到的，还是多走走，多动动好。“流水不腐，户枢不蠹，”老年之“枢”也要靠多动才能“不蠹”，《吕氏春秋》中说：“出则以车，入则一辇，命之曰招蹶之机。”越想过分舒服，越是招来过多的不舒服。有些人没时间锻炼，却有时间生病。我见过几位百岁老人，大多生活在农村，七老八十了还能劳动，没几个在家里囚着“享清福”的。你看荣国府中那位贾母，人们管她叫老祖宗，也不过七十多点。一天价有丫鬟用“美人拳”给她捶腿，还直嚷这儿疼那儿酸的。跟刘姥姥逛了会子大观园，第二天就病了。呆的。没有哪个老寿星，是四体不勤、衣来伸手、饭来张口的懒汉。有活动就有消耗，有消耗就去补充，活动，消耗，补充，就有活力。吃得下饭，实际上是走得动路。

再说睡得着觉。睡得着觉，要没有负担。不为世事纷繁而费力劳神。老年人的烦恼多因为放不下，喜欢操不该操的心，管不该管的事。杞人无事忧天倾，人老之忧比杞人尤甚，心为形役，身因事损。我有位老友，儿女俱已成立，却仍撂不下心，终日焦思，累年苦虑，舍出面皮奔走，只想“但得好风凭借力，送儿扶摇上青云。”于是心神不宁。还有些老年人，对老似乎有点儿神经质，偶有点小病痛，即想到来日不再方长，不看夕阳无限好，惟虑黄昏日傍山，“老骥伏枥，志在不死。”弄得身心俱衰。殊不知“老”是自然规律，“死”也是自然规律，“今年花似去年好，去年人到今年老”，多长的路也有终点，没到终点就走下去，实在走不动了就停下来，一切全凭上帝安排。

老了还是懂点“放下”的哲学好。该放下的放下，该放松的放松，该放开的放开。淡而视名且淡而视利，自寻其乐并自得其乐。没有负担，知命乐天。以心态的年轻化，促使心理功能的年轻化，达到一种令人心泰神安的境界，自能酣然入梦。

三是笑得上来。吃得下饭，睡得着觉，还要笑的上来。笑得上来，是美好人生的重要标志，俗谚说：“笑一笑，少一少；愁一愁，白了头。”笑口常开，健康常在。《内经》中说：“无恚嗔之心”的圣人，“以恬愉为务，以自得为功”，可活百岁。唐朝诗人白居易，一生经历坎坷，活到75岁高龄，这在旧社会很不易，他在一首诗中写其心态：“蜗牛角上争何事，石光火中寄此生，随富随贫且随喜，不开口笑是痴人。”意味深长。开“宝马”住别墅的人也有烦恼，他们发自内心的笑的时候未必比我们多。笑得真诚，在于心底的坦荡。

笑源之于爱。爱是世界上一切美好的源泉，笑则是这源泉注入清溪后最闪光的涟漪。老了，能笑的上来，可融化一些烦恼，吸收一些不快，包容一些不满，过滤一些不适，转化一些忧愁，淡化一些痛苦。笑，老年幸福的最佳营养素，老年人与世界最短的距离。

笑很平常，笑很可贵，笑很不易。笑是春天里的一朵鲜花，笑是夏天里的一泓清泉。笑是秋天里的一枚干果，笑是冬天里的一缕阳光。人老了，没有了锱铢必较、睚眦必报的狭隘，没有了患得患失、追名逐利的烦躁，自会有发自内心的快意和真诚的微笑，才能使生命的夕阳依然焕发出火热的气息。

养身在动 养心在静

人的健康有两方面，一是身体，二是心理。谈养生，也要两者并重：养身和养心。概言之，养身在动，养心在静。

养身在动。战国时的吕不韦就最早提出过“动”的养生观，他在《吕氏春秋》中说：“流水不腐，户枢不蠹，动也。形气亦然。形不动则精不流，精不流则气郁。”又说：“出则以车，入则以辇，务以自佚，命之曰招蹶之机。”“蹶”是竭尽。四体不勤，养尊处优，就等于招致生命的竭尽。我幼年时见村里人去十里、二十里外赶集，或推车，或挑担，都是步行，没见多少人一天价喊这疼那疼、要不就又是血糖又是血压这高那高的。如今条件好了，上楼有电梯，爬山有索道，洗衣有洗衣机，做饭有微波炉，天热了有空调，蒲扇不用了，恨不得上茅房都打的，早晨遛遛狗、遛遛鸟算是锻炼了。这些优裕条件，看上去很“享福”，但日子长了，就成了“招蹶之机”。想那孔夫子，一介书生，但他体格健壮，文武兼备，且兴趣广泛，喜欢射箭、驾车、弹琴，还经常跟弟子们一起外出郊游、登山，至今泰山上还有“孔子登临处”古迹。《论语·乡党》中记载他快步疾走，如同鸟儿展翅飞翔一样。55岁开始，带领弟子们周游列国，14年走遍了各诸侯国。73岁时无疾而终。从一定意义上讲，“动”是养生的一条重要原则，动则寿。

养身在动，指身，也指脑。勤于用脑是延缓衰老的良方。这样的例子，古今中外比比皆是。歌德80岁完成《浮士德》第二部，爱迪生84岁还有创造发明，托斯卡尼尼85岁仍指挥乐队演奏，马寅初70岁后开始学俄语，九旬余仍有佳篇源源问世，丁聪（90岁）、方成（86岁）至今仍常有充满幽默的漫画发表。国学大师季羡林先生已95岁高龄，多年来每日闻鸡而起，日成千言，于书斋中思接千载，视通万里，笔底下涌出的是他内在的激情、内在的精神、内在的学养。九十华诞时，有位画家给他作肖像画，题曰“九十青春”，当非溢美之辞。于光远在《自勉》一文中，说他80岁生日那天想出一句自勉的话：“好好学习，天天向上”，其年轻心态跃然纸上。夏征农老人74岁主编《辞海》，编到100岁还在编，他在《百岁乐怀》中写道：“人生百岁也寻常，乐事无如晚节香，有限余年仍足惜，完成最后一篇章。”高龄曰“寿”，体健曰“康”，劳作曰“为”，凡高寿者，都因“为”而“健”、因“健”而“康”、因“康”而“寿”。

养心在静。静即善息其怒，能静其心，知安其神，不焦不躁，不争不怨。静是一种心态，“有人从来没老过，有人从来没年轻过”，俱心态使然。有些人表面上不言不语，但心底却被莫名的烦恼纠葛缠绕，对往日的怀念，对生活的遗憾，对世事的不平，对来日的无多，都可成为烦恼的酵母，那真是百忧烦其心，万事劳其形。正如曹丕诗云：“人亦有言，忧令人老，嗟我白发，生一何早。”静心养志，乃是人生的一种坦然，是对生命的一种珍惜，自由地放飞心灵，还原人的本性，热爱人生而享受人生，远离名利的苦恼，避开喧嚣的纠缠，遭受挫折时仍有与花相悦的从容，别人都忙于趋时逐利时自己仍保持着心的宁静。超然物外，胸怀坦荡，无我为大，有本不穷。

人有生理生命，也有精神生命，故而养身为动，养心为静。动与静的对立统一则是养生的辩证法。生理生命和精神生命，若两个生命都充满生机，则可谓不老。

（原载《老年世界》2005年第10期）

养生必先养德

养生必先养德。《左传》中说："有德则乐，乐则能久。"两千多年前的《黄帝内经·上古天真论》里就有"度百岁乃去"的记载。古籍所载之年高德劭者，都反复验证着"大德高寿"的规律。

养德乃"养生之大经也"。老子论养生，提出"道生之，德养之"，逾百岁而去。司马迁在《史记·老子列传》中说他："以其修道而善寿者也。

孔子活了73岁。在2480年前那样困顿的社会环境和经济条件下，能活到这样的年龄当称得上高寿了（史料记载，当时鲁国人平均寿命只有35岁）。对于养生，孔子主张"德润身"。鲁哀公曾问他："知者寿乎？仁者寿乎？"回答："知者乐，仁者寿。"在孔子一生中，许许多多的言行都体现了他这种"养生必先养德"的科学积极的养生观。他宠辱不惊，追求不泯，一生虽屡经挫折，却能淡然处之；他豁达乐观，推已及人，以大德必寿的信念克己修身；他提倡"人不知而不愠"，始终告诫弟子们"己所不欲，勿施于人"。这些良好的心态，正是历史规律所证明了的那些长寿者的共同特征。

《中外卫生要旨》中说："常观天下之人，凡温和者寿，质之慈良者寿，置之宽宏者寿，言之间默者寿。盖四者，仁之端也，故曰仁者寿。"传说周文王活了90岁，周武王活了93岁，尧活了118岁，舜活了110岁，他们都是仁者爱人、以德济世的典范。孔老夫子虽没讲清大德必寿的科学道理，却揭示了大德则寿的人生规律。

无德者长寿难。唐代著名医学家孙思邈说得最为深刻："德行不克，纵服玉液金丹未能延寿。"东晋葛洪则说："若德行不修，但多方术，皆不得长生也。"一个人，若不重视自身的道德修养，带着追逐名利、金钱、美妇的精神枷锁，终日胡思乱想，乃至胡作非为，必定心神不宁，形销骨毁，日疑杯弓蛇影，夜幻鬼影幢幢，心怀鬼胎，寝食难安，惶惶不可终日。如此不良心绪，体内各系统便会出现这样那样的失调，机体抗病能力大为减弱，即令再怎样保健，能有济乎？

养德要在养心。明代学者高濂，把“正心做人”视为“养生第一要义”。明代养生学家石天基讲得更具体，提出“养心”之道即“常存安静心，常存正觉心，常存喜欢心，常存善良心，常存和悦心，常存安乐心。”看来，养生，无非是两个平衡：一个是身体平衡，一个是精神平衡。精神平衡更重要。无论面对得失、毁誉、褒贬、苦乐，或厄运，或逆境，都能做到胸襟开阔、心态平和、乐观坦荡、豁达从容。

养心要制欲。《论语》中说“无欲则刚”，就养生论，也讲“无欲则康”。人，绝对无欲难。但对功名利禄还是要看轻一点、看淡一点好，别因名缠利索而心困力竭。孔夫子提出过“人生三戒”说：“少之时，血气未定，戒之在色；及其壮也，血气方刚，戒之在斗；及至老也，血气既衰，戒之在得。”他老先生身体力行，努力实践自己的思想，平安地度过了一生，73岁时春天的一个夜晚，梦见别人在祭奠他，甚觉不祥，第二天对他的弟子说：“我活不太久了。”还为自己唱了几句挽歌，然后面窗而坐，不语，七天后无疾而终。抑或可谓之大德者高寿、大德者去也安详了。

语云：“有求皆苦，无求亦乐，随遇而安，安而不堕。”信哉！

养德贵在行善。去年，广州电视台和花城出版社拍摄过一部《黄帝内经》，摄制组采访了60位百岁老人，这些长寿老人都有个共同特点：心地善良，热爱生活和热爱劳动。

“善”字是怎么写的？那是美好的开头和欢喜的结尾。我们的人生要想有美好的开头、欢喜的结尾，就要行善积德。有几句古语讲得最好：“处富贵之地，要知贫贱的痛痒；当少壮之时，须念衰老的辛酸；居安乐之场，当体患难人景况；处旁观之地，要知局内人苦心。”“爱人者人恒爱之，敬人者人恒敬之”，永远保持着一颗爱心，在你的人生之路上就能化消极为积极，化对立为和谐，化阻力为助力，你的心灵就会得到净化，得到快乐，此之谓“善在其中，乐在其中”。生活中每一个角落都蕴含着爱的温馨，只要你拥有一颗爱心，生活就将赠送给你一片灿烂的阳光。老子说："所谓善人，人皆敬之，天道佑之，福禄随之，众邪远之。"心灵里播下爱的种子，你必将收获幸福和快乐。

快乐的每一天

不知不觉间，人变老了。“最是秋风管闲事，红它枫叶白人头”，视茫茫，发苍苍，齿牙摇动，头童齿豁。“无情岁月增中减”，“来日”不再“方长”，即使“涛声依旧”，也无法再“重复昨天的故事”。老年人生，更多的困顿于寂寞和孤独。快乐每一天，就成为步入老年之后的一个不能不思考的题目。

快乐每一天，先得学会辩证看人生之苦与乐。人活世上，活一生，不知要经历多少困难、压力、艰险、挫折、磨难和不幸，真正实现人生目标、享受成功快乐者没几个。话说回来，即使少数人能小获成功，老了，人家也不会再像捧凤凰那样捧着你，于是就有了同样多的烦恼和失落。

辩证看苦乐，能解开你心头的困惑。生活中，不如意事常八九，辩证看，不如意中多有如意的成分在。开朗一些，豁达一些，不计较那些曾有过的得得失失，不纠缠那些身边鸡毛蒜皮的小事，就会冲淡无名的烦恼，放逐那些人为的忧虑。人生最大的智慧是创造快乐的智慧。北宋大文学家苏东坡一生命乖运蹇，多次遭贬被谪。但他一直恪守自己的人生信条，保持着内心的尊严，以达观的态度对待人生。一次，一位朋友向他讨教养生之道，他说：“吾闻战国时有一方，吾服之有效，故以奉传。”什么方子呢？“其药四味而已：一曰无事以当贵，二曰早寝以当富，三曰安步以当车，四曰晚食以当肉。”苏东坡称此方乃“善处穷者矣”。身处逆境而不见悲观之态，从中可窥见一种以博大胸襟面对穷达苦乐、世间纷扰的人生智慧。

人生如饮咖啡，细咂之，苦涩中会有甘之如饴的回味。生活有苦有乐，苦乐相伴，乐寓苦中。多一些辨证的苦乐观，就少一些生活中的苦恼。

快乐每一天,关键在于有一个快乐的心态。有一首《宽心谣》很有意思:“早晚操劳勤锻炼,忙也乐观,闲也乐观;少荤多素日三餐,粗也香甜,细也香甜;每月领取退休钱,多也喜欢,少也喜欢;全家老少互慰勉,贫也相安,富也相安;常与知己聊聊天,古也谈谈,今也谈谈;日出东海落西山,愁也一天,乐也一天;遇事不钻牛角尖,身也舒坦,心也舒坦;心安体健养天年,不是神仙,胜似神仙。”既然“愁也一天,乐也一天”,何不乐耶?

境由心造。快乐的心境是自己创造出来的。朗月清风不用一钱买,别人有别人的快乐,你有你的快乐,一万个人有一万个什么是快乐的答案。有些人,你问他生活的满意度,常常是牢骚多于满意。一个杯子装了半杯水,更多的人只看那没水的半个空杯子,可见快乐是一种稀缺或很难得的奢侈。有一首歌唱道:“每天都是好日子。”其实,更要紧的是每天都有个好心情。没有好心情,难有对“好日子”的享受;有了好心情,你每天的日子都会充满阳光,充满生机和活力。

能快乐每一天,也是一种修养。对物欲看轻点,对名利看淡点,对纷争看开点。梁漱溟先生论养生之道,说:“情贵真,气贵和。惟真惟和,乃得其养,苟得其养,无物不长”,他活到96岁的高龄,始终保持一种恬淡无我的心境。生活中,常看到些人,特别是那些曾当过领导的人,退下后没有了原来那种专车接送的风光,出门前呼后拥的威严,宴会上众星捧月的恭维,于是变得无精打采,心事重重,仿佛世界一下子变得黯然无光。负担太重,自然难有快乐的心态。快乐每一天,要有“放下”的勇气、“放下”的智慧。孙犁晚年时在“书箴”中写道:“淡泊晚年,无竞无争,抱残守缺,以安以宁。”“无竞无争、以安以宁”的前提是放下。

认真每一天,快乐每一天,美丽每一天,享受每一天。如此,则“不养生而寿,处浊境亦仙”,不亦乐乎哉!

(原载2006年3月23日《河北日报》)

栽培仙人掌的联想

今春，朋友送了一盆仙人掌。巴掌大的块茎茁壮碧绿、傲然挺立，我喜不自胜，置之案侧，顿感斗室似充溢着一派生气。自此，一日一水，隔日一肥，盼其速长，岂料两月不足，生机顿萎：块茎由碧转青、由青变暗，竟不可救——枯死了。老伴嘲我拙于此道，自己也只好摇头叹息，叫苦不迭。但对仙人掌因何由荣变枯，终不了然。

后来，偶尔从一本书中看到诗人李季讲：一个人生活不可太安逸了，应该像仙人掌一样的生活。曾有朋友告诉他，不要过勤地给这种植物浇水。经常给它制造一种“危机感”，它会有更强韧的生命力。

这真令我茅塞大开！仙人掌的由萎至枯，或许正因为我太爱惜之故吧！名曰爱之，实则误之。由此想到，现如今我们的一些父母对子女教育的一些问题。

随着我国独生子女越来越多，儿童受到父母格外娇宠现象十分普遍。旧小说中所谓“膝下一儿视如掌上明珠”的话，如今我们的一些父母实有过之而无不及。唯子独尊的娇宠，有求必应的满足，食不厌精、衣不厌美的攀比，使孩子对勤劳简朴这样的词汇只能从字典上找到解释，自己则很少有真实的感受。

勤劳俭朴，是我们民族历来崇尚的美德，今天仍应成为我们对子女思想品德教育的不可忽视的内容。这是因为勤劳俭朴的精神和品德，是孩子今后成才立业的需要。几乎所有的父母都盼望自己的孩子成立、成长、成才，但是，一个人的成长和成才，需要付出艰苦卓绝的努力，需要经受各种困难条件的磨练。孩子自幼养成勤劳俭朴的美德，是他们以后耐得人生路上各种艰难困苦、挫折失败的重要准备。事实上，古今中外许多在事业上有大成就的人物，他们的童年几乎都曾经过多种艰苦的磨练。宋朝的范仲淹，幼年读书时经常“饘粥不充”；鲁迅幼年即进出当铺，尝尽世态炎凉；老舍幼年，丧父，家境贫寒；孙中山15岁前穿不上鞋子；发明世界上第一台蒸汽机车的斯蒂芬逊，八岁时当放牛娃；才华卓绝的美国作家杰克·伦敦的童年，在穷苦中度过；驰名世界的丹麦童话作家安徒生幼年时睡在棺材板上；俄国著名科学家罗蒙诺索夫年轻时，步行到莫斯科去求学……正是因为经受过童年的艰苦磨炼，才使他们在以后十分困难的条件下，始终保持着坚定的意志、坚强的信念和坚韧不拔的毅力，终于取得为世人瞩目的成就。而许多自幼即养尊处优的纨绔子弟，往往是最没出息的。《红楼梦》中的贾府，“贾不假，白玉为堂金作马”，富可敌国，怎么样呢？你看那贾府子弟，一个个飞扬跋扈，没一个成器。当然，我们说重视对子女艰苦朴素的教育，并非让孩子穿破衣吃粗饭，重要的是从小养成吃苦耐劳、朴素节俭的精神，而不是一味地娇宠溺爱。溺爱播下的是甜味的种子，收获的是苦涩的果实——这在现实生活中绝不乏其例。

培养孩子艰苦朴素的美德，不只要思想上重视，同时要教之有方。

一要抓早。古人说：“教子婴孩”，这是很值得重视的思想。孩子长大是要走向社会的，将来的路能不能走直走正，起步十分重要。千万不要等到发现孩子已经养成好逸恶劳、骄奢跋扈的习气时才跌足叹息。

二要抓小。对子女的教育，不应只是一味地训斥或空洞地说教。“日常生活比一部最有影响的书所起的教育作用更大”。（《歌德谈话录》第219页）开始出现在孩子身上的毛病，也许看上去是不怎么起眼的，但它却慢慢积累起孩子身上的不良习惯。“小洞不补，大洞受苦”，做父母的应从大处着眼，小处着手，点点滴滴，潜移默化，既不放任自流，又不可包办代替。父母的责任是帮助孩子练就一副飞翔的翅膀，而不是把孩子庇护在自己的羽翼之下。

三要父母做榜样。父母是儿女的镜子，小孩子很容易从父母身上和周围环境中受到影响。具有美好修养的父母，他们的言行就如一条无声的小溪，悄悄润泽着孩子的心田；如果父母教育孩子说得冠冕堂皇，而自己却追求着安逸和享乐，他们的话会变得苍白无力。因此，要求孩子做到的，为父母者一定要首先做到。严于律己，身体力行。栽什么树苗结什么果，从孩子的言行中，会看到父母修养的影子；而孩子未来的成立，则见证着父母心血施与的成果。

（原载《家庭教育》1988 年第 3 期）

孩子哭了的时候

邻居是一对二十几岁的年轻夫妇，他们有一对独生的小宝宝，爱如掌上明珠。然而小宝宝爱哭，经常正玩得欢天喜地，会无缘由地大哭起来，而且无止无休，弄得年轻妈妈手足无措，摇头叹息。

孩子哭了的时候，当父母的怎么办？你也许觉得，不是啥大不了的事，性儿好的哄一哄，脾气躁的呵斥几句，再不行拍打几下子，完！其实事情并不那么简单。吾曾就此事，请教过几位有经验的母亲，他们分析起孩子哭闹的原因，不只有趣，还颇有如何教子的学问。

他们认为，孩子的无端哭闹，常常是孩子某种心理的反映——

一是试探。

用哭来试探父母主意的坚定性，哭声中透出孩子的狡黠。你这次心疼孩子的哭动摇了，下次还是照旧用哭的办法去实现他的要求。对孩子这种试探性的哭，最好的办法是不理睬。苏联小说《卓娅和舒拉的故事》中，舒拉的妈妈就很善于对付小舒拉这种试探性的号啕。小舒拉因为是家中最小的一个，又得祖母的格外娇宠，所以动辄以哭要挟父母。父母呢，则偏不买他以哭相胁的账。一次，舒拉想在吃饭前吃粉羹，而且大哭大闹。父母见状就都走了出去，屋里只留下舒拉一个。开始他仍旧哭闹不止，而且不停地大叫："我要粉羹，我要粉羹！"哭过好长一阵儿，他似乎感觉到屋里很静，睁开眼看了看，不哭了，既然没有人听，还值得费力气假装哭吗？

又一次，小舒拉，两手蒙住眼睛哭，而且哭得很凶，父母呢，照样不理不睬，他一边哭一边指缝偷觑妈妈是否有同情他的意思。当他发现妈妈丝毫不理会她时，只好像什么事也没有发生似的，悄悄地玩自己的玩具去了。

当孩子用哭这种常规方式，考验父母的耐性时，你最好不要用对孩子的轻诺去解决，那是很笨拙和无效的方法。“曾子之妻之市，其子随之而泣。其母曰：‘汝还，顾反为汝杀彘。’”曾子是个很有学问的人，对妻子这种轻诺式的哄骗，颇不以为然，说：“婴儿非与戏也，婴儿非有知也，待父母而学者也，听父母之教。”这说明，不理或不教都是错误的。父母的责任是对孩子及时而有效的引导和教育，点点滴滴，潜移默化，帮助孩子逐步建立和不断强化判断、选择和自制力。

二是畏怯。

孩子偶犯小错，父母即正言厉色的呵斥，孩子战战兢兢，害怕随之而来的皮肉之苦，内心又感到莫大委屈，有口难辩。最简单的办法是以哭发泄。孩子的这种哭多由父母素常简单粗暴的教育方式所致，哭声中表达着孩子的不满。

“棍棒之下出逆子”。责罚方式绝非教子良方，它只能触及孩子们的皮肉，而难感化其灵魂。孩子既不知其错，又不知其所以错，号啕一阵，雨过天晴，依然故我。

智慧的父母应从孩子的哭中察知端倪，得到启示：对待孩子的错误，应动之以情，晓之以理，点点滴滴，循之善诱。析一错，明一理；经一事，长一智。帮助孩子逐渐养成知礼明事、行正品端的优秀品质。

三是懊悔。

孩子犯了错误，受到父母的责备，很内疚，很后悔。后悔又无法挽回，于是哭了。因悔而哭，哭声中夹杂着懊悔，当此时也，为父母者最好不要过早地怜悯自己的孩子，而是要趁热打铁，帮助孩子分析犯错误的原因，弄明白正确与错误的界限，把因为偶尔的错误而冲开的思想上的小洞堵实，在通向优秀的道路上迈出有价值的一步。

父母爱护子女的心血，可能施之于子女成长的各个方面，包括子女生活习惯的养成，爱好的选择，性格的趋向，信念的确立，以及他们的读书、交友、健身、恋爱等等。其中也包括孩子哭了的时候。

不要满足和娇惯孩子的小聪明

几乎所有做父母的都盼望或喜欢夸示自己的孩子聪明。你有个聪明的小宝宝么？你一定会因自己的孩子聪明高兴吧？可是，你可曾想过：古往今来，从未见什么人因聪明而自然成才，“聪明反被聪明误”的情况倒是司空见惯而又令人叹息。因此历史上不乏有见识的人，常不厌子女之愚而忧子女之慧也。

宋朝大诗人陆游就认为：“后生才锐者，最易坏。”在家训中他特别教诫后人：对聪明的孩子，做父母的，“当以为忧，不可以为喜也。”因此要“常加简束”，引以正路，令其“熟读精学”，训以“宽厚恭谨”，逐渐树立起远大的志向、培养起美好的情操。如果不是这样，而是放任自流，孩子早期表现出来的某些小聪明，甚至成为“最易坏”的因素。

不过聪明到底是好事，“最易坏”并非“一定坏”，关键在于做父母的导之有法和教之有方。

一要善于辨识。俗话说：“孩子是自家的好”。什么是真正的聪明，不是所有的父母，都看得出来的。有个相声，讽刺某些父母对孩子的娇宠，不是连孩子“刚会说话就会骂街”，也喜形于色地向人夸示吗？《阿混新传》中那位“阿混奶奶”，对孙子的哄骗和耍赖，不是也一口一个“我娃乖”地百般袒护吗？父母因娇宠而瑕瑜不辨，常会把孩子的小聪明引向歪路。这样的例子在你周围绝不乏见。我们说幼儿的聪明，主要表现在勤奋好学，朴实正直，谦虚之礼，这样一些方面，万不可把花言巧语说谎骗人的狡黠误作聪明看。

二要勤于引导。清初有一位叫魏禧的学者，他的儿子魏世侃幼时就“资性聪明”，但他在家书中却一再警戒儿子：“聪明当用于正”。他说，聪明“用于正”，结交师友都是品学兼备、志同道合的人，聪明就会帮助你干成一番事业；倘把聪明用在无益事上，则会“一事无成，终归废物而已”；而聪明“用于不正”，更可能因聪明而“长傲、饰非、助恶”，甚至杀身而败名。

不因孩子的小聪明而放松积极的引导，这是值得认真思考的意见。你看过电影《少年犯》吗？影片中那些失足少年，犯罪时表现出的机灵和狡黠，不正是因为把聪明“用于不正”而助长其恶行乃至走上邪途的吗？可见，把孩子的聪明引入正途，当是所有家长不可忽视的课题。

三要严于要求，一些望子成龙心切的家长，认为自己的孩子聪明，有点小毛病也不碍，“树大自直”。这种想法未必可靠。孩子资质聪明，固然是今后成长发展的有利条件，但也仅仅是一个条件而已。至于选择什么样的道路，走向怎样的目标，则主要取决于后来所受的教育和环境的影响。故事说：宋朝江西金溪地方有个方仲永，幼时曾显露出超人的聪慧，他的父母则以孩子的聪明自恃，到处炫耀，“不使学”。结果数年后，变得平庸一般，“泯然众人矣！”一株蛮有成才希望的芽儿，因得不到必需的浇灌、培育、管理，枯萎了。这很可悲。清朝学者彭端淑说得好：“自恃其聪与敏而不学者，自败者也”。一个有见识的父母，绝不会因为孩子的聪明，而放弃自己的责任。

严于要求，不能只看重智力的提高，更要紧的应是对孩子品德的培养。大作曲家贝多芬曾告诫父母们：“把德行交给你们的孩子！”满足于孩子的小聪明，而忽视品德的培养，孩子就会有先天不足的弱点，当他长大走向社会后，倘遇良师益友、好的环境，或无大碍；如不幸遭遇坏人引诱或不良环境影响，则很容易走向堕落。这样的例子几乎随处可见。

严于要求并非简单粗暴。子女不是父母的附属品，他们应该有自己独立的意志，为父母者，切忌将自己的思想强加给孩子。《红楼梦》中的贾宝玉，不能不说是聪明的，但贾政对他的教育却只有呵斥和挞笞。以致贾宝玉每见其父，都“避猫鼠儿”一般，除去畏惧之外，再没有任何思想感情的交流。在如此“暴君环境”下成长起来的孩子，无论有着怎样先天聪慧的资质，也

会渐渐变得谨小慎微，思想偏执，感情冷漠；抑或当面唯唯诺诺，背后我行我素。有的则在性格上变得多疑寡信，反复无常。聪明被扼杀于粗暴。可见，严于要求，不是冷酷无情，而是要滋润其心田，陶冶其情操。动之以情，晓之以理，点点滴滴，循循善诱，使聪明的芽儿茁壮健康地成长起来。

你有个聪明的小宝宝吗？愿你小宝宝的聪明能真正成为他成才立业的有利条件。

给孩子一个思考的世界

老伴儿是个教师，在几个中小学执教30多年，年前退休了，没事，但也不寂寞，因为常有她教过的学生来看她，说东说西，无拘无束，讨论和争论。正好这些日子报纸上对加强青少年思想道德教育多有讨论文章，我问她：你教了几十年书，感受最深的是什么？她不假思索曰：给孩子一个思考的世界。

噫！此论妙极。我很有兴趣地跟她“论”下去，于是有了下面几段不大成熟的文字——

给孩子们一个思考的世界——对思考的启发正是对孩子初始智慧的开掘。“师者，所以传道授业解惑也”，这是老师们熟悉、社会认定的说法。老师的责任是对知识的传授，学生的任务是接受老师的教诲；传授是主动的，接受是被动的。被动的、消极的接受用不着思考，三尺讲台、一潭死水，僵化的灌输扼杀着思考的智慧。

一个优秀的教师，不只显示在备课、讲授和对作业的精心批改上，更主要的在于对学生思考能力的培养。现在孩子们所接触的太简单化和直接化，一休呀、蓝精灵呀，一切都明白无误，似乎用不着分析和辨识。殊不知，世界是多彩的立体的，世界上的事物纷纭复杂，是非之分、疑似之辩，什么是对、什么是错，应该怎么办、为什么那样办，需要老师的释疑解惑，更需要孩子们自己动脑筋思考。鼓励孩子们思考，帮助孩子们逐步养成一种善于联想、善于想象的能力，你会发现孩子们的心灵世界是那样的丰富多彩、绚丽斑斓。孩子们经过思考而得到的答案，会有更深刻的理解、牢固的记忆和自觉的实行。给孩子一个思考的世界，需要教学方法的转变，更需要教育理念的更新。

给孩子们一个思考的世界——因为善于思考会找到积极的学习方法，激发起不竭的学习动力。我们的老师都喜欢给学生们讲古今苦学的名言和故事，什么“书山有路勤为径，学海无涯苦作舟”呀，什么“头悬梁锥刺骨”“囊萤映雪”“凿壁借光”“画粥断齑”呀，等等。可是孩子们就是“苦”不上来。为什么？因为学生不知道、也从没想过为什么学，因为无缘由的吃苦毕竟不是一件愉快的事。看来，教导孩子们苦学不如引导孩子们乐学，古人讲“知之者不如好之者，好之者不如乐之者”，鼓励学生划动思考之楫在知识的海洋中畅游，变被动为主动，变苦学为乐学。学习的兴趣或者叫求知欲，是学习动机中最现实最活跃的因素，对于孩子们来说，多数的，还是要引导他们“书山有路趣为径，学海无涯乐作舟”，在学习中思考，在思考中学习，做到“趣中求知，乐中启智”。

教育孩子不是指令，告诉方法不是告诉结论。教给学生“学会”是简单的，教给学生“会学”才是一个优秀教师所应具备的最可宝贵的能力。联合国教科文组织出版的《学会生存》一书中说：“昨天的文盲是目不识丁的人，明天的文盲是不会学习的人”。古人讲“授人以鱼，不如授人以渔”，我们的思路应定在“教是为了不教”“学是为了会学”上。给孩子们一个思考的世界，是走向“会学”的重要途径。

给孩子们一个思考的世界——因为思考习惯的养成，会有助于思想品德的确立。我们的许多老师评定“好学生”的标准就是“听话”，喜欢学生“用耳朵不用脑子”，只要求孩子“不准这样、不准那样”，至于为什么“不准”，孩子们不用去想。在许多儿童剧里，我们听到孩子们的最熟悉的语言，不都千篇一律的是“× 老师，我错了”吗？为什么错？因为违反了老师讲的某一条“不准”。在这样“无思考”的约束下，孩子只有盲目、盲从，机械地模仿，木头人似的麻木，贾迎春一样。失去思考，就失去了活泼向上的一片天籁。等孩子们长大、走向社会之后，他们还只是被动地遵从。被动地、不知所以的“遵从”能够建立起勇于创造的品格吗？

鼓励思考，因为只有在孩子的思考中，对他们身边司空见惯的事物有了一个明晰的认识，才能从思想上筑起一道抵御错误的屏障，才能如引溪水注入江河、汇入大海一样地融于正确。当今，校园的围墙实际上已经坍塌，八面来风拍打着教室的窗户，在一个开放的社会里，不能忽视社会道德环境对孩子们的影响，孩子们面对的许多困惑，教科书里没有现成的答案；在多元文化的冲击下，青少年极易迷失自我。老师长年累月苦口婆心的教导，常常被社会上流行的一些丑闻、几句市井俚谣所抵消。对青少年的思想道德教育，需要有心灵的培养，还要有心灵的沟通。作为老师，不是引导学生回避社会现实，不要企图挡住他们的视野、捂住他们的耳朵、人为地创造一块“纯洁无瑕”的真空环境，无妨与孩子们一道讨论、分析、思考他们感受得到的一些社会现象。思考如犁，有正确的思考，心灵才不会荒芜和板结。老师的责任，是帮助学生学会在思考中拒绝、也在思考中吸收。付出千淘万漉的辛苦，使每一个学生都能身心健康、人格健全、志行高远、品学兼优，筑起安身立命的根基。

给孩子们一个思考的世界，也是对老师的并不大轻松的挑战。孩子们的思考，无疑会常常给老师提出些猝而无备的题目。这不要紧，我们得承认，老师也不会样样通，古人不早说过“弟子不必不如师，师不必贤于弟子”吗？孩子们在思考中成长和成熟，也必然促使老师更新观念、改进方法

学贵有疑。孩子们思考的问题，会给老师提出许多教案中没有准备的课题；孩子们思考中的难点，就成为教师解惑的重点。教师要教给学生正确的思维方式，拓展学生的思维途径，教给学生解惑的钥匙而不是现成的答案；不是囿于教师划出的一块狭小的天地而是为学生开辟更为宽阔的视野。如此，你原来储存的“几桶水”不够用了，成为一种能力危机。鼓励学生思考，这就需要老师不仅是孩子们知识的导师，而且要成为孩子们心灵的伙伴；是慈爱的长者，又是亲密的朋友。在一个优秀教师的眼里，所有孩子原没有高下贤愚之分。从一个资料中看到，有记者采访北京 BISS 国际学校的新加坡总监，记者问：“对你们来说，一个好学生的标准是什么？”对此一个非常普遍而简单的问题，没想到总监竟非常错愕，他沉吟半晌，方徐徐答道：“我们没有好学生和坏学生之分。”是的，作为老师，当有一双善于发现的眼睛，发现知识的美、生活的美、人性的美，发现孩子们蕴含于心灵深处的趋善向上的天性，发现孩子们身上各自不同的美丽的闪光点，不鄙夷、不抛弃，而着力培养孩子们的自尊、自重、自信、自立的信念。

给孩子们一个思考的世界，就为每一个孩子储蓄下一笔终生享用不尽的财富。

（原载《河北教育》2004 年第 12 期）

心莫若和

社会和谐与个人和谐的关系，很重要的，是要有一个和谐的心态。

庄子说："心莫若和"。人处世上，无论社会怎样地发展和进步，对于一个人来说总会经常处于两难之中：从生存说，要面对生死安危；从命运说，会时有顺逆盛衰；从名利说，避不开荣辱得失；从情感说，免不了喜怒哀乐。凡此种种，如何能达到心平气和、心安身健、心宽路阔？心安之诀曰：复杂人生简单看。细则有三：

其一，淡化欲望。人都有欲望。"食、色，性也"，正常；"吃着碗里，瞧着锅里""手扶黄莺，心思野鹜"，则为贪欲、妄念。

贪欲不是生命的需要，正如胖子之奢肥肉。所谓穷奢极欲、欲壑难填，凡贪欲者都难有知止的智慧。终至贪财迷性，好色乱行，彷徨无主，焦灼不安，内心失去了平衡，陷欲海深渊而难以自拔。故老子曰："祸莫大于不知足，咎莫大于欲得。"因此，保持内心和谐，就需淡化欲望，戒绝贪欲。"见可欲，则思知足以自戒。"有道是生命如舟，载不动太多的物欲和浮名。使生命之舟顺利地达于彼岸而不至中途搁浅乃至倾覆者，就一定不要超载，只取需要的东西，舍弃不需要的东西，负担轻了，就少烦恼。"舍得"二字乃人生之大学问，小舍小得，大舍大得。看似简单，深悟者绝少。

其二，豁达一些。豁者，宽敞、透亮；达者，通达、畅快。别钻牛角尖，别认死理，别一条道儿走到黑，别跟自已较劲。人之一生，不如意者常八九。事不如意，未免懊丧，懊丧就心态不平和。理智的办法是淡而化之，发生了，挥之使去，不去想它。其实，生活中许多的不如意，细想想，也不一定是多样大的不如意。调资比别人少了一级，想吃饺子时不也照样吃？又能怎样？从原来的职位上退了下来，第二天太阳还照样升起，又能如何？没吃过鲍鱼，鲫鱼总吃过吧？其实，吃过鲍鱼，多数的，也不过多了点吹牛和穷显摆的由头，不信他能天天拿鲍鱼羹当棒子面粥喝，也不至因此就百邪不犯、杂病不生、才华横溢、海屋添筹。世界上的事，有些要看得重一些，有些要看得轻一些、淡一些，随它去。随它去就没什么大不了。大不如意变成小不如意，小不如意化如清风散去。“望长空，云卷云舒去留无意；看窗外，花开花落宠辱不惊”，笑对生活中的种种不如意、你会永远享受阳光明媚的日子。

其三，宽厚包容。和谐是共享。共享大海才有千帆竞渡，共享长空才有百鸟和鸣。共享的前提是宽厚和包容。“宽能容物”。宽厚是构建内心和谐的黏合剂。气量儒雅，体谅包容，听得进话，容得下人。容人之短，容人之长，容人之异，容人之过。唯宽厚才能包容。“天称其高者，以无不覆；地称其广者，以无不载；江海称其大者，以无不容。”宽厚和包容，一种修养，一种度量，一种胸怀。

内心和谐与爱心相系。爱是和谐的本质，是相互支撑、相互感染的力量。爱的力量的传递和延续，完成着社会的和谐与进步。

灯下小语（四）

关于家的话题

对于亚当和夏娃来说，天堂是他们家，对于亚当和夏娃的后裔来说，家是他们的天堂。

家是一个地方。

孩童时期，父母在哪里，家就在哪里；成年时期，婚姻的配偶在哪里，家就在哪里；人至老年，子女在哪里，家就在哪里。

家，简单说，就是个有亲情和爱的地方。

卢旺达有个 40 多位成员的大家庭，因为战争，一家人妻离子散，伤亡殆尽。战争结束后，这家的一位 37 岁的男主人，四处寻找失散的亲人，最后他找到了失散亲人中唯一的幸存者，他五岁的女儿。这位将近壮年的男人紧紧抱住他的孩子，泪水涟涟，激动不已地说了一句话：我终于又有家了。

家是什么？家是亲人，家是亲情，家是灵魂的依托处，家是精神的栖息地。

家是产生爱和储存爱的地方，一首歌唱遍中华大地：“常回家看看”。那是因为家中有父母的思念；一首民谣善意的提醒在外飘着的男人：“路边的野花不要采，平平安安回家来。”那是因为家里有妻子的翘首企盼。家是有爱的地方，因为有爱才有家的温暖。没有爱，即使住着豪华别墅，也只是一座房子。刘墉有一句话说得最好："爱在哪里，家就在那里。"

有记者问一位很有成就的女企业家，是怎样处理家庭和事业关系的？女企业家不假思索："家庭第一，身体第二，事业第三。"

女企业家是幸福的，幸福是她成功人生的重要标志。

看家，如欣赏达·芬奇的名画《蒙娜丽莎》：有人看着绝美，有人看出凄愁。看家，又如游览杭州普济寺，看那里的疯菩萨：左看在冲你笑，右看在冲你哭，正面看不笑也不哭。家的快乐或烦恼，只在于你站在哪个角度看。一家一台戏，智慧者唱得有声有色；一家一本经，厌倦者念得昏昏欲睡。有人把烦恼当故事说，有人把故事当烦恼说。

子女

伊莎多拉·邓肯在《自传》中写道："我们给子女最好的遗产，就是放手让他们自奔前程，完全靠自己的两条腿走自己的路。"

有见识的父母都不会包办代替应该由孩子自己做的事。不怕孩子做错。孩子成长过程中总免不了犯错误，犯错误是成长的一个条件，所有孩子的成长都是一个错了再试的过程。"永不走路，永不摔跤"，你要孩子成长，又要孩子不犯错，圣人也没办法。

越是没出息的孩子越被娇惯，越被娇惯的孩子越没出息。

智慧的父母都懂得倾听孩子的心声，如果孩子有梅花的品格，就不要希望它夏季开花；如果孩子有白杨的追求，为什么非要他学习弱柳扶风的飘逸？

帮助孩子成长最好的办法是："孩子进一步，大人退两步"，观察、建议而不替代。即使前边的路坎坷不平，难免跌跤，也得让孩子自己走。跌一跤，爬起来，继续走下去。跌过几跤就会慢慢明白，不是每段路都是平坦的。往前走需要小心，更需要勇气。人生百味，酸甜苦辣都是营养。所有孩子，都是在亲身反复体验中成长起来的。

据说巴菲特和盖茨都主张：再富不能富孩子。因为，安富尊荣，孩子只学会享受，而只懂得享受是走向毁灭的最近通道；唯经各种艰苦的磨练，孩子才能学会自立，而自立是走向成功的坚实根基。

教育孩子，第一重要的是品德培养。为父母者都应懂得：对于孩子来说，成长比成绩重要，品行比文凭重要，经历比结果重要，付出比得到重要。世界上各类教育子女之畅销书，教以成功者多，教之成人者鲜也。对于父母来说，教子成长、成立、成人即成功，比望子成龙更实际，更有效，也更有益。

清朝有一位亲王，写过如下的一段话，今天读来仍颇受启示：

“财也大，产也大，后来子孙祸也大，若问此理是若何？子孙钱多胆也大，天样大事都不怕，不丧身家不肯罢。

财也少，产也少，后来子孙祸也少。若问此理是若何？子孙钱少胆也小，些许产业知自保，俭使俭用也过了。”

古来聪明人多了，有学问，有智慧，论事条分缕析，唯在子女事上多颟顸。《续传灯录》记慧通语：“从无入有益，从有入无难。”这位王爷很明白。

黄昏时节

人近黄昏，有人叹息人生的无奈，有人享受着生命黄昏时分所独具的美丽。夕阳衔山，炊烟四起，暮色氤氲，倦鸟知还，疏影横斜，暗香浮动，大自然的黄昏充满了沁人心脾的安谧。生命的黄昏也洋溢着无限的美好。当此时也，生命的长河中固然不复见喷薄日出的绚丽，不再有如日中天的辉煌，但太阳交给黄昏的余热，同样可燃起火红的落霞；暮霭奏给黄昏的乐章，同样能迸发出深沉乃至激越的音符。

年轻恋人旁若无人的依偎，很难吸引路人的目光，一对老夫妇相挽相扶地蹒跚而过，则不免令人生出一种肃然的感动。真正的爱情耐得时光的检验，

经得起生命的吟读。

某翁，耄耋之年，目眊耳聩，诸事皆忘，与之交流大不易。唯早年之恋情细事依然记得。何日提亲，何日下定，以及迎娶、新婚诸端，俱能叠指一一细数，历历如昨日事。大奇。

老年健忘，“忘者”，心之亡也。翁虽暮年，爱心未亡耳。白居易诗云：“老年多健忘，唯不忘相思”；歌德说：“哪里有兴趣，哪里就有记忆”。对极了。

老有所养

儒家论孝，说：“孝者养也”。欧阳修《泷冈阡表》中也说：“祭之丰不如养之薄也”。对父母生前哪怕菲薄的奉养，也远胜过父母逝后丰盛的祭祀。俗谓：“养儿防老，积谷防饥”，可见，孝道的一个很重要方面是老有所养。

母 亲

印光大师说：“人之初生，资于母者独厚，故须有贤母方有贤人。”生活中大量事实一再告诉人们，很大程度上，母亲素养的高低决定着子女未来的成废。

老舍先生说：“一个人没了母亲，好似插瓶里的花，花虽鲜艳，根却没有了。”人生所有的失去都可以补救，唯母亲不可。因为母亲是生命的根。

行 走

人有两条腿，两只脚，腿脚的功能主要是站立和行走。人类的整个发展历史，大概只要活着就要行走。步行、负重、挑担、推车，或十里八里，或长途跋涉，除偶骑驴或驾舟者外，主要靠行走。能直立行走，是上帝对我们人类的特别恩宠；是人类有别于其他动物的主要标志之一。行走，记录着人类的演变，体现着人类的尊严。

可惜，如今，人类在“进步”的名义下，正在不知好歹地把行走看成是一种低下，一种负担。腿脚的功能，似乎只剩下在客厅一类地方踱一踱步了。

忽视、嘲笑、鄙夷行走，十之八九会成为人类的一大灾难。

附篇　文化杂俎

古代婚姻称谓

嫁娶与婚姻

“婚姻”二字，源于我国古代的一种嫁娶风俗。古时，男子娶妻，新婿要在黄昏时到女家迎娶。因为这种“婿昏时而来，女因之而去”的迎娶风俗，故“男曰昏，女曰姻”，合而谓之“婚姻”。《白虎通义·嫁娶》：“婚姻者，何谓也？昏时行礼，故谓之昏也。”《诗·郑风·丰》：“论其男女之身，谓之嫁娶；指其好合之际，谓之婚姻。嫁娶婚姻，其事是一。”男婚为娶，女姻为嫁。古代对男婚女嫁说法亦多。

有室与有家

古时，男人有妻叫作“有室”。“三十曰壮，有室。”（《礼·曲礼》）娶妻称作“受室”，称妻子为“室人”，为“家里的”“屋里的”，《儒林外史》中甚至干脆把媳妇称“房屋”。女子出嫁叫作“有家”。“丈夫生而愿为之有室，女子生而愿为之有家。”（《孟子·滕文公下》）朱熹注：“男以女为室，女以男为家。”可见，女人是以夫家为家的。称丈夫为“夫主”或“当家的”。

结发与结缡

古时婚俗：男女于成婚之夕，男左女右共髻束发（“髻”是总发，挽发结之于顶），因之以“结发”指结婚。此俗在古诗词中所记甚多。如——

“结发同枕席”（古乐府《孔雀东南飞》）

“结发为夫妇，恩爱两不移。”（汉·苏武诗）

“与君初婚时，结发恩义深。”（魏·曹植《种葛篇》）

“与君结发未五载，忽从牛女为参商。”（唐·白居易《太行路》）

因之原配妻子称为“发妻”。

结婚又称“结缡”。“缡”是古代妇女的佩巾，也作“褵”。古时女子出嫁时，母亲要把佩巾亲自为女儿系上。《诗·豳风·东山》有句曰：“亲结其缡。”可见此风俗很古老。“结缡”，意在希望女儿到夫家后要尽力操持家务。后来，就以“结缡”作为成婚的代称。

嫁·字·适

古代，女子嫁于大夫以上曰“嫁”，而嫁于士庶人曰“适”。晋·潘岳《寡妇赋序》：“少丧父母，适人而所天又殒。”又《聊斋志异·巧娘》：“（巧娘）才色无匹，而时命蹇落。适毛家小郎子。”

又古代风俗，女子出生后，只起乳名，到订婚年龄（15岁）时才取表字。《礼·曲礼上》：“女子许嫁，笄而字。”后因称女子许婚为“字”，女子到了成婚年龄而仍未婚则称“未字”或“待字”。如：“徒步于野，必非世家。如其未字，事固谐矣！”（《聊斋志异·婴宁》）

总的规则是：女子嫁士庶人不称“嫁”而称“适”，男子娶帝王女不称“娶”而曰“尚”。“尚”是奉事、匹配。如《史记·绛侯周勃世家》：“公主者，孝文帝女也，勃太子胜之尚之。”《集解》：“尚，奉也。不敢言娶。”看来，娶帝王女儿并不是多大便宜事，先在气势上低下一大截儿。

中国古代婚姻习俗

习俗也是一种文化，了解我国古代婚姻习俗中的许多讲究，会发现种种传统婚姻习俗中的文化印记。

“占凤”与“求凰”

凤凰是我国古代传说中的标志祥瑞的鸟，雄为凤，雌为凰。古代，男子求妻称之为“求凰”，女子择婿谓之“占凤”，这说法源于两个有趣的历史故事。

关于“求凰”。汉司马相如作客临邛，蜀中豪富卓王孙的女儿卓文君新寡，司马相如慕其美，过饮于卓氏，作琴曲《凤求凰》挑之，曲中有句曰：“凤兮凤兮归故乡，遨游四海兮求其凰。”后因以“求凰”指男子求偶。《聊斋志异·婴宁》：“（王子服）聘箫氏，未嫁而夭，故求凰未就也。”“求凰未就”即指娶妻未成。

关于“占凤”。春秋时有位懿氏，想把女儿嫁给陈敬仲，借占卜决吉凶，结果占得“凤凰于飞，其鸣锵锵”吉利课。于是婚事成就（《左传·庄》二十三年）。后来，就以“占凤”指女子求偶。《聊斋志异·胭脂》中说：卞氏有女，才资慧丽，“欲占凤于清门”意谓打算将女儿嫁给清寒门第的男士。

“纳采”与“委禽”

中国古代，婚姻之成立要经过六道手续，谓之“六礼”。据《仪礼·士昏礼》，“六礼”包括：纳采，问名，纳吉，纳征，请期，亲迎。

“纳采”是第一步，即男方请媒人具礼物到女家提亲。所备的礼物，主要是雁。相传雁虽群居，但雄雌都有固定对象，义禽也。以雁作为求婚之礼，象征着爱情的专一。具礼求婚的过程又称作“委禽”，“禽”就是“雁”。“纳采”用的雁和其他求婚礼品统称作“禽仪”，又叫“雁采”。如说“辞不受采”就意味着婚事告吹。

古代称女子许嫁为“字”。《礼·曲礼上》：“女子许嫁，笄而字。”如说“有女未字”或说“待字闺中”，就是指还没有订婚。

“问名”与“中雀”

经“纳采”得女方允婚，男方即具书请人到女方问女方之名。女方复书，告女方之姓名、生辰及生母姓氏。归而占卜婚事是否相合。民间管这一过程谓之“合婚”。《仪礼·士昏礼》讲到“问名”的过程：“宾执雁，请问名。”《艺文类聚·婚礼谒文》讲明“问名”的目的：“问名，请问女名将归卜之也。”很清楚。

“纳采”“问名”这两道程序，本为一个程序执行的事，所以也合称为纳采。

“六礼”之三谓之“纳吉”。“吉”者，吉兆也。“问名”之后，归而卜之，吉，即择期备礼通知女家，婚姻乃定。《仪礼·士昏礼》：“纳吉用雁，如纳采礼。”疏：“未卜时，恐有不吉，婚姻不定。纳吉乃定也。”

“六礼”之四称作“纳征”。“征”者成也，使使者纳币以成婚礼。女家受物复书，婚姻乃成。

男方具礼聘妇，是通常婚姻形式。历史上，也有女方择婿的故事，如“抛彩招亲”之类。晋有郗鉴，就曾派门客到王导家择婿。王家子弟们个个不错，听说是选女婿，都挺规矩知礼的样儿，“唯一人在东床坦腹食，独若不闻。”郗鉴很有眼光，就选中那位“坦腹东床”的年轻人做女婿，那人就是后来号称“书圣”的大书法家王羲之。后世称女婿为“东床”，就这么来的。

旧时，称择婿中选叫“中雀”，这说法也源于一则有趣的故事：北朝窦毅，茂陵人，初仕魏，入周后拜大将军，隋时为定州总管，以谨慎自守见称。窦有女幼慧，为之择婿，乃于屏风上画二孔雀，诸公子有求婚者，辄与两箭射之，称中目者则许之。前后数十辈均未能中。时李渊后至，两箭各中一目，遂嫁焉，是为窦后。元代郑德辉《倩女离魂》杂剧中有句“俺本是乘鸾艳质，他须是中雀丰标”，意思是择中的女婿能才貌俱佳。

“作冰”与“执柯”

晋朝时，一个叫令狐策的梦见自己站在冰上面与冰下面的人说话，未知吉凶，就请索紞给他圆梦，索紞说“冰上为阳，冰下为阴，阴阳事也；士如归期，迨（dài，趁着）冰未泮（pàn，融化），婚姻事也。君在冰上与冰下人语，媒介事也。君当为人做媒，冰泮而婚成。”隔时不久，太守田豹果然请令狐策为儿子做媒，他也果然成就了一桩婚事(《晋书·索紞传》)。于是，后来就把媒人称作“冰人”，把为人做媒称之为“作冰”。

民间，又称媒人为“月老”。“月老”是掌管人间男女婚姻的神。唐人小说所记：一个叫韦固的人，夜经宋城，遇一老人依囊而坐，向月检书。固问所检何书？答曰：“天下之婚姻。”又问囊中赤绳何用？答曰：“以系夫妻之足。虽仇家异域，此绳一系，终不可避。”后因称主管男女婚姻之神为“月下老人”。

五代后周王仁裕《开元天宝逸事》，记有一则《牵红线娶妇》故事：郭元振少时，美风姿，有才艺。宰相张嘉贞欲招之为婿。张嘉贞有5个女儿，娶哪一个呢？张说：“吾欲令5女各持一红线，立于帐后，令元振帐前随意牵之。”元振欣然从命，遂牵一丝线，得第三女，大有姿色。

综合以上两个故事，后来就把男女婚姻说成是“红线缠腰，赤绳系足”以及“千里姻缘一线牵”等等。

古代还称做媒为“作伐”或“执柯”。这源于《诗经》中“伐柯如何？匪斧不克；娶妻如何？匪媒不得。”如说“请人作伐”，就是请人做媒；“为其执柯”，就是为人家的婚事做媒。

“御轮”与“合卺”

“六礼”之五曰“请期”。“请期”即男方择定成婚日期，备礼告知女家，请求同意。

“六礼”之六曰“亲迎”。亲迎即新郎亲至女家迎娶。至女家先行“奠雁”礼。《仪礼·士昏礼》：“主人升，西面；宾升，北面。奠雁，再拜稽首。”陈澔集说：“奠雁，取其不再偶也。”清·胡培军《仪礼正义》中说：“用雁者，取其随时南北不失其节，明不夺女子之时也；又取飞成行、止成列，明嫁娶之礼，长幼有序，不相逾越也。”

“奠雁”毕，新婿出来亲为新妇驾车，执着车萦绕三个圈子，然后先回家去，在门外等候新妇到来。这叫“御轮”。后来这种仪式没有了，但仍把迎娶新娘回归称为“御轮而归”。

旧时，男女成婚又谓之“合卺”。“卺”（jǐn）是一个瓠（hù）子破成两半的瓢。举行婚礼时，新婚夫妇各持一瓢饮酒，有如后来的饮交杯酒。《仪礼·士昏礼》：“共牢而食，合卺而酳。”（牢，牲也；酳 yìn，食毕用酒漱口）。

古代婚俗中，还有“合欢梁”之说。据《说郛·戊辰杂抄》所记：“女初至门，婿去丈许逆之。相者（执礼的人）授以红绿相连之锦，各持一头，然后入。俗谓之同心锦，又谓之合欢梁。言夫妇自此相通如有桥梁也。”

“续弦”与“再醮”

古代以琴瑟喻夫妇，故称妻死为“断弦”，再娶为“续弦”。如明·沈鲸《双珠记》：“我新丧偶，尚未续弦，令正既是嫁人，何不与我成婚？”又故事传说，汉武帝曾用西海进献的鸾胶，把断了的弓弦重加黏合，后来也称再娶为“胶续”。

古代又称夫妇为伉俪。伉是匹敌，俪是成双。故把男子丧妻谓之“失俪”。

女子改嫁谓之“再醮”。醮（jiào）是古代举行婚礼时一种祭神的礼，引申为结婚。古代称女子出嫁叫“适”，晋·潘岳《寡妇赋》：“少丧父母，适人而夫又殒。”适人，嫁人也。所以夫死再嫁又叫“再适”。

“奉衣裳”“执箕帚”及其他

古代关于男女婚姻的一些说法，反映出男女家庭和社会地位的不平等。比如，女子嫁为人妻，叫做“奉衣裳”“侍巾栉”“执箕帚”“主中馈”等等。所谓“奉衣裳”，就是照料男人穿衣；“侍巾栉”就是服侍男人梳洗。巾用以拭手，栉用以梳发；“执箕帚”指做洒扫一类的事情。《史记·高祖本纪》中记述吕公想把女儿吕雉嫁与刘邦，就对他说：“臣（古人相与语，多自称臣，自卑下之道）有息女，愿为季箕帚妾。”为“箕帚妾”即“执箕帚”意也；“主中馈”即做饮食之事。旧时，常以“中馈”代指妻子，比如说“中馈犹虚”就是指还未娶妻。如《官场现形记》三十八回：“他是上年八月断弦，目下尚虚中馈。”就是说他死了媳妇，还没有再娶。

封建时代的女子没有离婚的自由，而男人休弃妻子则有所谓“七出”的说法。《大戴礼·本命》“妇有七出：无子，淫佚，不顺父母，口舌，盗窃，妒忌，恶嫉。”有七条之一即可休弃。古乐府《孔雀东南飞》中的刘兰芝，为婆母强逼儿子将其休弃，理由是“此妇无礼节，举动自专由”，即“七出”中“不顺父母”条，那自然是休之有据的了。

（原载《妇女生活》1984 年第 9 期）

雁茶鞋与古代婚俗

我国古代婚姻文化中常赋予某种物事以特定的含义，从而寄托以美好的心愿。比如雁、茶、鞋与古代的婚俗。

婚俗与雁

古代婚姻礼仪，从提亲到迎娶，包括纳采、问名、纳吉、纳征、请期、亲迎等6个程序，谓之“六礼”。“纳采”是男方请媒人向女方提亲。“采”是彩色的布帛之属。“问名”即男方具书，派人到女方问女之名及生辰，以卜婚事是否相合；问名后，男方卜得吉兆，再行备礼正式向女方求婚，称作“纳吉”。“未卜时恐有不吉，婚姻不定，纳吉乃定也。”（《仪礼·士婚礼》疏）“纳征”即行聘，给女家送去聘礼——“征，成也。使使者纳币以成婚礼。”“请期”是男方择定成婚日期，备礼告之女家，求其同意。“亲迎”即新婿亲至女家迎娶。

有意思的是，如此繁琐的“六礼”之仪，其重要程序，都必须具备一种不可或缺的礼物，就是雁。《仪礼·士昏礼》规定：“婚礼，下达，纳采用雁。”纳采又称“委禽”，“禽”就是礼物中的雁。“宾执雁，请问名。”继之，“纳吉用雁，如纳采礼”；“请期，用雁。”至新婿迎娶新娘过门，至女家，同样是“进雁为礼”，谓之“奠雁”。《仪礼·士婚礼》规定：“婿执雁入，揖让升堂，再拜奠雁。”

为什么古代诸多婚姻礼仪中都要用雁呢？《礼仪·士婚礼》解释“用雁为贽者，取其顺阴阳往来。”清·胡培军《仪礼·正义》云：“用雁者，取其随时南北不失其节，明不夺女子之时也；又取飞成行、止成列，明嫁娶之礼，长幼有序，不相逾越也。”又，古人认为，雁有固定配偶，“义禽也。”陈澔集解释说：“奠雁，取其不再偶也。”古代婚俗中雁的重要位置，主要寄托着爱情专一、白头偕老的美好愿望。

婚俗与茶

古代婚俗，茶也是聘礼中不可或缺的礼品。男方给女方送去聘礼，俗谓“下茶”，聘礼又称“茶礼”或“茶定”，女方受聘叫作“受茶”。如明代汤显祖之《牡丹亭》杂剧中说：“我女已亡故三年，不说纳采下茶，便是指腹裁襟，一些没有。”小说《镜花缘》中也有关于这种风俗的叙述：“你既如此羡慕，将来燕府少不得送茶与你，何必着急？”（《镜花缘》第十九回）

聘礼何以用茶？陈耀文《天中记》解释：“凡种茶，必下籽，移植则不复生，故俗聘妇必以茶为礼，固有所取也。”明代许次纾《茶疏·考本》也说：“茶不移本，植必子生。古人结婚，必以茶为礼，取其不移置子之意也。今人犹名其礼曰下茶。”女子再嫁，俗谓“吃两家茶。”如《今古奇观》第二十卷：“哪见好人家妇女吃两家茶？”

直至今天，一些地方仍保持着婚礼饮茶之俗。淀心湖畔有个商塌乡，就仍有婚礼上喝“喜茶”的风俗。新娘为前来祝贺的客人端上由娘家带来的茶点，由婆婆领着，一一为每位宾客敬茶。

婚俗与鞋

鞋子与我们中华民族婚姻习俗的联系很古老。早在2000多年前的《诗经》中就唱道：“葛履五两，冠缨双止。”（《诗经·齐风·南山》）葛履是夏天穿的草鞋，诗中用葛履之成双比喻男女婚姻的美满。男女结成伉俪，正如履之成双。

鞋与谐同音，寓有和谐相配之意，因此常被用以象征爱情和婚姻，而脱鞋则表示男女的恩断义绝。唐人小说《霍小玉传》，写一纯真的少女霍小玉遭纨绔子弟李益所骗，当恩爱断绝时，霍小玉悲愤地喊出：“鞋者，谐也，夫妇再合；脱者，解也，既合而解，亦当永诀。”古诗《孔雀东南飞》中的刘兰芝，被婆婆逼迫与丈夫焦仲卿绝诀时，无奈地表示：“我命绝今日，魂去尸长留！”于是，“揽裙脱丝履，举身赴清池。”如不理解在古代婚俗中鞋子与爱情的关系，或许觉得刘兰芝投池自尽时还脱掉丝履，岂非多余？其实，脱履投池，正表示了她与焦仲卿美满婚姻的断绝。

正因为鞋子被用来象征男女爱情婚姻的和谐美好，在古代婚姻习俗中，男女成婚时，双方都要准备漂亮的鞋子送给对方及对方的亲人。清人《不下带编》记述这一风俗说：“今人家嘉礼答采，必设绛丝鞋。新妇过门，进舅姑及诸姑伯姊，必具乾鞋、坤鞋诸仪，亦取夫妻谐好、谐老之义。”

鞋者“谐”也。谐是“和合”，“八音克谐，无相夺伦”；又“协”也，协是“同心”，《说文》：“同心之和，从力从心。”（协之繁体作協）；又“偕”也，偕是“共同”，“执子之手，与子偕老”；又“颉”也，诗曰：“燕之于飞，颉之颃之。”（《诗·邶风·燕燕》）《传》：“飞而上曰颃，飞而下曰颉。”汉张衡之《归田赋》曰：“高颈颉颃，关关嘤嘤。”夫妻恩爱，音容并呈，真切如画。

（原载《婚姻与家庭》1986 年第 7 期）

古代生儿风俗故事

古时生儿，有许多有趣的风俗，下辑数事：

弄璋与弄瓦

古代称生男孩谓之“弄璋”，生女孩称作“弄瓦”。语出自《诗经·小雅·斯干》：“乃生男子，载寝之床，载衣之裳，载弄之璋”；“乃生女子，载寝之地，载衣之裼，载弄之瓦。”生了男孩就“载弄之璋”（载，助词；弄，放在手边玩耍）。“璋”即圭璋，宝玉。祝孩子长大后为王侯，执圭璧；生了女孩呢，就差了：“载弄之瓦”。“瓦”是古代的纺锤，陶制，故曰“瓦”。女孩长大后干什么呢，会纺线织布就很好了。

后来人们用“弄璋之喜”“弄瓦之喜”作为生男或生女的祝贺语，即出于此。

据说唐朝李林甫的舅子姜度妻生一子，李林甫即手书“闻有弄獐之庆”相贺，“客视之掩口”。“璋”为美玉，“獐”乃野兽，所谓“獐头鼠目”者也。可见，想引经据典，还是先弄清楚典故之本为好。

悬弧

古代风俗，家生男孩就于门左边挂上一张弧（见《礼·内则》）。“弧”就是弓。后因称生男孩为“悬弧”。古时，射猎是男人的重要活动，故以“悬弧”作为喜庆生儿的标志，也寄寓着孩子长大能骑马射猎，健康勇武的美好心愿。后来人们用“悬弧令旦”“悬弧之庆”指男子的生日。《儒林外史》第十回写鲁编修欲把女儿嫁给蘧公孙，遂问“悬弧之庆，在于何日？”就是询问生辰的具体时日。

洗三

旧时，婴儿生后，要先给亲戚家送去“喜果”（如橘、橙、花生、大枣之类）和染成红颜色的鸡蛋，以告之第三日“洗三”。洗三即孩子生后第三日，大人为之洗身。“洗三”之日，亲朋中的女眷都来相贺。

“洗三”风俗由来已久。一直到近代民间仍保持着。老舍先生的自传体小说《正红旗下》中述之甚详。先生生后的“洗三”之礼是由一位熟悉这一套过程的白姥姥主持的。“白姥姥在炕上盘腿坐好，宽沿的大铜盆里倒上了槐枝、艾叶熬的苦水，冒着热气。”参加洗三典礼的老太太和媳妇们都先“添盆”。所谓添盆，就把一些铜钱放入盆中。一边往盆里放钱一边说着吉祥话儿。也扔进几颗花生、枣子和煮熟的红皮鸡蛋。据《东京梦华录》所记：“盆中有枣子直立者，妇人取食之，以为生儿之征。”

“洗三”时，要边洗边念祝词：“先洗头，做王侯；后洗腰，一辈倒比一辈高。洗洗蛋，做知县；洗洗沟，做知州。”洗毕，又用姜片、艾团灸婴儿的脑门和身上的各重要关节。拿一小片青布沾上些清茶，擦拭婴儿的牙床。在洗、灸、擦的过程中，婴儿如能哭几声更好，那叫“响盆”，是大吉之兆。最后，用一棵大葱，打婴儿三下，且口中念念有词：“一打聪明，二打伶俐。”打完，由孩子的父亲把葱扔到房顶上去。

洗三，表示着父母对子女健康成长的美好祝愿。

晬盘

婴儿满百日或满周岁谓“晬”（zuì）。生儿百日谓“百日晬”，至来岁生日，谓之“周晬”。旧俗生儿周岁之日，以盘盛纸、笔、玩具、针线、弓箭、金钱等物，听其抓取，以占其将来之志趣，谓之试儿，也叫“试晬”“抓周”。唐·颜真卿《茅山玄靖先生广陵李君碑铭》：“先生孩提时则有殊异，晬日独索孝经如捧读焉。”那《红楼梦》中的贾宝玉就差劲了，满周岁时，他父亲贾政要“试他将来志向，便将世上所有的东西，摆了无数叫他抓，谁知他一概不取，伸手只要那些脂粉钗环抓来玩弄。”那贾政因此很不高兴，认为此儿将来必是酒色之徒。老舍的长篇小说《牛天赐传》中，也有一章写牛天赐“抓周”情景：牛太太希望儿子长大能“高官得作，骏马得骑”，就把一方很有点像衙门里的官印似的铜印章摆在最显眼的地方，还特别在印纽上拴了一束花线，以便引起孩子的注意；其次是一支笔、一本小书，还有一枚大铜钱。几样东西抓哪样都够牛太太高兴一阵子的。可那小牛天赐对所有的东西都不感兴趣，倒是一旁的男仆曰虎子者从衣袋里掏出个“哗啷棒”，冲他哗啷了几下，竟乐得他眉开眼笑，一把抓过摇起来。这比贾宝玉抓周还叫人泄气。

（原载《妇女生活》1985 年第 11 期）

年年有个三月三

三月三，是我国民间的一个传统节日，民歌唱道：“年年有个三月三，男女欢聚河水边。”这天，有着许多有趣的节日风俗。

三月三，古时叫上巳节。古代以天干计日，称农历三月上旬的巳日为上巳。这天，人们聚集水边洗濯，洗去宿垢，除灾祈福，谓之祓禊。祓是古代除灾祈福的一种仪式。禊是古代春秋两季在水边举行的一种祭礼，所以三月三又称“春禊”。《后汉书·礼仪志上》记载：“是月（三月）上巳，官民皆洁于东流水上，曰洗濯祓除，去宿垢疢，为大洁。”久病曰疢（chèn）。因为是上巳这天洗濯祓除，所以又称“上除”。《初学记》中说：“青阳季月，上除之良，无大无小，祓于水阳。”也是对这一古老节日风俗的记载。自魏晋以后，习用三月三，不再固定为上巳。以后历代相沿，成为我国古老的传统节日之一。

三月三又是个很欢快的节日。杜甫《丽人行》诗道：“三月三日天气新，长安水边多丽人。”人们纷纷聚会于环曲的水渠旁，在上流放置酒杯，任其随波而下，止于某处，挨边的人则取而饮之，谓之“流觞曲水之饮。”这一有趣的节日风俗详记于南朝·梁·宋懔所撰《荆楚岁时记》：“三月三日上巳之辰，曲水流觞故事，起于晋时，唐朝赐宴曲江，倾都禊饮踏青，亦是此意。”晋·王羲之《兰亭集序》对此节日风俗亦有很生动的记述：“此地有崇山峻岭，茂林修竹，又有清流激湍，映带左右，引以为流觞曲水，列坐其次。虽无丝竹管弦之盛，一觞一咏，亦足以畅叙幽情。”

三月三又是春游踏青的节日。《聊斋志异·恒娘》中说：“后日为上巳节，欲招子踏青园……”

唐德宗贞元五年，根据李沈的建议，以每年的二月初一（中和节）、三月初三（上巳节）、九月初九（重阳节）合而为“三合节”，官员休假一日，民间以青囊盛百谷果实互相赠送（见《旧唐书·德宗纪》）。

我国有些少数民族也过三月三节。海南黎族同胞把每年的三月三、拜年节和拜月节视为爱情之节，青年男女以情歌表达爱之所钟、意之所属。侗族同胞则以三月三为“播种节”。是日，当晨雾未散尽，打扮得花枝招展的侗家姑娘，齐聚溪旁，把刚拔下的青葱、蒜苗洗净，码放在篮子里，去参加“讨篮子”活动。那青、白的葱、蒜象征着纯真的爱情，哪位小伙子如看中了哪位姑娘，就径直向姑娘讨篮子，假如姑娘高高兴兴地把篮子交给小伙子，就等于答应了他的求爱。于是，一种甜蜜的爱情生活由此开始。

我国的东邻日本有专为男女青少年规定的节日。三月三是女孩节。此时，正值桃花盛开，故又叫桃花节。这天是女孩子们最高兴的日子，家家户户都摆起偶人架，上面摆设起各式各样的古老玩偶，以及菊花或樱花的盆景。女孩们穿起漂亮的和服，并邀来自己最亲密的伙伴，尽情地吃喝玩耍，愉快地度过姑娘们自己的节日。

（原载《妇女生活》1986 年第 5 期）

父母的节日和孩子的节日

世界各地的民族都有自己的传统民族节日。在各式各样的节日中，有些国家和民族还有专为父母和孩子祝贺的节日。

在美国，每年六月的第三个星期天是父亲节，五月的第二个星期天为母亲节。

父亲节始于1916年，是由一个叫约翰·布鲁斯·多德的女子倡导发起的。她于1909年说服了华盛顿的斯堪德彼牧师会，同意举行特殊的礼拜以向父亲致敬。1916年，这一活动得到了官方的赞同，1924年又推广到全国，并申明这一节日的宗旨是为了“在父子之间建立起更密切的关系，并且使父亲们记住自己的应尽之责。”父亲节还有节花，是红玫瑰和白玫瑰。这一天，人们要按节日规定到教堂做礼拜或在家礼敬他们的父亲。

母亲节的发起人是安娜·M·贾维斯。1905年，贾维斯的母亲去世，她于这一年的9月5日（当时为星期日）举行了一个特别的纪念仪式以纪念她的母亲，并给当时数以千计的有影响的人写信，宣传这一活动，产生了较大影响。1913年，美国国会同意将每年五月的第二个星期日作为纪念母亲们的节日。

日本则专有为孩子们规定的节日，孩子节分为男孩和女孩节，都快乐有趣。

每年阴历的五月五日是我国传统的端午节，而在日本则把这天作为男孩节。这一天，家家户户都陈列起样式英武的木偶，室外张挂起鲤鱼旗和七色彩旗。日本人民也有“鲤鱼跃龙门”的传说。张挂鲤鱼旗是祝福男孩长大后像鲤鱼跃龙门那样奋发有为，前程远大。

日本的女孩节是每年阴历的三月三日。这天，在我国是古老的上巳节。而在日本，此时正值桃花烂漫季节，故称为桃花节。节日期间，家中摆设木偶架，架上摆起各式各样玩偶以及桃花和樱花盆景。做父母的还要送自己的女儿们一人一套偶人作礼物。偶人有木质、瓷质、银质、象牙质等。因此，女孩节又称作“木偶节”。节日期间，女孩们都穿起漂亮的和服，并邀请自己最亲密的伙伴，尽情地吃喝玩耍，愉快地度过节日。

我国一些少数民族也有孩子们的节日。如每年阴历的二月初十就是傣族儿童的节日。节日清晨，红日方升，孩子们个个打扮得花枝招展，挎上一个小巧玲珑的布兜，里面装上几枝染成红、黄等不同颜色的熟鸡蛋，带上饭菜，欢天喜地相邀到村旁的树荫下或溪水旁玩耍游戏。玩得尽兴，就团团围坐在绿草坪上，铺上翠绿的芭蕉叶，彩蛋置其上，兴高采烈地共进节日美餐。直至尽兴而归。

（原载《妇女生活》1987 年第 4 期）

“乞巧”风俗谈

夏历七月七日晚，俗谓七夕。相传这天，牛郎织女渡天河相会。这是一个由星名演化而来的神话爱情故事。

织女星为天帝孙女，故也称“天孙”，长年在天上织造云锦。自嫁与河西牛郎星后，织乃中断。天帝怒，责令她与牛郎分开，只准每年七月七日夜相会一次。故事初见于《古诗十九首》，《荆楚岁时记》有所发展；《风俗通・佚文》又记：“织女七夕当渡河，使鹊为桥。”（韩鄂《岁华纪丽》卷三引）傅玄《拟天问》云：“七月七日，牛郎织女会天河。”杜甫《牵牛织女》诗：“牵牛出河西，织女处其东，万古永相望，七夕谁见同？”

民间风俗，妇女于七夕之日，用诸般方式向织女星乞求智巧，谓之“乞巧”。

搭“乞巧楼”。七月七日搭起乞巧的棚架，谓“乞巧楼”。相传在上面能听见牛女相见时的哝哝细语。钱惟演《戊申年七夕》诗记此俗云：“欲闻天语犹嫌远，更结三层乞巧楼。”

扎“吉庆花”。以绢做花，于七夕撒室中，以贺牛郎织女一年一度的会晤。唐・张泌《妆楼记・吉庆花》：“薛瑶英于七月七日，令诸婢共剪轻彩，作连理花千余朵，以阳起石染之。当午，散于庭中，随风而上，遍室中，如五色云霞，久之方没，谓之‘渡河吉庆花’，据以乞巧。”

穿“七孔针”。因织女为天庭织锦，巧夺天工，故妇女于是日乞巧时，陈瓜果于庭院中，并以彩线穿七孔针。如能轻巧地把彩线穿入针孔，或有蜘蛛爬到瓜果上面，便谓得巧。这种风俗汉代就有了，《西京杂记》卷一载：“汉彩女常于七月七日穿七孔针于开襟楼。”

“丢巧针”。也是古代七夕节日风俗之一。明·刘侗《帝京景物略》卷二记载：“七月七日之午，丢巧针。妇女曝盎水日中，顷之，水膜生面，绣针投之则浮。看水底针影，有成云物、花头、鸟兽影者，有成鞋及剪刀、水茄影者，则谓得巧。”

吃巧。宋代，妇女们七夕这天喜欢拿各样食品摆门外吃，“虽小家亦市鹅鸭食物，聚饮门首，谓之吃巧。”（见刘季裕《鸡肋编》）

“种五生”和“蛛丝测巧”。七夕前数日，妇女们即将绿豆、小豆、小麦等5样种子浸于一器皿中，生芽后，则拿各样彩线束起，在七夕时供奉牵牛星，称作“种生”或“种五生”。又在七夕时捉一蜘蛛置一器皿里，到第二天打开，以蛛丝的稀密判断得巧的多少。元·白朴《梧桐雨》杂记中有一曲记述了这一风俗：“龙麝焚金顶，花萼插银瓶，小小金盆种五生，供养着鹊桥会、丹青帧，把一个米来大的蜘蛛儿抱定。”

七夕节的诸般乞巧之俗，记录了古代妇女们善良的心灵和美好的心愿。“银河纵断隔，自有鹊桥通”，她们由衷地祈盼能得到爱情、家庭的美满和幸福。

（原载《妇女生活》1985年第8期、《知识窗》1985年第8期）

中国姓名文化的避讳

名字旧称名讳。《辞海》中说：“活时曰名，死后曰讳，分用义别，合用同名字”。中国人讲文化，对名字的称、写、用，自然都文化，其中很要紧的是姓名文化中的避讳。

封建时代，历朝皇帝及孔子之名，臣民共避之，不能随便喊，随便写，随便用，那叫“国讳”。实在避不开了，或写缺笔，或用代字。孔子名丘，缺笔少写右边一竖，读为“某”。读史书，常怪某些名字变来变去，也没什么道理，其实好多情况下是避帝王名讳之故。秦始皇名政，“政”“正”同音，于是，“正月”就读作“征月”，写作“端月”。吕后名雉，雉被改名野鸡。汉文帝名恒，恒山改为“常山”，姮娥改为“嫦娥”。汉宣帝名询，因改荀卿为“孙卿”。晋文帝名司马昭，王昭君就改成“明君”或“明妃”。晋简文帝郑后小字阿春，《春秋》一书改为《阳秋》，晋人孙盛所撰史书名之曰《晋阳秋》。唐时，因避太宗李世民之讳，行文时“民”字都用“人”字，观世音略称“观音”，民部改称“户部”。唐代宗名豫，人们常吃的薯芋被改名“薯药”；到了宋朝英宗时，因他叫赵曙，薯药又改为“山药”。“侍中”这一官职，秦即设立，隋时，因隋文帝爸爸叫杨忠，遂将侍中改为“侍内”，又叫“纳言”；“中书”改为“内史”，中庐改为“次庐”。甚至二十四史之一的《隋书》中竟无“忠臣”一词，凡忠臣都叫“诚臣”，尽忠叫“尽诚”。清圣祖名玄烨，因以“元”代“玄”。李汝珍写的小说《镜花缘》中，就把玄女、玄机、玄道、玄妙、郑玄统统写作元女、元机、元道、元妙、郑元等等；《四库全书》中唐玄宗也被改为唐元宗，虽然唐代时他的名字也曾为国人所讳。

倘偶有个别帝王不大在乎名讳，会被看作莫大的恩泽。如清世祖名福临，为缓和民族矛盾，他曾下诏布恩，特许臣民不避讳“福”字，说：“不可为朕一人致天下之人无福也”，因之受到臣民的称颂。

除圣人、帝后之名必讳外，下对上、卑对尊、晚辈对长辈之讳也要严守。父母及祖先的讳称作“家讳”。古代礼节有“入门问讳”之说。所谓“问讳”，即到别人家中拜访，先要了解他先祖名讳，以便谈话时注意避讳。《礼·曲礼》上：“入门而问讳”。注曰：“为敬主人也”。《淮南子·齐俗》也有“入其家者避其讳”的说法，可见是被人们很看重的礼节。妇女的名字谓之“内讳”，外人不宜打听。《晋书·王湛传》附“王述”：“述代殷浩为扬州刺史，……主簿请讳，报曰：‘先君名播海内，远近所知；内讳不出门，馀无所避’。”《红楼梦》中叙述林黛玉平时读书凡“敏”字皆念作“密”字，写字遇着“敏”字亦减一二笔。连教她读书的贾雨村也“心中每每疑惑”，后来还是冷子兴告诉他黛玉母名“敏”，所避者母讳也。

旧时，倘为先祖撰写行状碑志等文，先祖的名号要先空着，成文后请人代为填写，叫作“填讳”，唐时称作“题讳”。如唐张式于贞元十五年撰徐浩碑文，浩次子岘书，碑未记：“表侄前河南府参军张平叔题讳。”

避父母及先祖名讳的事，从古代诗文中可看得出来。比如史学家司马迁之父名谈，他所撰《史记》避讳“谈”字。《季布列传》中赵谈书作“赵同”。后世援此例凡遇到与父同名者则改作“同”。范晔父名“泰”，他所撰《后汉书》中也避“泰”字，书中郭泰、郑泰之名皆改作“太”。杜甫母氏名海棠，杜集中无海棠诗，不书母讳也。白居易父名锽，因“锽”“宏”音近，故不应“博学宏词”科，而改应“书判拔萃”科。苏轼的祖父名序，他给人写序文，都将“序”字改为“叙”。唐代诗人李贺，父名晋肃，“晋”与“进”音同，他应进士试，就遭到“与贺争名者毁之”。颇有影响的大文学家韩愈专门写过一篇《讳辩》，为之辩曰：“父名晋肃，子不得举进士；若父名仁，子不得为人乎？”语虽辛辣，却也没管多大用，结果李贺终身不仕。

本来，《礼·曲礼》规定：“礼不讳嫌名”。是指读音相近的字不用避讳。又说“诗书不讳，临文不讳，庙中不讳”，《红楼梦》第八十二回贾代儒让宝玉讲书，文中遇到该避讳的说法，贾代儒就以“临文不讳”叫他不要顾虑。不过，在实际生活中真做到“不讳嫌名”“临文不讳”的很少。五代时有个冯道，他在后唐、后晋、后汉、后周几个朝代都做高官，是个很没气节的人，但对名讳却极看重。一次，他的门客为他讲《道德经》，首章一句：“道可道，非常道”。门客有点犯傻，六个字中三个字犯讳，怎么讲？于是门客战战兢兢道：“不敢说，可不敢说，非常不敢说”。用“不敢说”代替那个该避讳的“道”字，这实在比那位“依例放火三日”的州官田登之讳名还可笑得紧。

（原载《瞭望新闻周刊》1999 年第 43 期）

古代传说中的动物

《北京青年报》1983 年 9 月举办过一次“我爱北京”知识竞赛，有一题目是：天安门前华表上的蹲兽叫［ ］。

到过首都北京的人，大多都要去天安门前游览、瞻望一番的。那东西两侧巨大高耸的华表，表身缀以蟠龙，顶端伸出美丽的云板，再上是承露盘，盘上有一只蹲兽，栩栩如生，与雄伟的天安门交相辉映。那蹲兽叫什么呢？

答案是“犼”。

犼（音吼），又叫“望天犼”，是一种传说中的动物，《集韵》中说它“似犬，食人。”传说，天安门后面华表上的蹲犼，叫“望君出”，天安门前华表上的蹲兽叫“望君归”，其职责是监督皇帝的行动。

像“犼”这样的传说中的动物还有许多，下面再辑数种——

［赑屃］（bì xì）

俗称“龙生九子，各有所好”，赑屃其一也。其性好负重，故令做碑下兽。唐・刘禹锡《司空奚公神道碑》所谓“螭（chī）首龟趺，德燀是纪”，那“螭首龟趺”即赑屃形象。

在如今人们看到的一些古代殿宇、帝王陵墓等建筑物的前面，多有赑屃负碑。《红楼梦》第七十八回，写黛玉、史湘云中秋联诗，就有“赑屃朝光透，罘罳晓露屯。”之句。赑屃下面的正方形石基上，还刻有江水海涯和鱼鳖虾蟹，活灵活现，仿佛在水中追逐跳跃。古诗文中还常以赑屃形容力气巨大。

［蒲牢］

亦龙子之一，其性好鸣。三国薛综《西京赋》注曰：“海中有大鱼曰鲸，海边又有兽名蒲牢。蒲牢素畏鲸，鲸鱼击蒲牢，辄大鸣。凡钟欲声大者，故作蒲牢于上。”后因以蒲牢为钟的别名。

［囚牛］

囚牛好音，故把它的头刻在胡琴的上端（见《渊鉴类函》438，引明·陈仁锡《潜确类书》）。

［睚眦］

“睚眦”，怒目而视，借指小怨小忿。所谓“一饭之德必偿，睚眦之怨必报。”（《史记·范雎蔡泽列传》）“睚眦”又是传说中的一种动物，其性好杀，其形象被雕于刀剑之吞口。

［嘲风］

亦龙子之一，其性好险，为殿角兽。

［狻 suān 猊］

《穆天子传》卷一：“狻猊野马，走五百里。”郭璞注释：狻猊即狮子。《尔雅·释兽》：“狻猊，虦（zhàn）猫，食虎豹。”虦是一种浅毛虎。

古代传说，狻猊也是龙子之一。《升庵外集》：“俗传龙生九子不成龙，各有所好。八曰狻猊，性好烟火，故立于香炉。”

［狴犴］

传说中的龙子之一，形似虎，有威力。《正字通》说它“黑喙善守”，古代常把它的形象雕刻在牢狱的门上，所以后来就把牢狱称作狴犴。《集韵》则说狴犴就是野犬：“犬所以守，故谓狱为狴犴。”

［獬豸］（xiè zhì）

看古代戏剧，有些大官穿的官服上，常绣着一种龇牙张目的兽形图案，那就是传说中的一种能触邪扶正的异兽，名叫獬豸。

獬豸又名“神羊”，还叫“任法兽”。它性能辨是非曲直，见人争斗，就用角去顶坏人。所以，古人常用它象征公正无私。传说舜臣皋陶掌刑狱之事，凡疑罪而不能决者，俱令獬豸触之。古代御史和监察史的官服前后都绣有獬豸的图案。《聊斋志异》中写过一个颇有政声的御史即着“蝉冠豸绣”（《梦郎》），“豸绣”就是绣有獬豸形象的官服。汉·杨孚《异物志》中说：“北荒之中有兽名獬豸，一角，性别曲直。楚王尝获此兽，因像其形，以制衣冠。”《汉书·舆服志》也记载：“法冠或谓之獬豸。冠獬豸神羊能判曲直，故以为冠。” 獬豸形象的法冠叫“獬豸冠”。

［饕餮］

你见过古代青铜制的器皿吗？那上面常有一种兽头形图案，那图案叫“饕餮纹”。

饕餮，是古代传说中的一种凶恶贪食的恶兽。《山海经》中记有四种恶兽，饕餮其一也。《吕氏春秋》中说：“周鼎饕餮，有首无身，食人未咽，害及其身。”因此，后世常以之比喻凶恶贪婪或贪食的人。分用时，贪财为“饕”，贪食为“餮”。

凶恶贪婪的饕餮，何以在古代日常用的器皿上铸其尊容呢？《正字通》这样解释：“古器有饕餮……皆以寓戒也。”这个用意实在妙极。

［貔貅］

貔貅也是传说中的一种猛兽，又名貔。一说貔之牝者曰貅。相传上古时驱貔貅等猛兽作战。神话传说，黄帝曾大战蚩尤于涿鹿之野。蚩尤是个很凶悍的酋长，“有兄弟81人，铜头铁额，食沙、石子。”（《太平御览》七十九引《龙鱼河图》）并且制造各种兵器，嗜杀戮。他们本来是炎帝所统属的，后来又对炎帝发动战争，杀得“九隅无遗”。炎帝派人向黄帝求救，黄帝驱“熊、罴、貔貅、貙虎”与之恶战（《史记·五帝纪》）。古代的兵车旌旗上多画有貔貅形象。因此，后世即用貔貅作为勇猛军队的代称。

［蛊］

成语“蛊惑人心”，比喻蓄意邪恶、谣言惑众。“蛊”是传说中的一种毒虫，据说，把100个蛊放在一个器皿中，让它们相互残杀，直到最后剩下一个，把它制成毒药，人服之可致迷狂，失去理智（见《通志》六《书略》）。《左传·昭六年》中说：“蛊者，心志惑乱之疾，若今昏狂失性，其疾名之曰蛊。”

蛊之惑人之法亦多，古籍中就列出淫也、化也、媚也、乱也多种。察世间之被蛊者，多半是自己“心志惑乱”在先，而被蛊“昏狂失性”在后。可见，人活在世上，能活得明白，不是件容易事。

［蜮］

蜮生水中，似鳖，三足。一名“射工”，俗呼“水弩”。闻岸上人声，以气为矢，因水而射人。中人即发疮，中影者亦病。成语“含沙射影”就是这么来的。白居易《读史》说：“含沙射人影，寐病人不知。”察古今所有含沙射影的鬼魅伎俩，要害在于“寐病人不知”。小心了。

（原载《知识窗》1985 年第 4 期）

中国古代的书院

书院，是我国古代民间或官办的讲学授业场所，受佛教禅林讲学制度的影响而产生。

书院之名始于唐，是唐代中书省修书或侍讲的机构。唐玄宗开元六年（718 年）创设丽正书院，十三年改为集贤殿书院，置学士、直学士、侍讲学士、修撰官等，掌刊辑经籍、搜求遗书、辨明典章，以备顾问应对（见《新唐书·艺文志》）。

至宋代，兴办书院之风大盛，最有名的有白鹿洞、石鼓（一说为嵩阳）、应天府、岳麓等，有“天下四大书院”之称。

白鹿洞书院。白鹿洞在江西星子县北庐山五老峰下。唐贞元中，李渤与兄涉隐居读书于此，畜一白鹿，因之得名。五代南唐昇元中在此建学馆，宋咸平五年置书院，后废。南宋朱熹知南康军，重建复修，为讲学之所。

石鼓书院。在湖南衡阳石鼓山，当湘江蒸水汇合处。唐为寻真观。元和间，李宽读书其中。宋至道中于故址建书院。南宋淳熙中，朱熹为作纪。

又据《绪文献统考》载：“宋兴之初，天下四书院无‘石鼓’而有‘嵩阳’。”嵩阳书院在河南登封市太室山（嵩山）南面，山南为阳，故名嵩阳。北魏孝文帝太和间在那里建有嵩阳寺，五代后周时建太乙书院。宋太宗至道间改为太室书院，仁宗景祐二年（1035 年）敕西京修建，更名为嵩阳书院。书院门前立有唐玄宗天宝三年（744 年）“圣德感应颉碑”，碑高 9 米、宽 2 米，书法遒劲有力、刻工精致。明末书院倾危，清康熙十三年（1673 年）重建。

应天府书院。宋四大书院之一，旧址在河南商丘市西北隅，归属应天府辖，因以为名。商丘旧名睢阳。故又名睢阳书院。最早是戚同文讲学之所，宋真宗大中祥符二年（1009 年），应天府民曹诚在戚同文讲学处造舍 150 间，广招生徒，讲习甚盛，府奏其事，诏题“应天府书院”。

岳麓书院。旧址在湖南长沙市西岳麓山下。岳麓山乃南岳衡山之北麓，又名麓山、灵麓峰，为衡山 72 峰之一。诸峰叠秀，下临湘水。山上有晋代修建的岳麓寺，又名灵光寺，寺内有唐李邕所书碑，山下有岳麓书院。书院为宋开宝中潭州太守朱洞所建。后，真宗命周式主持书院。并赐“岳麓书院”题额。乾道初，刘珙重建，以张栻主教，栻尝与朱熹论学于此。

元代各路、州、府皆设书院。

明代书院以“东林”最盛。东林书院在今江苏省无锡市。北宋杨时（世称龟山先生）曾讲学锡邑东林，后即其地为书院，名龟山书院。元至正年间废为僧舍。明神宗万历二十二年（1594 年），吏部文选司郎中顾宪成遭革还乡，修复原先杨时讲学处，建成东林书院，与高攀龙等讲学于此。他们讽议朝政、臧否人物，抨击阉党，得到一部分士大夫的支持，遂声名大著，被称为“东林党”，遭到把持朝政的魏忠贤等权贵的嫉视。后兴党狱，东林党人杨涟、左光斗、黄尊素、高攀龙等均遭杀害。又诏毁全国各地书院，东林书院首当其冲；明崇祯间才得修复。清人许献等曾撰《东林书院志》，述东林史事甚详。书院旧址的祠堂至今保存完好，已列为江苏省重点文物保护单位。

清朝时候，京师和各地也都设立书院，如京师的金台书院、肥乡漳南书院、江阴南菁书院等都很有名。

我国古代的书院都处山林名胜之地。书院主持人称洞主、堂长、山主、山长、院长等。规模较大的书院一般都有丰富的藏书，宋应天府书院聚书 1500 卷（一说数千卷）。书院大都有比较齐全的礼殿、讲室、书斋、书库、祭室等设施，有的书院还定有院规。

历代著名的书院都有著名的学者来院讲学，如宋朝著名理学家朱熹就曾主讲于白鹿洞书院和岳麓书院，并亲定院规，四方来学者达千人之多。北宋晏殊知应天府时，曾邀请范仲淹来应天府书院执教，遂开宋代办学之始。

清朝的许多书院常因著名学者的讲学而闻名于世。号称“江右三大家”之一的蒋士铨，历任过绍兴蕺（jí）山书院、杭州崇文书院、扬州安定书院等三个书院的院长；清初著名思想家、教育家颜元，晚年主讲肥乡漳南书院，设文事、武备、经史、艺能诸科，以及理学、帖括（科举应试文章）两斋，并定制学院规则。他讲学反对宋儒理学，强调“实学”“实习”，一变书院修身养性和专习八股文之学风，为学人仰慕。清朝著名史学家章学诚先后应定州武定书院、肥乡漳南书院、永平敬胜书院、保定莲池书院、归德文正书院之聘，担任主讲。清末著名学者王先谦，任江苏学政间，为江阴之南菁书院广筹经费，选拔贤才之士进院就学，并亲任主讲，采用阮元《皇清经解》体例，辑成《皇清精解续篇》一千四百三十卷，又刊《南菁丛书》和《南菁札记》。

众多主讲于学院的学者，采用自行钻研、相互问答、聚徒讲解等相结合的讲学方法，以研习儒家经籍为主，间亦议论时政，对我国学术思想发展产生过一定程度的影响，对封建时代的人才培养起到了一定的作用。

（原载《课外学习》1984 年第 11 期）

古代书信名称

我国古代诗文中讲到书来信往时，常有许多别样的名称。弄清这些名称的来源和含义，会使你了解到一些古代文化知识和一些有趣的传说、轶事。

▲“简”“牍”“札”“笺”

古代没有纸，拿竹片、木片或绢帛书写，竹片叫“简”，木片叫“牍”，遂以“简”“牍”“尺牍”等称书信。如柳宗元《答贡士元公瑾论仕进书》：“辱致来简，受赐无量。”“简”又同“柬”，如《聊斋志异·婴宁》：“怪吴不至，折柬招之。”

书写用的木片又称“札”，也引申为书信。如：“客从远方来，遗我一书札。”（《古诗十九首》之十七）

“笺”是幅小而华美的纸，古代用以题咏或写书信，故书信又称“华笺”“锦笺”“笺牍”“笺札”等。唐薛涛好制小笺，世称“薛涛笺”。

▲八行书

旧时信笺每页8行，故古诗文中常以“八行书”指书信。《后汉书·窦章传》李贤注引马融《与窦章书》：“孟陵奴来，赐书，见手迹，欢喜何量，见于面也。书虽两纸，纸八行，行七字。”

唐·温庭筠《酒泉子》词：“八行书，千里梦，雁南飞。”

▲“尺素”和“尺一书”

除竹片（简）、木片（牍）之外，古代书写也常用白色生绢，绢素尺许，谓之“尺素”。故也以“尺素”或“尺一书”指书信。如宋晏殊《蝶恋花》词：“欲寄彩笺兼尺素，山长水阔知何处。”又《聊斋志异·巧娘》：“有尺一书，便烦道寄里门。”

▲“鱼”“雁”之类

书信的名称又常跟鱼相关。古代有“鲤鱼传书”的传说。古诗《饮马长城窟行》：“客从远方来，遗我双鲤鱼。呼儿烹鲤鱼，中有尺素书。”一说“双鲤”是指藏书信的函，即刻成鲤鱼形的两块木板，一底一盖，把书信夹在里面。因为上面的传说和古代传信方式，所以就有了许多带鱼字的书信名称。如——

刘禹锡《洛中送崔司业》诗：“相思望淮水，双鲤应不稀”。“双鲤”即指书信。韦皋《赠玉箫》诗：“长江不见鱼书至，为遣相思梦入秦。”“鱼书”亦指书信。

欧阳修《玉楼春》词：“渐行渐远渐无书，水阔鱼沉无处问。”是用“水阔鱼沉”表示音信全无。

“鱼”之外，还有“雁”。相传鸿雁能传书信。《汉书·苏武传》：“天子射上林中，得雁，足有系帛书。”故后世以“雁”“鸿”“寒鸿”等指书信。如：

李煜《捣练子令》词：“雁来音信无凭，路遥归梦难成。”

唐罗隐《登夏州城楼》诗：“离心不忍听边马，往事应须问寒鸿。”

“鱼”和“雁”合起来也用称书信。

俞樾《秦娘》：“时道路梗塞，鱼雁罕通。”

或称“鳞鸿”，也“鱼雁”意。如：

《西厢记》第五本第二折：“纵云日近长安远，何故鳞鸿之杳矣。”

▲锦字或锦书

夫妇间的书信则称“锦字”或“锦书”。据《晋书·窦滔妻苏氏传》：窦滔是秦州刺史，后被符坚徙流沙，妻子苏氏思念窦滔，织锦为“回文璇玑图”诗以赠滔，可婉转循环读之，纵横反复，皆成章句，成诗200余首，词甚凄婉。因这一故事，后世常以“锦字”或“锦书”指妻寄夫之书信。如：

李清照《一剪梅》词：“云中谁寄锦书来，雁字回时，月满西楼。”

李白《久别离》诗：“别来几春未还家，玉窗五见樱桃花。况有锦字书，开缄使人嗟。”

（原载《课外学习》1987年第7期）

东、西、左、右与古代礼仪

在今天看来，“东西”“左右”除表示方位以外，不会再有其他含义了，可是，古人却以此分尊卑，标志着严格的礼仪。

东与西

古人座席的位置以西为尊，请客人面东而坐，表达着尊敬的礼仪。《史记·陈丞相世家》中记项羽欲招王陵，便“取陵母置军中，陵使至，则东向坐陵母。”“东向坐”即坐在西边的尊位上，是对陵母敬重的表示。

如果主人“东向坐”，则常常显示出自我尊大的神态。人所熟知的“鸿门宴”，即“项王、项伯东向坐……沛公北向坐，张良西向侍。”（《史记·项羽本纪》）东向坐的项羽，一上场就给人以“目空一切”的印象。又，战国时，赵王任命了那个纸上谈兵的赵括为将，赵括的母亲跟赵王讲赵括不宜为将时，就说他：“一旦为将，东向而朝，军吏无敢仰视者。”也是以其“东向坐”说明赵括态度的傲慢。

以东西分宾主，东为主，西为宾。古人为了尊师，先生的座位也是坐西朝东，所以称先生为“西席”或“西宾”，主人则称为“东家”。如《红楼梦》的第二回写贾雨村被免官后，“偶遇两个旧友认得新盐政，知他正要请一西席。”“请一西席”，就是聘一位教书的先生。

古时迎请客人的礼节，主人从东阶上，宾客从西阶上，这样才表示对客人的尊重。《史记·魏公子列传》写魏公子矫魏王令盗符救赵以后，“赵王扫除自迎，执主人礼，引公子就西阶”，就是请魏公子从西阶而上。

左与右

古时右为上，左为下。

官阶以右为尊。如“赵王归国，以蔺相如为上卿，位在廉颇之右。”（《通鉴》135页）“位在廉颇之右”，即官职高于廉颇。

序列也以右为上。《礼记·王制》：“男子由右，女子由左”；《史记·文帝本纪》：“左贤右戚。”这是以左右定等次的尊卑上下。

又，《聊斋志异·寄生》：“（五可）见闺秀风致宜人，右之”。“右之”即尊为长意。

“左”相反。所以古时贬官谓之“左迁”或“左转”。

“左”谓失正。事乖常理叫“左道”。商鞅变法时，有一叫赵良的隐士就斥之为“左建外易”（《史记·商君列传》），言变革法度与常理乖违。

事情办糟不合乎礼仪都称之为“左”。如“若望以非礼成偶，则用心左矣！”（《聊斋志异·王桂庵》）

奇怪的是，古人乘车时在车上的位置则以左为尊，以右为卑。陪乘之人或仆从都在车之右，叫作“骖乘”，而主人在车上的位置是左边。《史记·魏公子列传》记魏公子无忌驾车迎请侯嬴：“公子从车骑，虚左，自迎夷门侯生。”“虚左”就是空出左边的位置。侯嬴是个守门人，地位是卑下的，“虚左”以专待侯生，表现出魏公子迎请的诚挚和谦恭。

（原载《课外学习》1984年第9期）

古诗文表示“短暂”时间

古诗文中，用以表示“短暂”时间的词汇多与今异，简举数例如下：

[俄]表示“不大一会儿”。例：“生伏，不敢少息。俄闻靴声至房内，复出。”（《聊斋志异·画壁》）

[俄顷]其意与“俄”相近。例：“俄顷风定云墨色，秋天漠漠向昏黑。”（杜甫《茅屋为秋风所破歌》）

[有顷]表示“过了一会儿。”例：“五日，良（张良）夜半往，有顷，父亦来。”（《史记·留侯世家》）

[有间]表示“有一会儿”。例：“扁鹊见蔡桓公，立有间，扁鹊曰：君有疾在腠里，不治将恐深。”（《韩非子·喻志》）

[居顷]表示“停不多时”。例：“居顷，复从北方来传言曰：“赵玉猎耳，非为寇也。”（《史记·魏公子列传》）

[顷之]表示“一会儿工夫”。例：“出城欲雨，顷之霁。”（明·钟惺《浣花溪记》）

[少时]与“少顷”“少焉”“少选”“少间”都是指“一会儿工夫”。例：“狼不敢前，眈眈（dān）相向（shǎn）。少时，一狼径去。”（《聊斋志异·狼》）

[少顷]例：“少顷间，只听得呀的一声，洞门开处，里面走出一个仙童。”（《西游记》第一回）

[少焉]例：“少焉，月出于东山之上，徘徊于斗牛之间。”（苏轼《前赤壁赋》）

[少选]例：“但见路有行人，便向城邑。少选，入城。”（《聊斋志异·席方平》）

［少间］例："一老僧说法座上，偏袒绕视者甚众，朱亦杂立其中。少间，似有人暗牵其裾。"（《聊斋志异·画壁》）

［未几］与"无几""无何"都是"不多久"的意思。例："未几，妪卒，莫不感恩洒泣而共葬之。"（《南村辍耕录·黄道婆》）

［无几］例："涉（原涉）至官无几，长安败。"（《汉书·原涉传》）

［无何］例："（华佗）乃多受而不加治。无何弃去，留书骂之。"

［已而］与"既而"都表示"过了一会儿。"例："已而夕阳在山，人影散乱，太守归而宾客从也。"（欧阳修《醉翁亭记》）

［既而］例："既而儿醒，大啼。"（清·林嗣环《口技》）

［旋］表示"不久"。例："一日晌午，谍报敌骑至，旋见一白酋……驰而前。"(徐珂《清稗类钞·冯婉贞胜英人于谢庄》)

［须臾］与"斯须"都指极短的时间。例"昔日游处，行则连舆，止则接席，何曾须臾相失！"（曹丕《与吴质书》）

［斯须］例："近董太师之强，君所目见也……斯须之间，头悬国门。"（《三国演义》第十三回）

［一瞬］与"瞬息"都表示"转眼儿功夫"。例："盖将其自变者而观之，则天地曾不能以一瞬；"（苏轼《前赤壁赋》）

［瞬息］例："此印者才毕，则第二板已具。更互用之，瞬息可就。"（沈括《梦溪笔谈·活板》）

［旦暮］表示："早晚间"。例："秦兵旦暮渡易水。"（《史记·刺客列传》）

［反掌］喻时间极短。例："五十年间似反掌。"（杜甫《观公孙大娘子弟舞剑器行》）

［指顾］手一指、眼一看，喻时间极短。例："指顾倏忽，获车已实。"（班固《东都赋》）

［寻］［寻而］都喻时间极短。例："高宗将立武昭仪为皇后，义府（李义府）密申协赞，寻擢拜中郎将。"（《旧唐书·李义府传》）"寻而朝廷复有北征之役，征绍，复其爵位。"（《晋书·嵇绍传》）

（原载《课外学习》1984年第6期）

古代度量衡名称

阅读古典著作，常遇到涉及古代度量衡的一些说法。了解这些说法的具体含义，会帮助我们准确理解文章的内容。

一、古代“度”名例释

▲咫

周尺八寸为咫，比喻距离很短。

例：“床上锦茵褥，折叠厚尺有咫。”（《聊斋志异·金和尚》）

▲跬·步

一举足为跬，倍跬为步。比喻距离很短。

例：“不积跬步，无以至千里。”（《荀子·劝学》）

▲步

周以八尺为步，秦以六尺为步，旧时营造尺以五尺为步。

例：“以五十步笑百步，则何如？”（《孟子·梁惠王》）

“距洞百余步，有碑仆道。”（王安石《游褒禅山记》）

▲武

古代以六尺为步，半步为武。

例：“女过去数武……遗花地上，笑语自去。”（《聊斋志异·婴宁》）

▲寻常

古代以八尺为寻，倍寻为常。

例：《左传·成十二年》：“诸侯贪冒，侵欲不忌，争寻常以尽其民。”

［注］：“八尺为寻，倍寻为常。言争尺丈之地，以相攻伐”

又文天祥《正气歌序》：“予囚北庭，坐一土室，室广八尺，深可四寻。”寻和常都是一般的长度，故后来又以“寻常”指平常之物事。

▲寻丈

指八尺至一丈左右的长度。

例：“夫涧谷之水，深不过咫尺；丘垤之山，高不能逾寻丈”（韩愈《至邓州北寄襄阳于相公书》）

▲寻引

八尺为寻，十丈为引。多为木工以其度量木之长短。

例：柳宗元《梓人传》：“所职寻引规矩绳墨，家不居砻斫之器。”（规矩：古代木工工具，校正圆形的叫“规”，校正方形的叫“矩”。“绳墨”：木工画直线的工具。砻：磨；斫：砍，削。）

▲墨丈

古代以五尺为墨，倍墨为丈。

例：《国语·周语下》：“其察色也，不过墨丈寻常之间。”

▲端匹

古代布帛长度单位，绢曰匹，布曰端。绢四丈为一匹，布六丈为一端。

例：“王（成）从之，购（葛）五十余端以归。”（《聊斋志异》）

“乃赐叔孙通帛二十匹。”（《史记·孙叔通传》）

▲版

旧时筑墙用两板相夹，以泥土置中，用杵夯实。墙高八尺为版。

例：引汾水灌其城，城不浸者三版。（《史记·赵世家》）

▲仞

古代用以标注高度或深度的名称，有一仞七尺、八尺等不同说法。

例：《尚书·旅獒》：“为山九仞，功亏一篑。”

枚乘《七发》：“上有千仞之峰，下临百丈之渊。”

▲舍

行军三十里为一舍。春秋时，晋公子重耳亡命过楚国，楚成王待之以礼。问：“若得返国，将何以报楚？”重耳答曰：“若以君之重，得反晋国，晋楚治兵，遇于中原，其避君三舍。”

后常以“退避三舍”比喻退让，有自愧之意。

▲围

计算圆周的量词。一围所指尺寸古时说法不一。《庄子·人间世》：“见栎杜树，其大蔽数千牛，絜之百围。”释文引李（颐）云：“径尺为围”。一说五寸为围，两臂合抱也叫一围，说法不一。

二、古代“量”名例释

▲斗、斛、区、釜

俱为古代容量单位。十升为一斗，十斗为一斛（一说五斗为一斛），四斗为区（音 ōu），六斗四升为釜。

例：“平斗斛、度量、文章，布之天下，以树秦之名。”（《史记·李斯列传》）

“私大斗斛区釜以出货，小斗斛区釜以收之。”（《韩非子·外储说右上》）

▲钟

古容量单位，受六斛四斗。十釜为一钟。

例：《左传·襄公二十九年》：“饩（饩 xì，赠送）国人粟，户一钟。”

▲石

容量单位。十斗为石。

例：《汉书·食货志上》：“治田百亩，岁收亩一石半。”

▲角·斗·石

古代都用以酒器的容量。

《礼·礼器》：“宗庙之祭……尊者举觯，卑者举角。”［注］：“凡觞，一升曰爵……四升曰角。”“石”（古读 shí）之容量是斗的十倍。角的容量，历代不一，不能确指。

例：“我那相识，眼见的不来了。你与我打两角酒来。”（《警世通言·俞仲举题诗遇上皇》）

“我有斗酒，藏之久矣，以待子不时之需。”（苏轼《后赤壁赋》）

“臣饮一斗亦醉，一石亦醉。”（《史记·滑稽列传》）

三、古代“衡”名例释

《尚书·舜典》：“协时月正日，同律度量衡。”［传］：“衡，称也。”

▲锱铢

《孙子算经》卷上：“称之所起，起于黍，十四黍为一累，十累为一铢，二十四铢为一两。”六铢为锱。锱铢言极轻微之量。一点一滴的积累谓铢积寸累，一分一毫的计较叫锱铢必较。《濂洛关闽书》十四《朱熹》：“而读书之法，又当熟读沉思，反复涵咏，铢积寸累，久自见功”。《淮南子·说林训》：“逐鹿者不顾兔，决千金之货者不争铢两之价。”

▲黍·累黍

古时度量衡定制皆以黍为标准。长度取黍的中等子粒，以一个纵黍为一分，百黍为一尺；容量以千有二百黍为一合，十合为一升；重量千有二百黍为十二铢，二十四铢为一两。（《汉书·律历志》）

古时常以“累黍”指极轻之物。《汉书·律历志》：“量多少者不失圭撮，权轻重者不失黍累。”［注］：应劭曰：“十黍为一累，十累为一铢。”后因以“累黍”喻物之轻微。

▲圭·撮

《汉书·律历志》［注］应劭曰：“四圭为撮，三指撮之也。孟康曰：‘六十四黍为圭。’”又，“圭撮”亦古代之衡名。《汉书·律历志》［注］引《说苑》：“十粟重一圭，十圭重一铢，二十四铢重一两。”

▲锾（huán）

古代重量单位。具体所指其说不一：

1. 以百锾为三斤，每锾当十一铢又五十二黍（百黍为铢）。

2. 谓一锾为六两又大半两，即六两十六铢。

3. 谓一锾为六两。

▲镒

古衡名，一说二十两为一镒，一说二十四两为一镒。《孟子·梁惠王下》："虽万镒，必使玉人雕琢之。"［注］："二十两为镒。"又《孟子·公孙丑下》："于宋，馈七十镒而受。"［注］："古者以一镒为一金，一镒为二十四两也。"

例：汉王赐良金百镒，珠三斗。（《史记·留侯世家》）

▲锤

古代重量单位，八铢为锤。一说六两为锱，倍锱为锤（见《淮南子·诠言》注）。

▲钧·石

古代重量单位。三十斤为钧，四钧为石。

例：子取名彪。十四五岁，能举百钧，粗莽好斗（《聊斋志异·夜叉国》）。

▲力·石

力和石都被古人用作弓的强度单位。一个力相当于九斤十四两（一说九斤四两）；十个力为一石。

例："我想替你做成二十个力的弓，你看怎样？"（姚雪垠《李自成》一卷678页）

"汝辈能挽两石弓，不若识一丁字。"（《旧唐书·张弘靖传》）

（原载《课外学习》1984年第1期）

源于诗文的花卉别名

花卉，美化生活环境，净化人的心灵，为多数人所喜爱。许多花，除去人们通常知道的正名之外，还有一个源自古诗文的别名。

▲梅花别名“一枝春”“花魁”

中国古代以“梅、兰、竹、菊”为“四君子花”，梅花位列其首，又以其开在百花之先，故名之曰“花魁”。古代诗话中说，晋朝陆凯与范晔友善，一次陆凯自江南寄梅花一枝与范晔，并附诗曰：“折花逢驿使，寄与陇头人；江南无所有，聊赠一枝春。”后来，遂把“一枝春”作为梅花之别名。

▲兰花别名“香祖”

《群芳谱·花谱三》：“（兰）幽香清远，馥郁袭衣，弥旬不歇。常开於春初，虽冰霜之后，高深自如，故江南以兰为香祖。”

▲竹别名“不秋草”

金·元好问《赋丹霞下寺竹》诗：“人天解种不秋草，欲界独为无色花。”后世遂以“不秋草”为竹之别名。

▲菊花别名“傲霜枝”

菊花开于秋、尽于冬，有不为严霜屈的品格。喻人节操有“黄花晚节”的说法。宋·韩琦《九日小阁》诗：“莫嫌老圃秋容淡，且看黄花晚节香。”苏轼《赠刘景文》诗：“荷尽已无擎雨盖，菊残犹有傲霜枝。”后世遂以“傲霜枝”为菊之别名。

▲莲花别名“君子花”

宋·周敦颐之《爱莲说》为传世名篇，文中赞莲：“出淤泥而不染，濯清涟而不妖”，乃“花之君子者也”。后世遂以“君子花”为莲之别称。

▲牡丹别名“富贵花”“花王”

周敦颐《爱莲说》：“牡丹，花之富贵者也”。故名牡丹为“富贵花”。牡丹又有“花王”之美称，韩琦《夜合》诗：“直饶妖牡丹，须让花中王。”欧阳修在《洛阳牡丹记》中说：“人谓牡丹花王，今姚黄真可为王，而魏红乃后也。”

▲芍药别名“婪尾春”“可离”

古人谓饮酒之最后一杯为“婪尾春”。芍药于春末开花，故得“婪尾春”之别称。宋·陶谷《清异录·花》:“唐末文人有谓芍药为婪尾春者，芍药殿春，乃得是名。”

芍药又名“可离”。《诗经·郑风·溱洧》写道：“溱与洧，方涣涣兮；士与女，方秉兰兮。维士与女，伊其相谑，赠之以芍药。”《古今注》解释：“芍药一名可离，故将离而后赠之。”

▲杏花别名“及第花”

唐代诗人郑谷《曲江红杏》诗写道：“女郎折得殷勤看，道是春风及第花。”杏花遂得到这样一个令人喜爱的名字。

▲芝草别名“三秀”

屈原《楚辞·九歌·山鬼》有“采三秀兮于山间”句。草开花叫秀，灵芝草每年开三次花，故又别名“三秀”。

▲山姜花别名“含胎花”

山姜的花因花小而饱绽如女子怀妊，故别称“含胎花”。《本草纲目》卷十四引唐·刘恂《岭表录异》：山姜“花生叶间作穗，如麦粒，嫩红色。南人取其未大开者谓之含胎花。”

不倒翁

旧时有一种叫“不倒翁”的儿童玩具，形似老人，上轻下重，扳倒后能自动起来，俗称“扳不倒”。清·赵翼《陔余丛考》卷33载：“儿童嬉戏有不倒翁，糊纸做醉汉状，虚其中而实其底，虽按捺旋转不倒也。”据《唐摭言》中说，唐时已有此物，称得上很古老了。

不倒翁，因其“按捺旋转不倒”的特点，而被赋予“刺弄巧以自保”的寓意。有一个故事说：“清朝有个大官，党羽众多。一次，一个自称门生的人来拜见，并带来一个大漆盒，打开一看，里面是百十个大小不同的不倒翁。”门生说：“家乡的泥土易制此物，技艺亦颇精巧，故送与大人解闷。”大官收下了，还暗笑这门生有点儿冒傻气。门生走后，家人都来看玩意儿，发现每个不倒翁背后都贴着写有名字的字条。其中最大的一个贴着那位大官的名字。盒内有一纸条，上写：“头锐能钻，腹空能受，冠带尊严，面和心垢，状似易倒，实立不扑。”此言把“不倒翁”形象刻画得惟妙惟肖，且刺之痛切。官大怒，令手下人细查，才发现自己根本没有这样一个门生。

“不倒翁”式的官儿，古今不乏其人。唐朝有个封德彝，宠极生前，罪暴其后，其人历隋唐两代荣华不衰，经“玄武之变”且权势犹存。以其运筹官场、长于心计、纵横捭阖、玩弄关系之伎俩，成为保其位而固其宠的“不倒翁”。

齐白石老人曾画“不倒翁”三幅并题诗，颇多意趣。

其一，“乌纱白扇俨然官，不倒原来泥半团。将汝忽然来打破，通身何处有心肝？”

其二，“能供儿戏此翁乖，打倒休扶快起来。头上齐眉纱帽黑，虽无肝胆有官阶。”

其三，“秋扇摇摇两面白，官袍楚楚通身黑。笑君不肯打倒来，自信胸中无点墨。”

又书跋语曰：“此物天下无处不有……”果然妙语。

（原载 2005 年 4 月 7 日《检察日报》、《老年世界》2005 年第 10 期）

“看”的寓言

一盲人提着灯笼在夜间走路，有人笑问道：“你又看不见，点灯笼干啥？”盲人说：“我让别人看见我呀！”

【评】世人能看者多矣，但多只想看清别人而已，不愿别人看清自己，很少有这位盲人一样的见识。比如有人喜欢做戏，于是有了言行不一；有人喜欢作伪，于是有了以假乱真；有人喜欢作秀，于是有了欺世盗名。这些人，缺乏的不一定是聪明，而是“让别人看清自己”的勇气。

“敞开心扉给人看”是一种十分可贵的品质。多一层包装就多一层灰暗。“平生无避人之事”——很多时候，让别人看清自己，比自己看清别人更重要。

弟子问佛祖：“您所说极乐世界，我看不见，怎么能相信呢？”

佛祖把这位弟子带进一间漆黑的屋子，告诉他：“墙角有一把锤子。”

弟子不论瞪大眼睛，还是眯起眼睛，都同样伸手不见五指，只好说：“什么也看不见。”

佛祖点燃起一支蜡烛，墙角果然有一把锤子。遂教之曰：“你看不见的，就不存在吗？”

【评】毕竟是佛祖！“无论瞪大眼睛还是眯起眼睛”统统看不清本来存在的东西者，岂止佛祖弟子一人而已！因为，“看”是一种自觉，“看清”则是一种能力。“看清”需要方位和角度的选择、直觉和伪装的判断、现象和本质的把握，等等。大千世界，纷繁复杂，“横看成岭侧成峰”，“看清”的学问大矣哉！

有人问毕加索："你的画我怎么看不懂呀？"

毕加索问："你听过鸟叫吗？"

"听过。"

"好听吗？"

"好听。"

"懂吗？"

"不懂。"

"道理就是这样。"

【评】这对话挺有意思。"看"，也有层次之分。民谚说："龙眼识珠，佛眼识宝，牛眼识草。"其"看"则同，其"所以看"则异，其看出什么、看懂什么、看后得到什么，更判若天渊。都看马连良，大家都鼓掌，鼓掌的兴趣点一样吗？艺术欣赏，不管哪个层次，能触发某种对美的追求就挺不错，只是别把脱衣舞跟"天鹅湖"扯到一个档次上就好。

一只小兔子看见一只乌鸦待在枝上悠然自得的样子，羡慕死了，说："我也想跟你一样歇在那儿啥事也不干，行吗？"乌鸦说："当然。"于是，小兔子学着乌鸦样儿坐在树下，正想"悠然"——此时，一只狐狸出现了……

【评】小兔子的错误是只看到乌鸦待在了很悠然的位置，却没看到近在咫尺的狐狸。

趋利避害，人之所求，但做到不易。因为，"趋利"乃人之本能，"避害"则属人之智慧。——你想学乌鸦的悠然，就得有乌鸦之所以"悠然"的位置和能够悠然的智慧。

名人癖书的佳话

古今名人的成才之路，实际上，就是他们终生不懈的求知之路。因此，勤奋读书往往成为他们共同的人生癖好。

明代中叶作家梅鼎祚，少年时即勤奋好学，他曾说：“吾于书若鱼之于水，一日之失即无以为生。”著名历史学家陈垣教授也说过同样意思的话，他说：“我如鱼，书如水，鱼离开水，就不能生存。”李贽《初谭记》载，叶廷珪云：“幼而嗜书，四十余年未尝弃卷，食以饴口，怠以为枕。”——吃饭时要守着书，才吃得香甜；睡觉时要枕着书，才睡得安稳。书，真成了他生活中不可须臾离开之物。

古人读书很不易。首先是书很难找。汉朝时有位匡衡，以“凿壁借光”故事为人熟知。他还情愿为有书人家佣工而不要报酬，只求尽读其书。东晋葛洪，因好读书而无书可读。“乃负笈徒步行借”，为读书四处奔波，乃至长途跋涉（葛洪《抱朴子外传·自叙》）。北宋史学家刘恕，同样是酷爱读书而终生不辍。他曾在藏书家宋次道家中借书阅读，“昼夜读且抄，留旬日，尽其书而去。”他曾参与司马光编修《资治通鉴》，一些纷杂难知的史料多由他处理，对魏晋以后的史实作了详尽的考证，并著有《十国纪年》《通鉴外记》等。

癖好读书者都视书为宝。鲁迅先生爱书很有名，据许广平回忆：“他处理他的书籍文墨，似乎比生命还看重。看看他的衣着，是不会想到这样一个相反的对照的。比如书龌龊了，急起来他会用衣袖来揩拭，手不干净，也一定先洗好才翻看。”（许广平《欣慰的纪念》）据说，鲁迅还有一特殊癖好，就是喜欢看毛边书。因看书的人手不清洁，而又看得非常迟缓，一本书没看完，每页手捏的地方总是弄得乌黑且沾的油汗太多，等到看完后收藏起来，一遇气候潮湿，书便发霉。再久还会生虫。因此，他主张将书装订成毛边，待看完后，将沾油汗的地方裁去，书便很整齐地摆在架子上了，既新鲜又不生霉。（荆有麟《鲁迅回忆片断》）

丘巨源“以被遮书”的轶话比“以袖揩书”更令人慨叹。丘巨源是南朝齐人，曾做过武昌和吴兴太守。他年轻时家境贫寒，又酷好读书，视书为宝。有一次，夜间下雨，屋漏如注，堆积在床上的书无物遮盖，情急之下，就把仅有的一床被子打开盖在书上。天亮雨停，他被淋得浑身湿透，而书则没湿一页。他坐在湿漉漉的床上，打开书来，读得津津有味。（《南史·丘巨源传》）

视书如命的大概莫过于清初著名诗人王渔洋了。王渔洋名士祯，他在朝廷作了二十多年的官，官至刑部尚书。他酷好读书，每年所得官俸尽以购书。一次到市上闲转，在慈恩寺一家书铺中有《尚书大传》《朱子三礼经传通解》《荀悦袁宏汉记》三书，非常喜爱，欲购买，但身上带的钱不足。次日复往，三书尽被别人买走。归后怅然若失，竟一下子病倒在床，一直过了十几天才起来。（王渔洋《居易录》）

老一辈革命家徐特立老人也以癖书有名。1947 年，党中央暂时撤离延安，当时徐老已 70 岁高龄，但却把组织上照顾他骑的马用来驮书，自己宁可步行。为了不超过规定的重量，又能尽量多驮一些，就把书的天地头和两边的空白处剪掉。行军打仗，任什么东西都毫不犹豫地精简，唯不愿把书丢掉。

既然书的至重过于生命，要向癖书者借书是不容易的事。明朝浙江有一位叫虞广愚的藏书家，曾建藏书楼于水池中央，以木板作独木桥，每至晚间便将木板抽去，谓之“楼不迎客，书不借人。”鲁迅先生亦是如此，据许广平说，他“不愿借书给人，除非万不得已。遇到来借，倒不如另买一本赠送较妥。”

（原载《课外学习》1987 年第 12 期）

名人的小本子

丰富的知识积累是人生的重要财富。古今许多名人都有各自不同的积累知识的方法，比如他们手中的小本子。

知识财富的存折。老作家谢冰心在谈到积累知识的方法时说："身边带一个小本子，看书看报或听人谈话，有一些好的，就赶紧把它记下来。这当然不是现买现卖，而是你所积累的财富。这小本子就好像你的存款折子，存折上的财富愈多，你手头就愈宽裕，用起来就方便了。"（冰心《谈点读书与写作的甘苦》）

许多名人学者正是用这样的小本子积累下他们的无穷知识。俄国著名作家果戈理就得益于自己的小本子。平时，他无论走到哪里，总是小本子不离身，随时将所见所闻的传说故事、民间谚语、风土人情等等，都一一记了下来，他说："一个作家，如果虚度了一天，没有记下一条思想、一个特点，也很不好。"（苏·魏列萨耶夫《果戈理是怎样写作的？》）

法国十七世纪古典主义喜剧大师莫里哀，每次出门时，总把一个小本子藏在袖筒里，去商店，他就待在一旁，悄悄地听逛商店的人谈论什么，并把他们的谈话记录下来。日久天长，朋友们了解他这一习惯，便戏称他为"静观人"。

凡读过邓拓《燕山夜话》的人，多为他的博学多识而赞叹不已。其实，邓拓积累知识的重要方法之一，同样是他手中的小本子。他曾把小本子的妙用比作旧时农民捡粪，说："农民出门总不忘背着粪筐，见粪就拣，成为习惯。专门出门捡粪，倒不一定捡很多。但一成了随时捡粪的习惯，自然就会积少成多。"他的小本子就如农民的粪筐一样不离身，正是靠了这样不知疲倦的点滴积累，终成知识渊博的文章大家。

表演艺术家手中的小本子则帮助他们创造出各种各样的艺术形象。著名评剧表演艺术家新凤霞，讲到她的艺术创作经验时说：“手中老带着一个小本子，把在生活中随时观察到的形象，各种人物的特征、动作、神态等都记下来，以备创作需要时帮助回忆。”（《新凤霞回忆录》（三））

提高小本子的实用价值，关键是用之得法。著名词学专家夏承焘教授总结他自己使用小本子的“三字诀”，曰“小、少、了”。“小”，指的是本子要小，一页记一事，便于分类整理；“少”，指记得精简，一个问题可记下许多条，孤立的一小条看不出学问，许多条的汇拢就会加深对一个方面知识的理解；“了”，是对所记内容要用心思考，透彻了解。

古人说：“不积跬步，无以至千里；不积小流，无以成江河。”从名人的小本子，可窥见成功者在事业的道路上所付出的艰辛。清朝著名作家蒲松龄一生惜时如金，他有一个专门记录一天日课的小本子。每天晚上都在小本子上写清这一天都读了什么书、写了多少文字、听到什么故事，天天如此，以为日课。倘若某一天的小本上出现空白，会感到内疚而深深自责，就是不睡觉也要读完应该读的书。

党的老一辈革命家徐特立则用小本子作为他用好零散时间的工具。他早年学习《说文》，因不识篆字，就每天在小本子上抄几个，有一点空闲，就拿出来边划边记；记牢一个，再学一个，日积月累，终于把一部《说文》全部记熟。

《小本子》又作为品质修养的工具。美国物理学家富兰克林从青年时代起就为自己制定了一个道法修养计划，计划中包括节制、恬默、守秩序、果断、简约、勤勉、真诚、公平、稳健、整洁、宁静、坚贞、谦虚等十三项内容。为实现自己的道德修养计划，同样作了一个专用的小本子，每一页都列成表格，详细记录每一天做了什么好事，有没有什么过失等等，督促自己认识并克服缺点，不断进步。

著名画家丰子恺的小本子则专门用以记录别人对自己作品的批评意见。小本子题曰《画师日记》，第一页上写着这样一句话：“赞美的话不足道，批评的话才可贵。”

自觉性和坚韧不拔是进步的阶梯。从日复一日记在名人小本子上的内容，不是可以看出古今名人学者在知识累积品德修养上，最可宝贵的高度自觉和坚韧不拔的精神吗？

（原载《课外学习》1987 年第 6 期）

名人的睡眠

著名国画大师齐白石老人有一方印章，镌句曰“痴思长绳系日”。老人一生勤于绘画艺术，惜时如金，乃至痴想拿根长绳系住太阳，取消睡眠时间，以便把生命的所有时间都用于吟诗作画。

长绳虽难系日，但可夜以继日。古人推崇“三余”读书，其一即“夜乃日之余”。在古今名人轶事中，就有许多关于睡眠的趣话。北宋著名史学家司马光平生嗜学，曾历时十九年主编《资治通鉴》，“日力不足，继之以夜”。每困倦欲眠，就枕一节儿圆木，名之曰“警枕”。偶一翻身，“枕头”滚走，立即惊醒，马上起床伏案工作。五代时吴越国王钱镠，平时枕一大铜铃睡觉，睡熟，头一偏即醒，也谓“警枕”。我国著名经济学家王亚南，强行将自己从睡中唤醒的方法尤绝，据说他早年读书时，曾把木板床的一个床腿锯掉半尺。这样，每天读书至半夜，上床睡一觉后，迷蒙中一翻身，床就咕咚一声，向短腿方向倾斜，惊醒后立即起身继续读书。

入睡前的枕上思索，几乎是古今名人学者们的共同癖好。宋朝欧阳修说他生平所作文章，多在“三上”：马上、枕上、厕上。司马光介绍他自己的读书方法，认为“书不可不成诵。或在马上，或中夜不寝时，咏其文、思其义，所得多矣。”齐白石亦说，他“平生所作的诗文，大部分是出门坐车或在枕上睡觉时候做的”，并有诗道：“那有功夫暇作诗，车中枕上即闲时。”枕上功夫真不可等闲看。

睡前即思起床时。宋朝范仲淹少有大志，在南郡读书时，为省却每日睡眠脱、穿衣服的时间，竟“五年未尝解衣就寝”。北宋画家李怀兖则在自己卧室各处摆满纸张笔墨，为的是半夜醒来或偶有灵感，起身即能作画。被后人誉为“歌曲之王”的奥地利音乐家舒伯特，则有睡觉不摘眼镜的习惯，这样可以使他灵感一旦涌现，立即就能投入音乐创作。据说他的名曲《鳟》，就是半夜醒来，突发灵感，俯在床上写成的。

当然，我们并不提倡锯掉床腿或枕着铃铛睡觉，但古今名人这种珍惜时间、勤奋创作的精神则是值得学习和发扬的。达尔文说：“完成工作的方法就是珍惜每一分钟”，拥有时间就是拥有生命，珍惜时间就是珍惜生命，赢得时间就是赢得了一切，又何止睡眠而已矣！

名人也曾落孙山

任何成功之路都很难一帆风顺，即使那些很有成就的古今名人，同样走过艰难曲折的道路，甚至“名落孙山”的沮丧。不同的是，他们在“名落孙山”之后，不是黯然神伤、一蹶不振，而是收拾行囊、另辟蹊径、再赴征程。同样迎着阳光，创造出无比灿烂的人生辉煌。

名人也曾落孙山，说明他们除去更为坚韧不拔的意志和异乎寻常的勤奋之外，并不都具备怎样特殊的才能。北宋文学家苏洵，“年二十七始发奋为学”，一年后，他参加了进士考试，落地。从此，他周游四方，到处求学，经过20年的艰苦努力，具备了渊博的学识和出类拔萃的才智，“下笔顷刻数千言”。嘉祐间，与二子轼、辙同至京师，翰林学士欧阳修得其文22篇，商于宰相韩琦，授秘书省校书郎。洵文奇峭雄拔，一时学者竟效苏氏为文章。著有文集20卷，《法》三卷，纂建隆以来礼书，成《太常因革礼》100卷。名入“唐宋八大家”之列。

另一位跻于“唐宋八大家”之列的北宋古文家曾巩，同样曾经历过考场失利的踬顿。仁宗庆历二年（1042），曾巩23岁时应进士试，落地。回乡后决心“广其学而坚其守”，经过15个春秋锲而不舍的努力，于嘉祐二年（1057），他同三个弟弟、两个妹夫同时进京应试，一门六人全部考中进士，一时传为佳话。巩官至中书舍人，尝编校史馆书籍。他藏书至2万卷，皆手自校定。既没，后人集其遗稿成《元丰类稿》50卷，续稿40卷，外集10卷，名入《宋史》。

清蒲松龄也有过四次应试落第的挫折。多次落第后，他曾撰一副长联刻于镇尺上自勉：“有志者、事竟成，破釜沉舟，百二秦关终属楚；苦心人、天不负，卧薪尝胆，三千越甲可吞吴。”表达出自己在事业上不达目的誓不罢休的决心。正是凭借了这种“百二秦关终属楚”“三千越甲可吞吴”的宏大志向和顽强毅力，激励他长期深入民间，广集博采，发奋著书。经20年不懈努力，完成了《聊斋志异》这一家喻户晓的传世名著，以及《聊斋文集》《聊斋诗集》《聊斋俚曲》等著作。

西方谚语说：“条条道路通罗马”。“名落孙山”的挫折，会使志向远大者更理智地认识自己，更明确地认准目标，集中精力，百折不挠，多遂平生之志。明朝徐渭，字文长，曾先后8次应进士试，仅得“诸生”名号。于是立志自学，潜心于诗文书画，成一代著名文学家和书画大家。明长安派领袖袁宏道称其文“一扫近代芜秽之习”，推崇为“明代第一”。有文集30卷、遗稿24卷传世。明朝李时珍，也曾经三试三败之后，立志学医。他历时27年，坚持深入民间，上山采药，参考历代医学文献800余种，博采众说，芟繁补阙，订正讹误，终成《本草纲目》52卷，以及《七经八脉》《濒湖脉学》等医学著作，为祖国医学作出巨大贡献。

当代颇有成就的名人中曾名落孙山者也不少见。著名剧作家曹禺，年轻时投考北京医学院，三次失机。后考入文科大学，立志于戏剧创作，阅读了大量的中外戏剧作品和戏剧理论，终以《雷雨》《日出》等名剧的创作驰名剧坛。苏阿芒中学毕业后，曾连续三年报考大学西语系，均以失败告终。之后，他凭借顽强的毅力坚持自学，先后掌握了英、意、德、法、俄、波兰、瑞典、捷克、西班牙等二十多个国家的文字和世界语，创作和翻译了大量诗歌、文艺评论和散文。他的作品在近40个国家、以十多种文字发表，被誉为“世界语大师”。瑞典出版的世界语杂志《希望》，曾在封面上登有苏阿芒照片，并冠以横题曰：“文艺领域中一颗新星在东方闪光”。维也纳世界语博物馆还陈列着他的半身铜像。

名人也曾落孙山。名落孙山不碍，可怕的是名落孙山之后的一蹶不振。古今无数人走过的道路证明：名落孙山，同样可以开启通向成功的大门。

（原载《课外学习》1988年第2期）

文章巨公和七龄诗童

中唐时候，有一位叫李贺的诗人，其诗想象丰富，炼词琢句险峭幽诡，在当时和以后都很有名气。

贺七岁能诗文。当时的大文学家韩愈和著名诗人皇甫湜，一个偶然的机会读到李贺的诗篇，都十分赞赏。但对李贺其人又全不了然。有人告诉他们说，李贺即李晋肃的儿子，而李晋肃只在边远地方做过一任小官。于是，二人相约亲去李贺家中探访。

一日清晨，两位文章大家骑着马到李晋肃家。两位声名显赫的朝廷官员突然来临，李晋肃惶悚不已，连忙诚惶诚恐地迎至厅堂。二人寒暄数语之后，即提出请见其子。李连忙把儿子唤出拜见宾客。韩与皇甫二人一见李贺，俱惊异不已。他们无论如何也想不到，能写出那样风格新奇、词语幽怨的诗篇者，竟是一个稚气未脱的少年。于是韩愈问道："听说你能诗，能给我们写一首吗？"

当面写诗，无疑有测试意。李贺欣然承命，铺纸执笔，仰颔微吟，随即在展开的纸上写下诗题：高轩过。

二公凑近跟前，看他挥笔疾书：

华裾织翠青如葱，金环压辔摇玲珑。

马蹄隐耳声隆隆，入门下马气如虹。

云是东京才子、文章巨公，

二十八宿罗心胸，九精耿耿贯当中。

殿前作赋声摩空，笔补造化天无功。

庞眉书客感秋蓬，谁知死草生华风。

我今垂翅附冥鸿，他日不羞蛇作龙。

韩愈和皇甫湜二人览李贺诗作，俱惊叹不已。韩愈甚至把自己的马让李贺骑上，自己让人另备了一匹，与李贺并骑而行，回到自己的居所。

一个七岁孩童与名满天下的文章巨公连辔而行，当即轰动京师。之后，李贺写诗更加勤奋，名亦愈远播矣。21岁时，他曾报名参加进士考试，但为妒者诋毁，说他参加进士考试，是不避家讳。你爸爸叫李晋肃，名字中带个“晋”字，“晋”“进”同音，你报考进士，就是冒犯父讳，大不敬。李贺没办法，只能不考了。韩愈为此还写了一篇《讳辩》，为之鸣不平，文中说：“父名晋肃，子不得举进士。若父名仁，子不得为人乎？”可惜也没管多大事。李贺从此就完全失去了考取进士的资格。相传，他每日清晨起，即骑驴外出，从小奚奴，背古锦囊，途中得佳句，即书而投囊中。及暮归，整理成篇。天天如此。他只活了27岁，留下诗歌233首，四编。杜牧为之作序。传说，他死前，对母亲说：“天帝新建了一座白玉楼，召我去，为之作记，我要去了。”这是关于这位天才诗人的最后一个美丽的传说。

（原载《知识窗》1985年第3期）

成功者不尽是天才

许多人由衷地赞美和羡慕成功，但只是盲目地迷信和崇拜天才。他们想象着古今的成功者都必定有着禀赋过人的天分。因此，在成功者之阶下往往自惭愚钝，伫马踟蹰。

其实，成功者不尽是天才。翻阅古今名人传记，你会发现，许多获得伟大成就的成功者，也往往与常人智力高力相仿，甚至有的生性愚钝，并非个个才华横溢，超逸绝伦。

成功者不尽是天才，切忌因自身智力一般而妄自菲薄失去进取之志。孔子评价他的弟子时讲："柴也愚，参也鲁。"参就是曾参。孔安国注释："鲁，钝也，曾子迟钝。"但"圣人之道卒之鲁也传之"——孔子创立的儒家学说终于由生性愚钝的曾参传了下来。清朝著名史学家章学诚，据说他少年时也资质甚低，但他经过勤奋努力，不但考取了进士，官国子监典籍，而且历主北方各书院讲席，于古今学术立论多前人之所未发。

文化、科学、艺术各领域都一样，仅凭一点点聪慧之借力送上成功之巅的古来罕见，而并不聪明的成功者却不乏其人。京剧表演艺术大师梅兰芳，初学艺时资质并不突出，且屡遭师父斥责，谓其愚呆不化。18 世纪法国大作家巴尔扎克，在学校读书时曾被教师归类资质愚钝的学生。

举世闻名的数学家华罗庚教授，念小学时因为成绩不好连毕业证书都没拿到。初中一年级时他的数学成绩经过补考才及格——无疑称不上是聪明。在数学函数值分布论研究中取得了重大成就的张广厚，考中学时因数学不及格而名落孙山。在大学里，第一次数学分析测验还得过 2 分——也难说有什么过人的天资。提出行星运动三大定律的法国著名天文学家刻卜勒，原是个七个月的早产儿,幼时又被猩红热毁灭了他的视力,连完整教育也没受过——天才的队伍里自然排不上他。

就是大名鼎鼎的爱因斯坦，同样是个并不聪慧的成功者。据说，这位神圣的科学大师，幼年时老师给他下的批语竟是：“生性孤僻，智力迟钝。”学校的训导主任甚至对他的父亲断言：“你的儿子将一事无成。”成功者并非尽天才，聪敏与迟钝，除去起步时的一点点距离外，在他们攀登成功之巅的过程中，则有着同样远的路和同样多的艰难。“搬运夫和哲学家之间的原始差别，要比家犬和猎犬之间的差别小得多。”（《马克思恩格斯选集》第1卷第124页）距离的拉开主要取决于后天所付出的辛劳和汗水。

愚钝者也能走向成功，是因为愚钝能生出一种知耻心。古人说：“知耻近乎勇。”认识到自己的愚昧常有超越聪敏者几倍的毅力和勇气。晋朝左思，少时笨拙，学书法、学音乐都学不好。他写《三都赋》，陆机竟讥笑说：待之写成，“当以覆酒瓮耳”。他苦志发奋，精心构思，文成后，京师传抄，竟致洛阳纸贵。

清代著名学者阎若璩，幼时是个被许多人认定的笨孩子，他患口吃病，记忆力极差。据说他6岁入学，读书百遍，仍不能背出。到15岁，读书仍不能解其义，被人讥为不可雕的朽木。他深以此为羞，遂集陶贞白、皇甫士安句为一联，题于居室之柱:“一物不知，以为深耻; 遭人而问，少有宁日。”从此，他刻苦研究经史，寒暑不辍。遇有疑义，则反复穷究，必得解答乃止。数年后，其治学精神与广博知识俱为同辈儒生所钦服。他博通经史，专于考证，读《尚书》古文25篇，即疑其讹。之后沉潜30余年，作《古文尚书疏证》八卷，明《尚书》古文25篇为东晋人伪作。尤精地理，与修《大清一统志》，撰《四书释地》五卷及《孟子生卒年考》《潜丘札记》等，成为当时享有盛名的经学家和考据学家。

近代著名书法家刘介玉，幼年读书时，写字歪斜拙劣，屡受人嘲弄。他立志学书，向善书者求教。或告以“学书无捷径，只要苦心练习。”他家穷，没钱买纸笔，便找了两块大砖，安放于走廊间，每天早早起床，取人家用秃的笔，在砖上练字：一砖渍水，复易一砖，日尽清水数碗。几年以后，书法大进。

我国著名生物学家童第周教授幼时也不聪慧。上中学时，第一学期平均成绩才 45 分。学校曾令他退学或降级。他一再请求校长让他跟班试读一学期。学校勉强同意后，他开始以惊人的毅力发奋苦读。早晨天未明，即悄悄起床，在路灯下读外语；夜里别人都休息了，他仍然站在路灯下自修功课。学监发现，关上路灯，他趁学监不备，又悄悄溜进厕所里的灯下学习，把学监也感动了。经过刻苦努力，到第二学期，他的平均成绩达到 70 多分，几何还考了 100 分。他后来说：“第一次取得 100 分，那件事使我知道我并不比别人笨，别人能办到的，我经过努力也能办到。天才是用劳动换来的。”

“天才是用劳动换来的”——古今无数成功者走过的道路告诉人们，辛劳和汗水会使愚钝变得聪明，并能奇迹般地走进成功的殿堂。

（原载《课外学习》1988 年第 9 期）

画佛点睛

顾恺之，东晋时的著名画家，字长康，小字虎头。他博学有才气，尤善绘事，时有“三绝”（才绝、画绝、痴绝）之誉。后人把他和陆探微、张僧繇、吴道子并称为“画家四祖”。

相传，顾恺之画人或佛像常数年不点睛。语人曰：“传神写照，正在阿堵之中。”“阿堵”，晋代口语“这个”的意思，这里特指“眼睛”。他的意思是：人的其他部分画得美一些、丑一些，都不大要紧。画得逼真传神，关键在眼睛。

据唐张彦远《历代名画记》记载，晋朝的京城建康（今南京）修建过一座有名的瓦棺寺（原名慧方寺，民间以建寺时掘地有瓦棺，因名焉。亦称瓦官寺。）寺里的和尚向京中的士大夫们募捐，京中豪富虽多，但没一个捐款过十万的。当寺僧向顾恺之募款时，他竟一下子写下一百万的巨数。其实，顾恺之当时家境很贫寒，哪来这样一大笔款兑现呢？众猜测不一，乃至有人竟说他不过说说大话罢了！到时他拿不出来，谁能有什么办法！顾恺之呢，似乎一点儿也不着急，只是对寺院主持说：“请给我在寺中粉刷一面墙壁，一月后即可献上百万捐款！”

墙壁粉刷好后，顾恺之入寺逾月不出，精心绘了一幅佛经中说的那位学问渊博的维摩诘居士像。佛像将成，最后只剩下点睛这一步，他对主持和尚说：“待寺庙开光日，可让众人来看我点眸子。第一日，观者请施 10 万，第二日可 5 万，第三日开始随便捐。”消息传出，果然有成千上万的人来瓦棺寺，参观这位名满京城的大画家为佛像点睛。

画于素壁上的维摩诘居士像，初看时并不见奇妙处。待朝阳初上，人聚如堵之时，顾恺之即伫立壁前，屏气凝神，挥笔一点，顿时，奇迹豁然出现：维摩诘栩栩如生，光照全寺。观止惊叹不已，纷纷捐钱祈福，俄而得钱逾百万。

（原载《知识窗》1985 年第 6 期）

艺术家的晚年

生命不已，创作不止。许多中外艺术家晚年的创作生涯，令人感动、令人敬佩。

俄国20世纪现实主义绘画艺术大师列宾，是一位在世界画坛上享有盛誉的艺术家。提起他，人们就会想到他创作的《伏尔加河纤夫》。他一生勤于绘画艺术，曾说："如果在某一幅画上有8个人物，那么，事实上，我画过的就有80个或8倍于80个人物。"（《回忆列宾》）当他80高龄时，举臂艰难，就把调色板挂在脖上继续作画。

列宾的做法并非绝无仅有。我国著名女家作丁玲，"文革"浩劫时受尽折磨，落下难以忍受的腰疼病。她再不能伏案挥洒自如了。但她不甘心于自己创作生命的终结，就自做了一块特殊的写作板——用一块二尺见方的木板，四角凿上四个眼儿，系上两条布带子，套在双肩上。凭着这样一块写作板，她或倚于桌旁，或靠在墙角，凝思片刻，写几行字。一篇篇文笔清新、优美的散文就是这样写出来的。

作家草明晚年时的创作，则是靠一个独特的木板支架进行的。战争年代的艰辛给她留下了腰腿疼的病。"文革"期间，她又住"牛棚"，又下放农场劳动，腰疼得愈加厉害。为了坚持写作，她请人制作了一个特殊的木板支架，支架的两条腿长，两条腿短。写作时，两条长腿支在地上，两条短腿支在沙发上。利用这样一个别具风格的支架，她写出了大量的文学作品，并用四年多的时间，创作了40多万字的长篇小说《神州儿女》。其意志和毅力令人敬服。

著名文学批评史专家郭绍虞晚年坚持写作的办法，不只奇绝，更令人敬服。郭老是知名学者，书法造诣也极深。他89岁高龄时，臂痛手抖，执笔艰难。为此，他在自己书案的上方横架起一根竹竿，下系一根塑料绳，写字时就把手套在塑料绳上，如此，就能稳稳地写字了。

“春蚕到死丝方尽，蜡炬成灰泪始干。”从古洎今的许多名人学者，一生献身事业，兢兢业业，奋斗不已。直至耄耋之年，仍以舍命忘身的工作作为自己最大的生存价值，令人敬佩。

20个字的祭文

宋代李观任江西清江县令时，恰值欧阳修护送母柩回故乡安葬，庐陵太守请李观代写一篇祭欧母文。李撰文道："昔孟轲亚圣，母教之也；今有子如轲，虽死何憾。尚飨。"太守看了不胜惊讶。以为太简。李观道："只此已足，不必惊怪。"据称欧阳修读到此文，不胜欣喜，以为李观才学不凡。

祭文虽只区区20字，但用之于欧母却十分恰切。欧阳修4岁失怙，母教成名，祭文虽只突出此一点，实胜无谓赘语。

写短文也是一种能力。短而充实，不空洞、不干枯，又不支离破碎，成为一篇完整的文章，并不容易。深思熟虑、厚积薄发，或为把文章写短的途径；真知灼见、言简意赅，应是短文的灵魂。

（原载1989年8月15日《团结报》）

读归有光《寒花葬志》

归有光，字熙甫，号震川，昆山（今江苏昆山市）人，明代后期著名散文家。清黄宗羲在《明文案序》中说："议者以震川为明文第一，似矣。"归有光自幼即爱读司马迁的《史记》，相传他曾用五种颜色的笔圈点此书。他的散文受司马迁和欧阳修的影响很大，但又突显自己的特色。他善于用疏淡的笔墨记述发生在家人、朋友之间日常生活琐事，"每以一二细事见之，使人欲涕。"（黄宗羲《文案》卷三）言近旨远，流露出沉郁、真挚的情感。《寒花葬志》就是一篇具有这种特点的优秀篇章。文仅百余字，兹录于下：

"婢，魏孺人媵也。嘉靖丁酉五月四日死。葬虚丘。事我而不卒，命也夫！

婢初媵时，年十岁，垂双鬟，曳深绿布裳。一日天寒，爇（ruò）火煮荸荠熟，婢削之盈瓯，予入自外，取食之，婢持去不与。魏孺人笑之。孺人每令婢倚几旁饭，即饭，目眶冉冉动，孺人又指予以为笑。

回思是时，奄忽便已十年。吁，可悲也已！"

归有光的散文，其最大特点就是笔意疏淡，于不要紧之题，说不要紧之语，寓深情于细事，这同样是本篇的一大特色。

寒花，是作者妻子魏氏的婢女，后魏氏四年卒。文中虽只写了寒花的三件事：初来时的打扮，削荸荠时的顽皮，吃饭时的神态，但一个天真可爱的女孩子形象，已活脱脱地出现在读者面前。"垂双鬟，曳深绿布裳"八个字，不只描绘出寒花的服饰；"垂""曳"二字更突显了一个小姑娘的特征；削荸荠后的"持去不与"，仅四字，寒花那天真无邪而又憨顽的性格便跃然纸上；最后用倚几用饭时"目光冉冉动"，则逼真地刻画出寒花活泼可爱的神态，也属画龙点睛之笔。三件极为平常的小事，既细致突出地表现了人物的形象性格和心理特征，又寓作者的深思于生活细事的追忆之中。

寓怀念于言外，是这篇短文的另一特点。题目是志寒花，文字是写寒花，但字里行间却无处不流露出作者对亡妻魏氏的怀念。

文中写寒花三件事，三十七字，却两次提到妻子魏氏：寒花削好荸荠“持去不与”主人时，“魏孺人笑之”，此不只笑寒花之憨顽，也笑丈夫之窘态；寒花“倚几旁饭，即饭，目眶冉冉动”时，“孺人又指予以为笑”，此笑既见寒花之神态可爱，又见作者与妻子间之伉俪情深。题非悼念亡妻，但思念怀恋之情已流露笔端。

以乐写哀，是这篇短文的第三个特点。作者妻逝婢卒，形孤影单，追怀往事，落笔动情：文章开头的“事我而不卒，命也夫！”文末复叹“吁，可悲也矣！”其哀痛之情可知。但文中却一反常情，尽写夫妻的和谐，婢女的天真。三番笑语，洋溢着一派甜蜜、欢愉的气氛。然而，“回思是时，奄忽便已十年”,这种欢乐气氛都已成往事。尽写其乐正为极写其哀！王夫之在《姜斋诗话》中说：“以乐景写哀，以哀景写乐，一倍增其哀乐。”本文正是以乐写哀，收到了相得益彰的效果。

情深出佳作，这是文章特别是记叙文写作的一条极为重要的规律。《寒花葬志》即是这样一篇感情浓郁之作。文中志事平常，词句上也无修饰，读后却令人激动不已、回味不绝。这主要取决于作品自始至终充溢着一种扣人心弦的浓郁情思。

前人评述归有光散文，称其“不事雕饰而自成风味”（王世贞《归太仆赞序》），“无意于感人，而欢愉惨恻之思溢于言表。”（王锡爵《归公墓志铭》）读《寒花葬志》，确能体会到他散文创作的这一特色。

读蒲松龄的《地震》

蒲松龄的《聊斋志异》是一部脍炙人口的名著。书中所收作品大部分是短篇小说，但也偶见记叙作者亲身见闻和经历的散文。该书卷十四所收的一篇《地震》即是这样的佳作。

《地震》一文，生动逼真地记叙了清康熙七年（公元1668年）六月十七日，发生在作者家乡（山东淄川，今淄博市）一次大地震的情况，当时作者正在表兄家作客，亲身经历了这场罕见的自然灾害。原文不长，照录如下：

康熙七年六月十七日戌刻，地大震。余适客稷下，方与表兄李笃之对烛饮。忽闻有声如雷，自东南来，向西北去。众骇异，不解其故。俄而几案摆簸，酒杯倾覆；屋梁椽柱，错折有声。相顾失色。久之，方知地震，各疾趋出。见楼阁房舍，仆而复起；墙倾屋塌之声，与儿啼女号，喧如鼎沸。人眩晕不能立，坐地上，随地转侧。河水倾泼丈余，鸡鸣犬吠满城中。逾一时许，始稍定。视街上，则男女裸聚，竞相告语，并忘其未衣也。后闻某处井倾仄，不可汲；某家楼台南北易向；栖霞山裂；沂水陷穴，广数亩。此真非常之奇变也。

有邑人妇，夜起溲溺，回则狼衔其子。妇急与狼争。狼一缓颊，妇夺儿出，携怀中。狼蹲不去。妇大号。邻人奔集，狼乃去。妇惊定作喜，指天画地，述狼衔儿状，已夺儿状。良久，忽悟一身未着寸缕，乃奔。此与地震时男妇两忘者，同一情状也。人之惶急无谋，一何可笑！

这篇文章分成两部分，第一部分记叙地震时的所见所闻，第二部分是附记的一件社会趣闻，与正文密切结合是文章的一个别具一格的结尾。

鲁迅先生在《中国小说史略》中说《聊斋志异》“描写委曲，叙次井然……

变幻之状，如在目前。”《地震》一文就充分体现了这一艺术特色。

避平铺直叙，着力于委曲多变。

这一篇连文末故事仅 292 字的短文，所记虽只是一场短暂的自然灾害，但写得有声有色，跌宕起伏，读来毫无呆滞之感，给读者留下深刻印象。

文章开头先交代了地震的年、月、日、时，随后写作者闻震时的情况：烛下对酌，“忽闻有声如雷”，一下子把读者带进一场大地震的遭际中；室内受震情况的描绘，是地震的发展；户外楼舍仆而复起，墙倒屋塌，儿啼女号，河水倾泼，鸡鸣犬吠，达到了地震的高潮；出现“男女裸聚”，是地震缓和时的情景；震后所见及传闻，是地震的终结。文章至此，本可以作结，然而作者又似随手拈来，巧妙地补缀上一个“狼口夺儿”故事，用这一生活中的趣闻，以印证常人在惶悚无谋时的“同一情状”，更见其巧于构思的匠心，可谓妙不可言。

古人论诗，强调“尺水兴波”；论画，推崇“尺幅千里”。蒲松龄这篇散文，真可谓文短而意丰。灾害的始终过程，人和物的各种情状，有发生，有变化，有高潮，有余波，脉络分明，层次井然。

避平淡刻板，着力于文字传神。

这篇短文，读后使人有身临其境、亲睹其状之感。如此艺术效果，主要得力于作者对人的各样情态的描写，如乍闻震声时的“众骇异”，室内震荡时的“相顾失色”，面临天地奇变时的“儿啼女号，喧如鼎沸”，灾害稍定后的“男女裸聚，竞相告语”，诸般情态都描写得活灵活现、栩栩如生，以人的各样情态反射灾害之重。文末“狼口夺儿”一节，也叙如亲睹，音容情态惟妙惟肖，使人回味前文所记众人在大震时的惶急无谋之状，益感真切。

避一味简古，着力于就简生繁。

文章叙事流畅凝练，神韵盎然，富有吸引人的力量，充分显示出作者驾驭语言的非凡功力。如地震骤发，用“忽闻”二字铺垫众人“惊骇”之态，继用“相顾失色”状其张皇之形，后以“喧如鼎沸”显其慌乱，末以“竞相告语”记其惊骇未定之状。文中表示震情的发展，则用“俄而”“久之”“逾一时许”这样一些表示时间的词语。终结时在“后闻”下记灾难过后的传闻。因系事后所闻而非目睹情景，在“井倾仄不可汲”“楼台南北易向”之前，加上限制词“某处”“某家”，说明只是某处某家，而非处处家家，透露出传闻的真实可信。大震，只是几分钟的事情，作者把这短暂的过程，以十分准确的词语划分成几个相互衔接的小的片断，既万态纷呈，又杂而不乱。

作者行文时力求简练，却非一味苛简，而是该简则简，该繁则繁。如大震发生后一段，就描写得不厌其详：从室内的几案摆簸、酒杯倾覆、梁柱错折，到室外的楼阁房舍仆而复起，河水倾泼、大地转侧，以及人之骇异、失色、喧沸，又杂之以如雷的震声、屋梁椽柱的错折声、墙倾屋塌声、儿啼女号声，鸡鸣犬吠声……，用了上百字，就写出了一种万声喧豗 、万态纷繁的大震真实景象。看似泼墨如云，实则惜墨如金，读去极显精确简洁，不觉多一字。

作者是一代文学巨匠，对为文谋篇的艺术手法有着独到的见解。他在《与诸弟侄书》中说：“……于他人数言可了者，予更以数十百言，排荡摇而出之。及其幅穷墨止，反觉纸上不多一字。如此又何虑文之不理明辞达、神气完足哉？此则所谓避实击虚之法也。”本文正是作者“避实击虚”之法的具体实践，达到了“理明辞达、神气完足”的艺术效果。

坐下吃饭

坐下吃饭，平常事。但吃饭也有许多讲究，这讲究主要在“坐下”两个字上，坐下吃饭，不能瞎坐：哪是上首，哪是尊位，哪是主宾，哪是陪席，很大学问。弄不好会坐出笑话。

中国礼仪古时以右为尊。官职中的重要职位叫“右职”，若说“无能出其右者”，就是说没有比他职位更高的了。奇怪的是，乘车与吃饭的礼仪又另一套：以左为尊位。《仪礼·乡射礼》注：“设尊者北面，西曰左，尚之也。”空着左边的位置以待宾客谓之“虚左”。战国时信陵君乘车迎侯生，就“虚左”以示尊敬。三国时有个虞翻，在吴国做官，魏文帝曹丕很敬重他，“常为翻设虚左”，也是这个意思。

“坐下吃饭”的规矩，基本上是论身份。《儒林外史》中一个小小的梅三相，只不过中了一个秀才，跟众人坐下吃饭时，碰上年长的周进，就与众人议论“坐下吃饭”的规矩道：“老友是从来不同小友序齿的”，原来旧时的士大夫们称儒学生为“朋友”，称童生是“小友”。周进年虽长，但还是个童生，所以人家梅三相“坐下吃饭”时就不跟他序年齿排位。就连一个夏总甲（总甲，大概相当于后来的村主任），芥籽大小的官儿，跟乡邻“坐下吃饭”，也是“进得门来，和众人拱一拱手，一屁股就坐在上席”，一点不客气的，就如同现如今的官儿们吃饭，坐在上位的一般是职位最高的什么“长”，而无论其年长年少。某些上了些岁数的人，都懂得“坐下吃饭”时不能恃老自傲，悄悄歪在侧席最为识相，别较劲儿。

当然，“坐下吃饭”的规矩主要重在官场，没见谁们家一吃饭就左呀右地谦让甚至战战兢兢的。孔夫子那么大学问也偶尔“与其门弟子闲坐”，没听说他老先生总强调“如何坐下”的规矩。淳于髡就很坦白的对齐威王说：他若参加“州闾之会”，碰上“男女杂坐”“握手无罚，目眙不禁”，可饮八斗不醉。猜想某些平时很讲究坐次的官儿们与小姐共坐包厢时，或许跟淳于髡差不大离的吧。

话说回来，真轮到正式场合的“坐下吃饭”则马虎不得。

一要讲座次的规矩。晁天王是晁天王，宋大哥是宋大哥，职位高低、年龄长幼、台上台下，如何坐下，都很有分寸感，常需见机而坐，视情而定，活用活用。

二是敬酒。坐下吃饭总免不了敬酒的。先敬哪位，次敬哪位，很难把握。比如老领导与现任领导同席、顶头上司与上司的上司同坐，如何摆布？先敬领导还是先敬领导的领导？先敬官儿大的还是先敬年长的？先敬晁天王还是先敬宋大哥？干整杯还是饮半盏略作表示？敬领导干了跟其他人干不干？干，不胜酒力；不干，岂不惹人非议？弄不好或有冷淡之虞，或有阿谀之嫌，难。

三是说话。坐下吃饭，只闷头吃不是个事儿，总要说话。说多说少，什么时候说，什么时候不说，没几个把握准的。多说则烦，少说又呆。祝进步，说不定人家正为不得升迁憋气；祝家庭和美，或许对方正陷于“第三者”纠缠而愁绪满怀。

“坐下吃饭”有身份、职位、尊卑、年龄之分，严格而又微妙，学问大了去了。遭遇“坐下吃饭”的场合，你最好别去；去了，也最好别坐下。可不坐下，又干什么去了？真是没法子的事。

（原载 2003 年 3 月 28 日《河北日报》）

南郭先生能够“滥竽”之理性推测

齐宣王有个三百人的皇家乐队。一位复姓南郭的先生不知怎么混进乐队里，成了一个吹竽手。不会吹，假吹，就那么装出卖力吹的样子。后来，宣王退，湣王立。湣王喜欢欣赏独奏，一个人一个人地吹，南郭再难混下去，悄悄逃走了。这故事出自《韩非子》，后来就有个成语“滥竽充数”，讽刺“无才而居位，以充其缺者”。

成语的出处和含义都明白，可细琢磨，这里边的问题不小。查《史记·六国年表》，知齐宣王从公元前342年到公元前323年在位，20年。就算他的乐队成立了10年吧，如此长的年头儿，那南郭是如何混下去的？顺着这个题目琢磨下去，于是有了如下的推测：

一、估计齐宣王的皇家乐队肯定有一个能使南郭先生混下去的体制。那支庞大的乐队也肯定不是个体经营、自负盈亏，或许由宫廷的“娱乐司”什么的部门管着，人员也由上边直接分配，既无严格考察，也用不着竞争上岗，一次分配定终身。上上下下三百多人都吃“财政饭”，吹与不吹一个样，吹好吹差一个样，没压力也没危机。如此，掩下个把南郭，当不为怪。

二、推测乐队始终没建立起一个干事的机制。勤不奖，懒不罚，对南郭们，领导们睁只眼闭只眼，上边不查，乐队不管。也许假吹者不止一个南郭，但既然真吹假吹一个样、吹好吹歹一个样，我南郭何苦卖那个力气？既然北郭混得，东郭混得，我南郭为什么混不得？——可混机制养成了想混的心理。

三、那南郭很可能自以为有可混的资格。他不一定对吹竽真的一窍不通——比如说持有音乐学院吹竽专业的毕业文凭，甚至还是吹竽硕士、博士什么的。现如今什么样的文凭头衔都可以办，只要肯掏钱。真的假的不说，反正皇家乐队选人一向看文凭不看水平。这样，有文凭就可持续混事且能混之久远。即使南郭真是圈内公认的吹竽高手，那就更有了假吹蒙事的身份——看如今某些很有点名气的“星”们，十万、二十万的出场费拿着，不也照样假唱蒙事吗？

四、没能力，有关系。人家跟乐队指挥甚至“娱乐司”某长有什么特殊关系。特殊关系就要特殊照顾，莫看乐谱全然不识，评优却年年有份儿，说不定还是全乐队的“最佳吹竽手”呢！生气也白生。

五、不干事，会来事。虽不学但有术，不会吹竽但会拍马。在齐宣王那里挺吃香。你以为宣王只喜欢吹竽？不对。他更喜欢拍马，打老辈子就“会干的不如会吹的，会吹的不如会拍的，会拍的不如会塞的”。会拍也是学问，没准儿南郭先生就瞄上这一最易攻破的薄弱环节，你练吹竽，我练拍马，只要宣王高兴。你想啊，不会吹竽而伪装吹竽，一天两天行，日子长了，三百人的乐队能没一人觉察？不会！但知道了也说不得。世界上有许多事说不得。比如《皇帝的新衣》中，那么多大臣，有谁指出了皇帝在光着屁股现眼呢？人家宣王赏识南郭，夸他技艺又高，又卖力，没准儿授他“四大名吹”称号，正准备提拔为皇家乐队的领队呢，偏你说破他是假吹、是装蒜，那不是在讽刺宣王的识人能力？因此，大家虽然都心知肚明，但大家也都知道言语深浅，知道深刻领会上头意向的重要，这客观上就给南郭创造了混事的最佳环境。

六、再一种推测是：南郭先生也许并非无一技之长，此公是吹竽的蹩角，很可能是另一技艺的行家。或许他能谱曲，能指挥，能拉大提琴，吹萨克斯或发疯般地把架子鼓打得如疾风暴雨，但阴差阳错地被“颟顸伯乐”安在了吹竽的位置，学非所用，用非所学，又要挣饭吃，又要撑面子，滥竽充数就成为先生的首选之举。

不要“南郭”，真不是件容易事。

（原载《干部党员人才》2003 年第 9 期）

西天取经班子的一次民主生活会记录

遵照佛祖旨意，唐僧师徒走过狮驼岭后，借休整之机，召开了西天取经班子的第三次民主生活会，下面是师徒四人在民主生活会上的发言记录。

唐僧：

奉旨西天取经，艰难险阻重重，菩萨正确领导，佛祖决策英明，众徒戮力同心，得以众志成城。我佛慈悲为本，志在超度众生，妖魔也是性命，得宽容时且宽容。坚持此项原则，险途则可畅行。悟空威勇有加，无奈杀心太重，八戒憨而且慵，有时却能大成。为师肩负重责，教诲时有放松，此项工作之误，希望大家批评。“妖际关系”错综，个个来历非轻：或为老君司磐，或为菩萨随从，或与天王有故，或为护佛大鹏。众徒谨记：原则原是人定，但能通融且通融。阿弥陀佛！

悟空：

吾性躁而行鲁，修行很不到家，师父教诲全没往心头挂。就说那白骨精，一打不行，还要二打三打，惹得师父念紧箍咒，直把嗓念哑、舌念麻。

千磨万难今方悟：原来，原来这“原则”也是个玩意儿，你说它是啥，它就是啥。八戒师弟对此悟性堪夸。自今而后，得放手时且放手，金箍棒儿权且当游戏耍。留得路一条，能兴则兴，能发则发。

八戒：

我有两大过错：一是好吃，二是好色。孔子曰：“食、色，性也。”老猪虽法号八戒，这“性也”二字就十戒也挣脱不得。因此，档案中记着我骚扰嫦娥，出家后也没少被美女诱惑。贪点儿吃喝，但没拿过公款挥霍；攒点儿私房钱，却不曾巧取豪夺；恋床嗜睡，是为有个健康体魄；亲近女色，可没有过“三者”“四者”。

我佩服猴哥执着，可佛祖的紧箍咒儿，正是不让你执着得过火；我欣赏老沙仁厚，但生活未免少了点洒脱。出家，出家人都想修成正果，成正果也是为享受生活。天下那么多和尚，那么多和尚岂能个个成佛？取经也是美在过程，待归来，猴哥还得回花果山，老沙还得回流沙河。高老庄也许有了点儿知名度，俺老猪只想守着浑家一块儿过。最终了，山还是那道山也，河还是那道河。我说得是对是错，反正是实话实说。

沙僧：

取经路上，千难万难，赖师傅领导有方，方得一往无前。二位师兄都是我学习的典范，他们那超人的本领和闪光的优点，我一生也学不完，大师兄一身正气，忠心赤胆，倘多一点儿刚柔并济，以恩化怨，自然就十全十美。还是师父的话一语中的：妖也可入佛门，魔也能够成仙——“无底洞”的耗子精都供着天王牌位，可见妖魔也有向善的一面。按照师父的思路，何妨以妖治妖，变消极因素为积极因素，很可能一路顺风，太平人间。

二师兄性格随和，有极好的人缘。生活上的些许随便，也环境使然，用不着上纲上线。水不可至清，人不会十全，评之为德才兼备，我看谁也不会有啥意见。

本人孤陋，修行薄浅，有一身力气，只会挑担。为了共同目标，再苦再累也无悔无怨。哪怕千万双芒鞋走穿，也决心追随师父闯魔障，越险关，上灵山，完成一生宏愿。

我佛慈悲，善哉。

《记录》上报观音，观音呈佛祖，佛祖阅后批示曰：

“潜心于委婉措辞，推敲于文字游戏。以功盖过，避实就虚，高高举起，轻轻放下。大事化小，小事化无，以求放‘春风’而得‘夏雨’者也。

人去浮躁心，就会发现：一次实事求是的批评，胜过一打甜言蜜语的捧场。‘隔靴搔痒赞何益，入木三分骂亦精’。此俗家言，但对我佛门也颇多启示。”

（原载 2003 年 3 月 29 日《保定晚报》）

“武大炊饼”的广告策划

物因名贵。“武大炊饼”就因借上那么好玩的风流故事而天下知名。现如今，武大早已不再挑着炊饼担子沿街叫卖，而是建起了颇具规模的“武大炊饼开发有限公司”，且开发出式样繁多、功能不同的系列炊饼名品，包括以“黑五类”为主打原料、长期食用绝对青春永驻的嫩肤养颜炊饼；以现代顶尖科技手段从参茸鞭草等28种名贵中草药中提炼出的有效成分加入其中，绝对比“伟哥”更“伟”的护阳强肾炊饼；绝对能改变基因、促使先天智慧细胞疯狂裂变、足与“黄金搭档”媲美的增聪益智炊饼；独家买断梁山泊食品秘制专利，久食能强筋壮骨，“一口气上九楼”，绝对比“李大爷”还“腿脚灵便、走路有劲儿、腰板也直啦”的健身益寿炊饼。此之前，武大得高人点拨，决定投巨资在央视各频道之黄金时段进行轰炸式宣传，并请一流专家做了如下广告策划创意：

创意一：武松英姿勃勃、大嚼炊饼。而后手提梢棒、大步上岗。吊睛白额大虫自林中窜出，二郎三拳打死，持棒眄死虎曰：“小样的，尔安敌武大炊饼之神力哉！”

创意二：“武大郎炊饼店”。店招迎风，购者攘攘。武松食饼，豪情满怀；潘金莲相陪，风情万种：“好吃点，好吃点，好吃你就多吃点！”

创意三：浪子燕青拜晤李师师，献上精包装“武大炊饼礼盒”，曰：“常吃武大炊饼，今年二十明年十八。”

创意四：武大夫妇接管朱贵酒店，更换匾牌曰“武大炊饼广场”。宋江等为之开业剪彩。继而大排筵宴，潘金莲端炊饼上，诸好汉风卷残云。宋江口谕：“武大炊饼，梁山好汉练功指定食品！”

之后，公司董事会特请智慧家吴用、公关家燕青、经营家孙二娘、学问家萧让等评论议定。

吴用认为：武二形象真实实在，很有说服力，比“星”们的瞎乍唬强。

小乙意见：金莲绝代佳人，与炊饼文化相连，有卓文君当垆之风韵，更平添武大炊饼之性感魅力。

孙二娘建议：“好吃你就多吃点”，叫人一听就是抄人家的，建议改成：“武大炊饼，叫你想她！”，肯定有令人浮想联翩之效。

萧让曰：四种创意，各具千秋，无妨都制成广告短剧轮番播出。并建议聘“花和尚”为武大炊饼之形象大使。大家齐赞“甚妙”。

智深可能多喝了半坛酒，闻知，吼道：“什么鸟炊饼！洒家只好狗肉烧酒。不干，不干！”

从“非典”想到吃饭

大家天天都吃饭，但大家从未经过“非典”。因为非典而想到吃饭：吃的习惯，吃的风俗，吃的文化——八竿子不挨的事，也突然有了关系。

先说“吃的习惯”。国人对“吃饭”这事，一向很注重，又一向大大咧咧：“不干不净，吃了没病”。伸手摘了个瓜，树下捡个枣，拿手拍拍就往嘴里送。如今知道，敢情“非典”还能从消化道传染，所以，每当往嘴里送什么东西的时候，不能不小心翼翼。“饭前洗手，饭后漱口”，幼儿园时阿姨就教，再简单不过，但最简单往往又最难，真做到的没几个。是“非典”告诉我们：饭前不洗手很玄。而且怎么洗还有很大讲究。别说“饭前洗手”，不“饭前”时也洗起来没完没了。“非典”告诉的比阿姨告诉的管事。勤洗手真是个好习惯，不知“非典”过去，光剩下“阿姨”的时候会不会又忘个一干二净。

还有“吃的风俗”。咱们国人喜欢聚餐，七八个人围在一起，主人殷勤布菜，客人频频把盏，热情、热烈、热闹得过火，国人在吃上的风俗，敝帚自珍，改也难。就说咱们一向津津乐道的火锅，最大特色不过就是一圈人往一个锅里涮筷子吧？大家涮了几百年，也没人说有什么不好，还说“走向世界”，不知道人家“世界”接受不接受。“非典”终于给大家上课了：这种不管什么人围成圈起哄的吃法很不怎么样，近距离接触最容易飞沫传染；觥筹交错难免病从口入。于是，人们想起来分餐制，吃多少盛多少，自己吃自己的，没人觉得冷清。看来几千年的风俗也不是非“风俗”下去不行。饭庄推出个牌子，明告：“本店设有分餐餐厅”，猜想准有不小的吸引力。变化也是商机，聪明的商家不妨一试。

再说“吃的文化”。中国文化中，“吃文化”大概数最顶尖的。不信你看咱们的成语、俗语中，很多都拿“吃饭”说事，像“废寝忘食”“一饭千金”“画饼充饥”“坐吃山空”“东食西宿”“因噎废食”“君子远庖厨”“过屠门而大嚼”“巧妇难为无米之炊”“人为刀俎，我为鱼肉”等等，就连治国都说“治大国如烹小鲜”，这种“吃文化”之运用于实际，更出类拔萃得令人叹为观止；八大菜系各具特色，满汉全席独占鳌头，世界上任哪个种族、民族的人听了也得呆若木鸡，白瞪着眼发愣，佩服得五体投地。

咱是悠悠万事，唯吃唯大。天下什么事，都靠吃去办。所有节日其实是“吃”的节日，婚丧嫁娶“吃”字当先，求人办事以“吃”铺路：“抽空一起坐坐”——“坐坐云者”，“吃”之谓也。不“吃”，谁有闲工夫跟你干坐着？真是的！《红楼梦》一百二十回，最精彩的章节是写“吃”，《李有才板话》中，村民们有点矛盾需要调解，先得吃一顿大饼。“吃”文化之精髓，古老的是“四荤四素，八大海碗”的席面，谓之“吃排场”。如今是生猛海鲜、珍禽异兽，娃娃鱼、穿山甲、丹顶鹤、梅花鹿、活吃猴脑，百年老龟，一蛇三吃，红烧鱼端上来那鱼嘴得一张一合的动。这叫“吃身份”。这“吃身份”，把“文化”吃得茹毛饮血、杀气腾腾、昏天黑地，变成“吃疯狂”“吃残忍”。这是“吃文化”的变异，就如同变异了的冠状病毒一样，无特效药可治。前些年，一些地方搞“煞三风”“煞五风”之类，“吃喝风”都排在第一。把解决“吃”的问题当运动搞，但“运动”过去了，依旧“吃”风强劲，未能稍减其势。多年来未解之难题，孰料，“非典”竟意外地显示出很不小的威慑力。从此，让老饕们吃得阴风飕飕、毛骨悚然，没有了往日的潇洒。科学家们说：“非典”冠状病毒可能源于某种野生动物，再肆无忌惮地吃下去，不只非典型性肺炎，还能吃出非典型肝炎、脑炎、骨髓炎也不一定。呜呼，但愿野生动物们因此逃出“吃劫”，当拊额而庆矣。

（原载《相知》2003年第6期）

小事悟道

生活中有些小事，几乎天天在自己或自己身边的人身上发生，只不过自己很少想，别人也很少议论。比如勤洗手，勤洗澡，不随地吐痰、咳嗽时要拿纸巾捂住口鼻啦什么的，似乎都挺有道理，都该那么做，但因为是小事，也就不怎么在意。咱们的观念一向以为“小事无大碍”，大家都这么想，于是大家都不在乎，一代人一代人往下传，“不拘小节”遂成“不可救药”。“非典”一来，慌了，敢情这“小节”之“不拘”，竟会成病疫传播之通道，甚至危及生命，这才不得不在诸般“小节”上小心翼翼。

小事亦可悟道。古人讲“效小节者不能行大威”（《后汉书·冯衍传》）。大由小组成，小与大相连，从小事可检验一个人道德修养的高下，而千百人的千百小事则成为影响社会文明程度乃至国家声誉的重要因素。看过一篇文章讲，在意大利，一般旅游去处都是用意、英两国文字做介绍。而在著名的比萨斜塔下，则多了一块用中文写的“指示牌”：“请不要随地吐痰！”那是专为“指示”国人的么？不“呜呼”当如何？只“呜呼”何所宜？

看来，随地吐痰、便溺之类，并不跟个人隐私一样，完全属个人之事，不能再说“管天管地，管不了撒尿放屁”，自己想如何就如何的随心所欲。辩证看“非典”，其一大好处，是使我们懂得了，战胜如此大的灾难竟主要是从生活小事上阻断病疫的传播渠道。这种懂得，意味着传统习俗的更新、社会公德的觉醒、生活方式的进步。

天下事，许多灾难和危机，大多因疏于警觉而积于忽微。80 多年前，曾震惊世界的豪华邮轮泰坦尼克号撞击冰山沉海之谜，最近被美国科学家解开：原来是因为连接船壳钢板的铆钉质量太差，结果在邮轮遭猛烈撞击的情

况下，铆钉纷纷断裂，以致邮轮沉没，1500 名乘客遇难。如此庞大的巨轮，竟毁于小小的铆钉，小事可以小觑么？我国旧时有民谣云:“钉子缺，蹄铁卸;蹄铁卸，战马蹶；战马蹶，骑士绝；骑士绝，战事折；战事折，国家灭。”——一颗钉马掌的钉子（又是钉子！），竟导致战争的失败乃至国家的灭亡！今年春季发生的“非典”肆虐，谁知是不是由“一颗马掌钉”那样的细末之事导致的呢！难说。

小事之可悟道，自然非仅此一端。古人以小事论大道之论颇多，如“莫见乎隐，莫显乎微”——从隐微之事而悟修养之道；“一屋不扫，何以扫天下”——从“一屋之扫”而悟成长之道；“不贵尺之璧，而重寸之阴”——从“寸阴当惜”而悟惜时之道；“一粥一饭当思来之不易，半丝半缕恒念物力维艰”——从“一粥一饭”“半丝半缕”而悟节俭之道；“受一文我为人不值一文”——从“一文不受”而悟清廉之道；“一枝一叶总关情”——从“一枝一叶”而悟爱民之道……小事悟道，许多人生大道理往往蕴含于小事之中。两千多年前，梁惠王听了庖丁论“解牛”之技，说：“善哉！吾闻庖丁之言，得养生焉。”（《庄子·养生主》）连治理国家那么大的事，老子还说：“治大国如烹小鲜”呢，又浅显，又生动，又深刻。咱们都吃过煎小鱼，可谁又从煎小鱼这样的小事中悟出治国之道来呢？可见，小事悟道，知悟和能悟并不易——知悟是自觉，能悟是智慧。没有这样的自觉和智慧，说不定“非典”没有卷土重来，随地吐痰、乱丢垃圾之类又会旧病复发。——变异了的病毒或许比原来的更顽固。

（原载 2003 年 6 月 28 日《保定日报》）

且慢“忽悠”

小品“卖拐”很有意思。就那么云苫雾罩地“忽悠”一气，生生儿让个腿脚没任何毛病的壮汉自感腿瘸，心甘情愿地买拐上当且感激涕零。

文艺源于生活。“把正的忽悠邪了，把灵透的忽悠茶了，把腿脚好的忽悠瘸了。”虽然夸张了些，但人们信。因为生活中不乏这样的“忽悠”现象。

察“忽悠”之法，通常有四：

一曰吹嘘式“忽悠”。“忽悠”者，无非上嘴唇跟下嘴唇一碰的事，只要你敢于有天没日头地一通神侃胡抡。当年张松反难杨修，就一通吹嘘式“忽悠”，把个挺聪明的杨修给“忽悠”住了。

吹嘘式“忽悠”的特点，是连眼都不来眨巴一下地无中生有、石破天惊。眼下住着土谷祠，咱就“忽悠”想当年——“我们先前，比你阔得多啦！”自己明摆着没出息，咱就“忽悠”跟某名人喝过茶、聊过天儿、坐过一节车厢，叫你自愧弗如。此辈倘梦游般弄上个一官半职，那就成了“忽悠型”干部。你问今天的实际情况，他跟你“忽悠”未来的无比辉煌；你问经济发展的具体成就，他跟你“忽悠”穷则思变的辩证法。一片荒地，顺手一指。就成了前景无限的开发区；一条小河，那么一比画，就成了吸引世界级富豪的度假村。仙人摘豆，指山卖磨。老百姓知道那是没影儿的事，瞎掰，可上边硬有人信以为实。于是，这么“忽悠”来“忽悠”去，就“忽悠”出能力，“忽悠”出魄力，“忽悠”出名气，没准碰上个“忽悠型伯乐”，便有可能混到更能“忽悠”的位置。至于丢下的烂摊子和一屁股债务，自有后继者或轻松地接着“忽悠”，或艰难地收拾残局。

二叫“戏法式忽悠”。工作差劲，就“忽悠”决心；能力不行，咱“忽悠”精神，废寝忘食呀，带病坚持呀，八过家门而不入呀，没准就能“忽悠”成个“优秀”什么的。把事情办砸了，出了差错，造成损失了，就在“消极”中变出“积极”因素，“忽悠”教训也是财富、“一个指头九个指头”等等。大桥垮塌、商场大火、矿井爆炸，就“忽悠”抢救人民生命财产的英雄事迹，“忽悠”幸存者的伟大精神和顽强意志。至于责任，戏法避掩则个。

三是“空泛式忽悠”。特点是虚无缥缈、空而不实，用原则代替具体。喝山开道，气势磅礴，一副干大事业的架势，把一些人“忽悠”得晕头巴脑。

四是“兜圈式忽悠”。其表现是：缓言正事，慢入主题，绕难避实。比如讲创新，咱绕到诸葛亮造木牛流马那儿说；讲规模养殖，咱给你“忽悠”从野猪到家猪的演变；谈农民上访，咱从母系社会为什么没上访的话头论起。“忽悠”老辈子事儿，八不挨的事儿。“兜圈子式忽悠”，一透着有学问，二又躲开自己不明白、不掌握，甚至根本没干的事。

因为靠“忽悠”蒙事常有利可获，所以要让善“忽悠”者不“忽悠”也难。唯深入实际和深入群众，使谙此道者失去用武之地，且难获“忽悠”之利，诚如此，则“忽悠”现象不治而自消也。

（原载 2003 年 3 月 3 日《河北日报》）

如果——

人生，总难免遇到这样那样的“如果”。对于诸多“如果”的不同回答，检验着你的修养，记录着你的人生轨迹——

如果应酬，不是必要，不是必须，可能是另有所图的交易；

如果馈赠，非关亲情，非关友情，可能是投桃报李的关系；

如果赞美，搀上虚假，搀上伪善，“赞美”会使你感到透骨的寒意；

如果亲近，没有尊重，没有尊严，亲近可能成为沆瀣一气。

没当上官的，痴念：如果给我权力；

正当着官的，担心：如果权力失去；

刚坐上汽车：如果有专职司机；

端上“二锅头”：如果再来盘花生米。

美梦中悄然醒来：如果那是真的。

偷情者缱绻私语：如果还有来世……

铁窗下的和珅：如果一切都没有发生；

扛上枷锁的贪官，如果当初知道畏惧。

“如果”——有人是一种奢求，有人是一种希冀，有人是一种无奈，有人是一种叹息。

如果开始不那么犹豫，就不会与成功失之交臂；

如果听人“曲突徙薪”的建议，就不会面对今天的一片瓦砾；

如果当初不贪恋路边野花，自家庭院的玫瑰何致枯萎？

如果不是轻信佞友的巧言妄语，何至今日的众叛亲离！

“如果”——生命中一颗微芒的星，人生路上的一道难题。

有人把“如果”视为命运中难得的转机，有人对一切“如果”都莫名其妙的沾沾自喜。于是，他们偏执地喜欢只想美好而不想危机，只想得到而不想失去，只想拥有而不想付出，只想收获而拒绝把汗水奉献给土地。

你不想“如果”，“如果”偏赶着跟你亲近；你痴念着“如果”，命运之神却懒得给你一次机遇。

对智者，任何“如果”都是一次难得的机遇；对勇者，有没有“如果”都一样奋斗不息。

如果面对春天，就要想到播种，然后再期待大地的回报；

如果赶上冬季，就要付出耐力，在准备中等候春的消息；

如果是金秋，秋色中有萧瑟，也有流光溢彩的美丽；

如果是盛夏，心底的绿荫，自会创造出沁人心脾的美丽；

如果暴雨，就欣赏雨后万物的一碧如洗；

如果是苍松，就挺拔向上展示出生命的奇迹。

如果远离，就伫立两地相互守望；

如果守望，就在企盼中等待重聚。

如果泥泞，就让意志在艰难中跋涉；

如果倒下，就让灵魂在挣扎中站起。

如果给你职位，就赋职位以崇高；

如果给你权利，就授权力以正气。

如果险难，就付之“虽九死其犹未悔”的坚定；

如果需要，就用生命与人民的福祸安危相系。

如果一瞬，一瞬也能化为永恒；

如果永恒，永恒也是对一瞬的铭记。

有人因“如果”谱写千年绝唱，

有人因“如果”而致一败涂地。

有人因“如果”沉沦，

有人因“如果”奋起。

“如果”——有时是粲然夺目的辉煌，

“如果”——有时是莫能追悔的悲剧。

“如果”——就那么一个小小的弯儿，
不同人的遭际，那结果可能判若云泥。

岁末盘点

再一张张撕去12月份日历的末了几页，时间老人就开始踏进2000年门槛。又过一年，又长一岁。一年一岁，很正常又很神秘。施耐庵在《水浒传序》中说：“每怪人言，某甲于今若干岁。夫若干者，积而有之之谓。今其岁积在何许？可取而数之否？可见已往之吾，悉已变灭。不宁如是，吾书至此句，此句以前已疾变灭。是以可痛也！”

“今其岁积在何许？可取而数之否？”真是个很有意思又很费思索的题目。

时间这东西很神秘。季节有递嬗，日夜有更替；太阳一升一落叫一天，月亮一圆一缺叫一月。时间是什么？时间在哪里？视而难见，叩而无声。“流光容易把人抛，红了樱桃，绿了芭蕉。”——时间只能借助空间对应物向聪明人施以点化。“今其岁积在何许？可取而数之否？”实难。人们一次次看到的“脂正浓，粉正香，如何两鬓又成霜”现象，是为时间刻画的痕迹，但需有个渐变过程；孔夫子设计的“三十而立，四十而不惑。五十而知天命，六十而耳顺，七十而从心所欲不逾矩”，虽十分理性且两千多年无异辞，但只由时间证明而非证明时间。年终取数所积之“岁”，最好的办法当如咸亨酒店的掌柜那样：年关前一笔笔结账，来个“岁末盘点”。

“取而数之”的岁末盘点，是对过去一年的回顾总结，是对已去的时间是否有效使用及所创造价值的检验。许广平《元旦忆感》中说：“每年辞岁迎新时刻，当子夜钟声过后，鲁迅先生总扶躺在藤椅上，默默地进行年终统计：‘今年做了些什么呢？明年要做些什么呢？’几乎年年如此。待统计出那一年工作成绩不多时，他是万分不自在的，如此将更增加年后不断工作的努力。”国画大师齐白石88岁时在一幅画上题句：“今年又添一岁，八十八矣，其画笔稍去旧样否？”（《齐白石谈艺录》）变化就意味着“岁”，你变化才标志你生命的价值。

“取而数之”的岁末盘点，也是对组成生命的全部时间的倍加珍惜。时间如长河，“子在川上曰：逝者如斯夫，不舍昼夜！”但江河通过外力可使之倒流，“搏而跃之，可使过颡；激而行之，可使在山。”（《孟子·告子上》）然而时光不行。时光如水，流过去就流过去了，“逝者如斯，而未尝往也。”如此，时间就成为人生的一种最稀有的资源，任何人都只能拥有属于自己的一段生命时间，或“人争一口气”地奋力拼搏，或“好死不如赖活着”的敷衍苟且。用任何方式活过每一天，都无一例外地以生命的支付为代价。岁末盘点，你或许会生出对生命流失的警觉。

然而，我们中的许多人，特别是年轻朋友，都很少有这样的“年终盘点”意识。过年了，兴奋一阵子，一年过去了就过去了。年复一年，年年一笔糊涂账。施耐庵《水浒传序》状此情景曰：“朝日初出，苍苍凉凉，澡头面，裹巾帻，进盘飧，嚼杨木。诸事甫毕，起问可中？中已久矣！中前如此，中后可知。一日如此，三万六千日何有？”如此的混日，岁末盘点，问一句“今其岁积在何许？”当瞠目无以对矣。

积极的时间观，是紧紧抓住时间长河中属于自己的一段，活好自己生命中的每一天。我国近代民主革命家黄兴曾书《墨铭》曰：“墨磨日短，人磨日老。寸阴是竞，尺璧勿宝。”齐白石老人以“不叫一日闲过”自励。一元更始的岁末盘点，名曰检故，实为刷新：刷新工作、刷新精神、刷新应该刷新的一切。盘点与盘算结合，盘算新的一年怎么办。倘年年盘点、年年叹息，能叹息几多次呢？人生，真的太短了。

（原载1999年12月25日《保定晚报》）

元旦钟声

除夕子夜，多少静候在电视机、收音机旁的人们，在等待着那一年一度、除旧迎新的时刻。

当——！当——！终于，响了。那深沉而又高亢的元旦钟声。

人们数着：一下，两下，三下……

“一夜连双岁，钟声分两年。”子夜钟声还不绝如缕，时间老人已向人们赫然展示新一年的到来。

元旦钟声，连接着对过去一年岁月的留恋，报告着对新一年岁月的期待。人生，正是在许多这样留恋和期待中完成一次又一次的春华秋实。

当元旦钟声敲响的时刻，你曾有过怎样的思索？已去的一年是怎样走完的？新的一年又当如何起步？你此刻的思索，是化作成功的几多兴奋，还是成为失意的几丝沮丧？是的，有憧憬则有彷徨，有进击常有游移，原不足怪。唯怕钟声撞击着心扉，发不出一些回响，激不起半点涟漪。哀莫大于心死。道路只能在前进中延伸，未来永远属于自强不息者。

当元旦钟声敲响的时候，可曾激起你更加进取的志气？“腊鼓鸣，春草生。”古人谓腊日鸣鼓可以逐疫。元旦钟声也如古人之腊鼓。当你因过去的一年所遭挫折而意志消沉时，钟声提醒你：拒绝彷徨，路在脚下！当你因偶尔的失意而无限惆怅时，钟声会激励你：立足今天，放眼未来！且莫因已去岁月的蹉跎而嘘唏喟叹吧。最是一年春好处，绝色烟花满神州。

你和你的家庭将继续书写幸福人生的下一个章节。